未誌AiDR｜真探社

UNREAD

囚笼
之家

[爱尔兰] 利兹·纽金特 著
姚瑶 译

STRANGE SALLY
DIAMOND

北京联合出版公司

囚笼之家

[爱尔兰] 利兹·纽金特 著

姚瑶 译

图书在版编目（CIP）数据

囚笼之家 /（爱尔兰）利兹·纽金特著；姚瑶译 . -- 北京：北京联合出版公司，2025.8. -- ISBN 978-7-5596-8586-5

Ⅰ. I562.45

中国国家版本馆 CIP 数据核字第 2025HC3934 号

STRANGE SALLY DIAMOND

by Liz Nugent

Copyright © 2023 by Liz Nugent
Published by arrangement with Marianne Gunn O'Connor Literary, Film & TV Agency, through The Grayhawk Agency Ltd.
Illustration © 2025, Jennifer Bruce
Simplified Chinese edition copyright © 2025 UNITED SKY (BEIJING) NEW MEDIA CO., LTD.
All rights reserved.

北京市版权局著作权合同登记号 图字：01-2025-2629 号

出 品 人	赵红仕
选题策划	联合天际·U 工作室
责任编辑	李艳芬
特约编辑	何青泓
美术编辑	梁全新
封面设计	沉清 Evechan
封面插图	Jennifer Bruce

出 版	北京联合出版公司
	北京市西城区德外大街 83 号楼 9 层 100088
发 行	未读（天津）文化传媒有限公司
印 刷	河北鹏润印刷有限公司
经 销	新华书店
字 数	240 千字
开 本	889 毫米 × 710 毫米 1/32 16 印张
版 次	2025 年 8 月第 1 版 2025 年 8 月第 1 次印刷
ISBN	978-7-5596-8586-5
定 价	59.80 元

关注未读好书

客服咨询

本书若有质量问题，请与本公司图书销售中心联系调换　　电话：(010) 52435752

未经书面许可，不得以任何方式转载、复制、翻印本书部分或全部内容
版权所有，侵权必究

献给理查德，爱意溢于言表

目录

第一部　1

第二部　103

第三部　401

尾　声　495

致　谢　497

遥遥地,遥遥地,远离人群与城镇,
去往杳无人烟的林地与山区——
去往寂静的荒野
在那里,灵魂无须压抑
它的音乐……

——珀西·比希·雪莱

第一部

"她来了,
奇怪的萨莉·戴蒙德,
那个怪咖。"

第一章

"把我和垃圾一起处理掉,"他常说,"等我死了,就把我和垃圾一起处理掉。反正我已经死了,什么也不知道。你肯定会哭瞎眼的。"随后他会哈哈大笑,我也会跟着笑,因为我们都知道,我是不会哭瞎眼的。我从来不哭。

真到了那一天,2017年11月29日,星期三,我按他的指示做了。八十二岁的他瘦小而脆弱,把他塞进一个大号园艺垃圾袋毫不费力。

他在床上已经躺了一个月了。"别叫医生,"他说,"我知道他们都是什么德行。"他确实知道,因为他自己就是医生,精神科医生。不过他仍能开处方,然后让我去罗斯康芒拿药。

我可没杀他;不是那么回事。那天早上,我给他端茶进去,发现他躺在床上,身子冰凉。他的眼睛是闭着的,谢天谢地。我讨厌电视剧里尸体仰头瞪着探长的那种情形。或许，只有被谋杀的人才会睁着眼？

"爸爸？"我开口，尽管知道他已经走了。

我坐在床尾，打开他的塑料杯盖，喝了那杯茶。没有糖，我自己喝茶会放。我先检查了他的脉搏，但从他皮肤蜡似的质感就看得出结果。不过，蜡质并非恰当的形容词。更像是……他的皮肤不再属于他，或是他不再属于他的皮肤。

拖着垃圾袋穿过院子到谷仓很费劲。地面结了霜，所以每隔几分钟我就得将袋子扛到肩上，以免它被刮破。在他身体还健康的时候，每月都会清空一次垃圾桶，把垃圾全都倒进焚化炉。他拒绝支付垃圾处理费，我们又住在一个如此与世隔绝的偏僻地方，市政部门的人也懒得来催缴。

我知道尸体会腐烂，会腐败发臭，所以我小心翼翼地把袋子直接放进了焚化炉的桶里，往上面浇了些汽油，点燃了它。我没有留下来听它燃烧的声音。他不再是他，只是一具尸体，一个"它"，在一个家用焚化炉内，焚化炉在谷仓旁边，谷仓在田野之中，田野挨着一栋房子，房子位于乡间小路的尽头，远离主路。

有时，在电话里描述我们的住处时，爸爸会说："我住在'乌有之地'的中部地区。你到'乌有之地'的中部地区，左转，右转，再左转，直至抵达一个环岛，从第二出口驶出。"

他不喜欢访客，除了安吉拉医生。妈妈去世后，我们大概每两年才会有一个来访者。最近几次来的人不是修车的就是装电脑的，几年后又来了一个人过来给爸爸装了网络和一台新款电脑，最后一个来访者是来给我们升级宽带的。每次有访客来时，我都待在自己的房间里。

他从未主动教过我怎么用电脑，但解释了电脑能做的所有事情。我看了很多电视，足以了解电脑能做什么。它们可以轰炸国家。它们可以监视人。它们可以做脑部手术。它们可以重聚老友与仇人，还能破案。但我不想做其中任何一件事。我喜欢的是电视节目，比如纪录片、自然和历史节目。我也喜欢看剧，设定在未来的科幻剧或是有豪宅华服的维多利亚时代的古装剧，现代剧也喜欢。我喜欢看那些过着惊心动魄生活的人，看他们激情四射的爱情故事、不幸的家庭和黑暗的秘密。我猜这很讽刺，因为现实生活中我并不喜欢人，大多数都不喜欢。

我更喜欢宅在家。爸爸能理解。学校对我来说简直是噩梦般的存在。学校所有的课我都上，只要能尽力避开其他女孩，放学后我都直接回家。他们说我是自闭症，尽管我的精神病学家爸爸告诉我，我绝对不是。哪怕妈妈再三恳求，我也没参加过任何俱乐部或社团。完成终极考试时，我在荣誉学位科目中取得了两个A、两个B和两个C，数学和爱尔兰语则是及格。那已经是二十五年前的事了，之后我们又搬了家，搬到乡间一条羊肠小道尽头的平房里，那房子在卡里克希迪村外一英里[1]处。

每周的购物之旅总是令人煎熬。我有时会假装成聋子以避免交谈，但我能听到小学生们的评头论足。"她来了，奇怪的萨莉·戴蒙德，那个怪咖。"爸爸说他们的话并无恶意。孩子们就是刻薄。绝大多数都是。我很高兴自己不再是个孩子了。我是个四十二岁的女人。

我会从邮局领取爸爸的养老金和我的长期疾病津贴。多年前，邮局想让我们为津贴和养老金设置

---

[1] 英美制长度单位，1英里约等于1.6千米。（如无特殊说明，文中脚注均为编者注。）

一个关联到银行账户的直接借记扣款,但爸爸说我们至少应该努力同村民们保持一些联系,所以无视了这个建议。银行远在十一英里外的罗斯康芒。卡里克希迪没有自动取款机,不过在大多数商店,都可以用银行卡支付和取现。

我还会帮爸爸取邮件,因为爸爸说他不想让邮递员窥探我们家的事。邮局局长沙利文太太会大声喊:"你爸爸怎么样,萨莉?"或许她以为我会读唇语。我点头微笑,她会满怀同情地歪过脑袋,好像发生了什么悲剧似的。然后,我会去那家很大的德士古加油站超市,买好我们一周所需的物品再回家,转入小巷时,我的紧张会随之减缓。整趟往返从没超过一小时。

爸爸没病倒前,会帮我一起收拾采购回来的东西。我们每天吃三顿饭。我们为彼此做饭。我做两顿,他做一顿,但我们之间的分工是均等的。随着年纪对他的影响,我们交换了职责。我负责吸尘,他负责从洗碗机里把碗拿出来。我熨衣服、倒垃圾,他清洁淋浴间。

后来他不再走出自己的房间,开处方时手也抖得更厉害了,吃饭也只是挑几口。再之后,他就只吃冰激凌了。有时他的手抖得太厉害了,我会喂他吃;在他无法自控,没能及时使用床下的尿壶时,我就给他换床单;每天早上我会清空尿壶,用漂白剂清洗干净。他床边有个铃铛,但我在后边的厨房听不到。最后的日子里,他虚弱得连铃铛都举不起来了。

"你是个好姑娘。"他奄奄一息地说。

"你是最好的爸爸。"我会这么说,纵然知道这算不上实话。但我这么说时,他会笑。是妈妈教我那么说的。最好的爸爸是《草原小屋》里的那个爸爸,而且他长得很帅。

妈妈过去常常让我在头脑中玩一个游戏——想象别人正在想什么。这真的很奇怪。直接问他们在想什么不是更容易吗?而且他们想什么和我有什么关系呢?我知道自己想什么,甚至可以用我的想象力来模拟我想做的事,就像电视上的那些人那样,破案,或拥有激情四射的爱情。但有时候,我会试着想象,村民们看到我的时候在想些什么。有一次我在安吉拉的候诊室里读到一本杂志,根据这本杂志的说法,就我的身高而言,我的体重超出了半英石[1],我有五英尺八英寸高[2]。我给安吉拉看杂志时,她笑了,但她确实鼓励我多吃水果和蔬菜,少吃碳水化合物。我有一头红褐色的长发,绾了个松散的小圆髻,略低于头顶。每周我在浴缸里洗一次头发。一周里的其他时候,我都会戴上浴帽,快速地冲个澡。

我会从四条裙子里挑一条穿。我一共有两条冬裙、两条夏裙、七件衬衫、三件毛衣和一件羊毛开衫,而且我仍然留着妈妈的很多旧衣服,一些连衣裙和夹克,尽管陈旧,但质量上乘。妈妈喜欢和她的姐姐——我的克里斯蒂娜姨妈一起去都柏林购物,每年去两三次,"为了打折"。爸爸并不赞成,但她说她想怎么花钱就怎么花钱。

我不穿文胸。它们不舒服,我不理解为什么有那么多女人坚持穿。衣服穿旧以后,爸爸会在网上给我买二手衣服,除了内衣。内衣总是新的。"你讨厌购物,没必要浪费这个钱。"他会说。

我的皮肤光滑干净。我的额头和眼睛周围有些许皱纹。我不化妆。爸爸曾经给我买过一些化妆品,

---

[1] 英制质量单位,1 英石约等于 6.35 千克。
[2] 1 英尺等于 0.3048 米,1 英寸等于 0.0254 米。这里的身高大约是 173 厘米。

建议我应该试试看。电视和广告都是我的老朋友了,这意味着我知道该怎么使用化妆品,但顶着黑乎乎的眼睛和粉色口红的我,看起来非常陌生。爸爸也这么觉得。他提出要买不同种类的化妆品,但他感觉到我缺乏热情,我们便没再提及。

我想,村民们看到的是一个四十二岁的"聋"女人在村子里进进出出,偶尔开着一辆老旧的菲亚特。他们一定以为我是因为耳聋而无法工作,所以才会领取津贴。但我之所以领津贴,是因为爸爸说我有社交缺陷。

第二章

托马斯·戴蒙德不是我亲生父亲。他第一次告诉我这件事时,我才九岁。我甚至不知道我的真名是什么。他和我妈妈(当然也不是我的亲生母亲)告诉我,在我还是个小婴儿时,他们在森林中发现了我。

起初我很伤心。在我读过的故事里,森林里发现的小婴儿都是被偷换掉的孩子,他们会给自己降生的家庭招致灾殃。虽然爸爸老说我没有想象力,但我是有的。妈妈把我抱上膝头,向我保证那些故事是虚构的童话。我讨厌坐在妈妈或爸爸的膝上,所以我拼命挣脱她,向她要一块饼干。我得到两块。我一直相信圣诞老人,直到十二岁那年,爸爸让我坐下,将残酷的真相告诉了我。

"但你为什么要编造这种事?"我问。

"让孩子们相信这样的事很有趣,但你已经不再是小女孩了。"

这话不假,我开始流血了。经期的疼痛取代了牙仙和复活节兔子,妈妈和爸爸开始给我解释其他事情。"如果圣诞老人不存在,那上帝存在吗?或者魔鬼呢?"妈妈看向爸爸,他说:"没人知道。"这让我很困惑。如果他们笃定圣诞老人并不存在,那为什么对上帝却没有定论?

我的童年就这样渐渐褪色成了单调无聊的青春期。妈妈解释说男孩们可能会对我感兴趣,他们有可能试图吻我。但直到十四岁那年,唯一试图强吻我的是公交站台一个把手伸进我裙底的老头。我一拳打在他脸上,把他踢倒在地,又在他头上狠狠踩了几脚。然后公交车来了,我上了车,却因为司机下车去帮助那个老头而耽误了时间,这让我很恼火。我看着老头慢慢站起来,头上流着血。司机问我发生了什么,可我保持沉默,假装听不见。我回家晚了二十分钟,错过了《蓝彼得》的开头。

十五岁那年,我听到班上的一个女孩在对另外两个女孩说,我以前是个野孩子,是在山边上被发现的,然后被戴蒙德夫妇收养。她是在厕所里说的。当时我正坐在水箱上,脚踩在马桶盖上吃午饭。"你不可以告诉任何人,"她说,"我妈妈是从一个朋友那里听说的,那段时间那人正好为戴蒙德医生工作。所以她才那么古怪。"

其他女孩并没有保密。连续几周,她们试图同我讲话,问我是否喜欢爬山、是否吃草。斯黛拉·考夫兰让她们别烦我,这不关她们的事。我完全无视她们。我也没有问爸爸妈妈这事。我已经知道自己是被收养的,我也知道婴儿不可能在山上存活,愚蠢的女孩子们编造这些纯属居心不良。

离开学校后的第二年,妈妈去世了。我们常常争吵。我们之前经常争吵。她希望我能上大学,甚至不顾我的反对,擅自帮我填了大学申请表。她认为我应该学习音乐或科学。我热爱音乐,弹钢琴可能是我最喜欢做的事。九岁时,妈妈请了一个老师到家里来给我上课。我很喜欢穆尼夫人,她说我是个有天赋的钢琴家。但在我十几岁时,她去世了,我不想再找其他老师,于是开始自学,努力提升琴技。我不想去参加任何考试,只是单纯地喜欢弹琴。

妈妈说有许许多多的选择向我敞开。但我不想结识陌生人,不想离开我们的新家。爸爸说我可以读开放大学[1]获取学位,但妈妈说我需要"社会化",因为如果没人推一把,我永远也不会离开家或者去找一份工作。我说我不想离开家,她很生气。

吵完架一周后,她中风了。她是村里的社区医生,当时她正在工作,她死在了医院。葬礼在都柏林举行,因为她所有的家人和老朋友都住在那里。她一直定期去探望他们。她的妹妹克里斯蒂娜偶尔来我们家时,我会像小狗一样跟在她后面转。她像是个光彩照人版的妈妈。她来访时,爸爸会待在书房里。妈妈说爸爸让克里斯蒂娜姨妈觉得自己不受欢迎。妈妈去世后,她不再来访,但一直给我寄生日贺卡,里面都夹着钱。

爸爸湿着眼眶问我去不去参加妈妈的葬礼,我拒绝了。我需要整理妈妈的衣服,看看哪些适合我,哪些可以拿去慈善商店。我让爸爸从都柏林带一本食谱回来,因为家里绝大多数时候是妈妈做饭,我虽然很擅长帮她给蔬菜削皮,却不擅长做出一顿完

---

[1] 开放大学(The Open University,简称 OU),是英国的一所公立研究型大学,总部坐落在北伦敦,在英国各大城市均设有教学中心,是世界上第一所成功落实远程教育的大学。——译者注

整的饭菜。但我知道我可以从书里学。

爸爸在都柏林待了两天，回家后问我是否难过，是否想念妈妈，我向他保证我并不难过，他不用为我担心。爸爸神色古怪地看着我。他有时就会这么看我，说我这个样子也可能是种幸运，我也许一生都能免于心碎。

我知道我的思维方式和别人不一样，但我若能远离他们，那又有什么关系呢？爸爸说我独一无二。我不介意。人们给我起过很多外号，但我的名字是萨莉。至少这是妈妈和爸爸给我取的名字。

第三章

爸爸去世后的头几天,家里很安静。或许我确实有点想他?我没有可以说话的人,没有可以为之泡茶的人,没有可以用勺子喂冰激凌的人。没人需要我洗澡换衣服。我是为了什么而存在呢?我在房子里游荡,第三天,我走进他的办公室,漫无目的地打开他的抽屉,在一个铁盒里发现一大堆现金和妈妈的旧首饰。还有大量笔记本,记录了我几十年间的体重、身高和发育情况。他的办公桌上有一个厚厚的信封,上面写着我的名字。文件柜里,不计其数的文件夹上全是我的名字,它们类别繁多:沟通、情感发展、同理心、理解能力、健康、药物、缺陷、饮食等。太多太多,完全读不过来。我看着壁炉架上他们的结婚照,想起妈妈说过,在他们找到我之前,从未觉得这是一个完整的家。我早就知道我不是被捡来的了,他们是通过正规渠道收养我的。她问过我是否好奇自己的亲生父母,当我说"不"时,她对我露出了灿烂的笑容。每当让父母露出笑容时,我都很开心。

我看着爸爸工作时的旧照,有他在苏黎世会议上发表论文的照片,也有他和一群穿着西装、神情严肃的男人的合影。爸爸大部分时间都在研究和撰写学术论文,但有时如果妈妈在紧急情况下叫他,他也会去卡里克希迪或更远的地方为当地病人看病。

他是做人类心智研究的。他告诉我,我的大脑运作得很完美,但在情感上是断联的。他说我是他一生的课题。我问他能不能重新连接我的情感,他说他和妈妈唯一能做的就是爱我,并希望有一天我能学会如何爱他们。我关心他们,我不希望他们受到任何伤害,我不喜欢看到他们沮丧。我以为那就是爱。我不断问爸爸,但他说我不必担心,我感受到的已经足够了,但我觉得他并不理解我。有时,如果周围人太多,或者我不知道问题的答案,又或是声音太大,我就会感到焦虑。我认为我可以从书籍和电视中识别出爱,但我记得圣诞节看《泰坦尼克号》时,我觉得杰克无论如何都会死,因为他是个三等舱的人,还是个男人,而罗丝最有可能幸存,因为她有钱,并且"妇女和儿童优先",所以加入这段甚至不符合史实的爱情故事有什么意义呢?可爸爸却在啜泣。

我不喜欢拥抱,也不喜欢被触碰。但我从未停止有关爱的思考。这是否就是我的情感断联?我应该在爸爸还在世的时候问问他。

爸爸去世五天后,邻居格尔·麦卡锡来敲门,他在我们的谷仓后面租了一块地。我习惯了他在小道上来来往往。他是个寡言少语的人,正如爸爸过去常说的,他是个"不问问题、不闲聊的好人"。

"萨莉,"他说,"你家谷仓里有股刺鼻的奇怪味道。我的牛都好好的,但我怀疑可能是羊跑进去困在里面死掉了。要不要我去看看,或者你爸爸能处理吗?"

我告诉他我可以处理。他吹着不成调的口哨继续赶路,工装裤上溅满了泥巴。

当我来到谷仓时,焚烧桶散发出来的味道让我作呕。我用围巾捂住嘴,打开了门。尸体没烧干净,我还能清楚地看出它本来的形状。桶的底部有一圈油状物质,周围是成群结队的苍蝇和蛆。我把从家拿来的报纸卷起来,和谷仓里的木柴一起,重新点了把火。

我对自己失望透顶。爸爸应该给我更为具体的指示。我们经常焚烧有机物。尸体也是有机物，不是吗？也许火葬场的温度更高。稍后我会查一下百科全书。我把剩下的汽油全都倒了进去，希望第二次焚烧能够完成任务。我拉扯着头发让自己冷静下来。

我去邮局领我的补助金，沙利文太太还想给我爸爸的养老金。我把钱推回给她，她疑惑地看着我，大声说道："你爸爸需要他的养老金。"

"他不需要了，"我说，"因为他死了。"她眉毛上扬，嘴巴张得老大。

"天啊！你会说话。我从来都不知道。那个，你刚刚说什么？"我不得不重复了一遍，我不再需要爸爸的养老金了，因为他已经死了。

她看着我身后的屠夫太太。"她能说话。"她说。屠夫太太说："我吓了一大跳！"

"我很抱歉。"沙利文太太继续大声说道。屠夫太太伸出手，搭在了我的胳膊肘上。我往后一缩，甩开了。

"葬礼是什么时候？"她问，"我没在讣告上看到。"

"没有葬礼，"我说，"我自己把他火化了。"

"什么意思？"屠夫太太问道。我告诉她，我把他放进了焚化炉,因为他告诉过我等他死的时候,把他和那些垃圾桶一起处理掉。

一阵沉默,我正要转身离开,屠夫太太声音颤抖地问:"你怎么知道他死了?"然后沙利文太太对屠夫太太说:"我不知道该给谁打电话。警察还是医生?"

我转过身对她说:"叫医生已经太晚了,他已经死了。你为什么要叫警察?"

"萨莉,有人去世的时候,必须通知当局。"

"但这不关他们的事。"我抗议道。她们让我感到困惑。

回到家后,我弹了一会儿钢琴。然后我走进厨房,泡了一杯茶。我把茶端进爸爸的办公室。电话响起,我按掉了。我看着他笔记本电脑上的信封,上面写着"萨莉"和"在我死后打开",是爸爸颤抖的笔迹。上面并没有写我应该在他去世后多久打开,我猜想里面可能是一张生日贺卡。还有九天就是我的生日了,所以我打算等到那时再打开。我即将四十三岁。我感觉这将会是很好的一年。

这是个大信封,拿起来时能感觉到很厚,装了很多张纸。也许不是生日贺卡。我把它放进了裙子口袋。我会在看完《女作家与谋杀案》和《法官朱迪》后再打开。我在客厅的沙发上坐了下来，坐在以前我总和妈妈一起坐的沙发上。我看着爸爸空荡荡的扶手椅，想了他几分钟。

卡伯特湾的异常状况很快分散了我的注意力。这一次，杰西卡·弗莱彻的园丁和有钱律师的遗孀鬼混在了一起，当园丁拒绝离开遗孀时，被她杀了。和往常一样，杰西卡在破案方面完胜警长。在《法官朱迪》的广告间隙，我听到前门响起了敲门声。

我吓了一跳。会是谁呢？也许是爸爸在电脑上订购了什么东西，虽然不大可能，因为他去世前有一个月左右没用过电脑了。门敲个不停，我把电视音量调大。敲门声停了，我不得不把电视倒回去，因为《法官朱迪》已经开始了，我错过了一点。紧接着一个脑袋出现在我左边的窗户上。我尖叫起来。原来是安吉拉。

第四章

安吉拉·卡弗里医生曾是妈妈的生意伙伴,妈妈去世后她接管了诊所。这些年来,我去过诊所很多次。我不介意安吉拉碰我或者给我做检查,因为她总能清楚解释接下来会发生什么。而且她总能让我感觉好一些。爸爸喜欢她,我也是。

"萨莉!你还好吗?沙利文太太告诉我汤姆去世了,真的吗?"

我尴尬地站在走廊里,就在爸爸的书房门口。过去,爸爸总是邀请安吉拉进客厅,给她泡茶,但我不想让她待太久。安吉拉却另有打算。

"我们能到厨房去吗?你可以把一切都告诉我。"她说。

我领着她走下台阶,往厨房走去。

"哦,你把这里打扫得一尘不染,你妈妈肯定会很自豪。你知道吗,我已经太久没来过这里了。"她从桌下拉出爸爸的椅子，坐了下来。我背对炉灶站着。

"那么，萨莉，你爸爸去世了吗？"她问。

"是的。"

"哦，可怜的汤姆！他病很久了吗？"

"他动作慢了很多，然后大概一个月前他上了床，就再没下过床。"

"我想知道他为什么不打电话给我？我肯定会马上赶来。我本可以让他更舒服些。"

"他开了止痛药的处方，让我去罗斯康芒配药。"

"他给自己开处方？那不太合法吧。"

"他开在我的名下。他说他不会坐牢，我也不会。"

"我明白了。"她顿了顿，"他究竟是什么时候去世的？"

"星期三早上，我去给他送茶的时候发现他死了。"

"哦，亲爱的，那一定让你很难过。嗯，我并不是想窥探什么，但是莫琳·肯尼……"

"谁？"

"莫琳，屠夫的太太。她说你告诉她没有葬礼，你自己火化了他。"

"是的。"

"在什么地方火化的?"

"在绿色的谷仓。"

"什么?"

"绿色的谷仓。"

"这里?房子后面?"

"是的。"

"你没想到打电话给什么人吗?我,医院,殡葬员?"

我觉得自己陷入了麻烦,好像做错事了。

"他告诉我把他和那些垃圾一起处理掉。"

"他……什么?他是在开玩笑,他不是那个意思!"

"他没告诉我那是个玩笑。"

"但是你怎么能确定他已经去世了呢?"

"他没有呼吸了。你想看看焚烧炉吗?"我问。

她瞪大眼睛说道:"那不是恰当的处理方式……萨莉,这很严重。只有专业的医疗人员才能确认死亡。他没有留下任何关于葬礼的指示吗?"

"没有,我不……"随即我想起了那个信封,"他给我留了这个。"我从口袋里拿出了信封。

"信上写了什么?"

"我还没打开。"

所有这些对话都让我觉得麻烦。我要么一言不发,要么就是说得太多,而我说的话除了我自己,别人都听不懂。

我用手捂住耳朵,安吉拉的声音缓和了下来。

"你想让我打开吗?我可以看吗?"

我把信封扔给她,走向钢琴,但这没能让我平静下来。我回到自己的房间,钻进羽绒被和柔软的蓝色毛毯下。我开始薅头发。我不知道该怎么办。我想知道安吉拉什么时候走。我竖起耳朵等着听前门关上的声音。

第五章

一阵轻轻的敲门声把我吵醒了。外面已是黄昏。我肯定是昏了过去。我感到痛苦的时候就会这样,尽管已经很多年没发生过了。

"萨莉?"安吉拉低声说。我看了看手表,她已经在这里待了三小时二十五分钟。

"怎么了?"我回答。

"我煮了茶,在吐司上弄了些豆子。你该起来了,我们得谈谈。"

"茶里有糖吗?"

"还没放,"她说,"但我会放的。"

"你用了哪个杯子?"

"我……我不确定。"

我打开门,跟着安吉拉穿过走廊。

她把我的茶倒在爸爸的拼字字母杯里递给了我。我加了一勺半的糖,又加了一茶匙牛奶。她用了一个我和爸爸从来没用过的瓷杯。

"那个,我读了你爸爸的那些信——"

"不止一封信?"

"是的。没关系,亲爱的。事情是这样的,我得给警察打电话,他们会想和你谈谈。但你不用担心,因为我会陪着你,我会向他们解释你的情况,并确保他们对你温柔些。但是,接下来这部分很棘手,他们可能会想要搜查房子,在他们进行调查的时候,你得跟我和娜丁住一段时间。"

"调查什么?"

"只是……这……烧掉家人的尸体不太常见,也不合法,很抱歉告诉你这个,亲爱的,但他的信里有葬礼指示……还有其他事情。"

"哦。为什么警察要搜查房子?在电视里,他们总是留下个烂摊子。"

"他们需要确认你爸爸是自然死亡,但是在他的信中,很明显他知道自己时间不多了。显然,他信任你,爱你。我有自信验尸会显示他当时已经去世了。"

"我不想有访客,我也不想去你家。"

"萨莉,如果我不能控制局面,你可能最终要在监狱里待上几晚甚至更久。请相信我。你的爸爸妈妈肯定也会希望我来帮助你。信里你爸爸说他去世时，你应该给我打电话。"

我又开始薅头发。她伸出手，但我躲开了她。"对不起，我很抱歉，我没想到。"她说。

"但他没有说什么时候打开信。他只写了在他去世后打开。我不知道应该当天就打开。"

"我知道，但恐怕现在会有很多麻烦。我要报警了，他们会想和你谈谈。你可能需要律师。但我会陪着你，我会解释你爸爸在信中没有解释的一切，虽然他已经写得很全面了。"她顿了顿，"信里有些内容，可能会让你……不开心。但我们可以慢慢来。你爸爸希望你每周只读一部分。一共有三个不同的部分。"

"为什么？"

"那个，有……很多东西需要消化。我以为关于你的情况，你爸爸妈妈对我毫无保留，但现在看来，他们对所有人都隐瞒了很多。"

"关于我？"

"是的，萨莉。但我们可以改天再讨论那个。我现在得给警察打电话。你想在他们来之前服用一些温和的镇静剂吗？帮你保持冷静？"

"好的，谢谢。"

第六章

来了两个警察,不是一个。一男一女。我没看他们的脸。他们一开始很友善、平静,直到我告诉他们我把爸爸装进了垃圾袋,然后放进了焚化炉。小个子的那位提高了她的音量:"你到底干了什么——"

安吉拉请她压低声音。安吉拉给我的药片让我觉得自己仿佛处在某种梦中世界。他们说得立刻让法医团队过来,我必须收拾行李离开房子,但得将我在爸爸去世那天穿的衣服留下来。当我拿出一叠整整齐齐、已经洗干净的衣服时,他们发出了不满的声音。安吉拉说她需要把爸爸的信复印一份给警察,她在爸爸的办公室里复印时,我回了房间,开始收拾行李。女警察跟着我,一直发出不耐烦的声音。我用了爸爸的行李箱,我没有自己的。他不会介意的。天黑了,已经过了我的睡觉时间。

"能不能请你们不要弄得一团糟？"我说。男警察说他们尽量，女警察则冷哼一声道："算你走运。"安吉拉把复印件给了男警察，并要求他确保这些信件将交给调查中级别最高的警官。他点了点头。他不怎么说话。他要了菲亚特的车钥匙。我给了他，但要求他确保，无论他们要开着它去哪儿，使用完毕后都要重新调好座椅。他们说需要我第二天早上到罗斯康芒的警察局去。安吉拉说她会亲自带我去。

离开房子时，我听到女警察对男警察说"真是个疯子"，但他意识到我听见了，便嘘了她。她扭头看了我一眼，我看得出她脸上的厌恶。

我不明白她有什么可厌恶的。房子一尘不染。当我走向安吉拉的车时，四辆警车开进了我家大门，人们开始在衣服外面套上白色塑料防护服。他们架起了巨大的探照灯，对着房子和谷仓。安吉拉说他们把这里当作犯罪现场了。

我有点昏昏欲睡，但我想留下来。在很多电视剧中，警察会伪造证据或者污染现场。我需要确保不会发生这种事。安吉拉向我保证不会的。

开车去她家的路上，我们没说太多话，但我看着她，她则专注地看着路。她的体形很圆润，像老电视节目里的奶奶。她有一头灰色的卷发，穿着格纹衬衫、牛仔裙和黑色短靴。我喜欢她的样子。她看了我一眼，微笑的同时皱了皱眉。爸爸总是警告我不要将人们的外表与行为混为一谈，但我们都很喜欢安吉拉。

第七章

我在一个陌生房子里醒来,躺在一张陌生的床上,尽管我自己的蓝色毯子也在。昨天晚上我把它塞进了行李箱。我张开嘴想要尖叫,但爸爸总说,除非我有危险,否则不能那么做。我现在有危险吗?我很快就得再次解释为什么把爸爸给处理了。我闭上了嘴,没有尖叫。我记得妈妈说过,如果说实话,就不会有坏事发生。

我听到卧室门外有一些骚动。"你好?"我喊道。

"萨莉,我在浴室给你放了几条绿色毛巾。淋浴很容易操作。二十分钟后我们楼下见,来吃早餐,好吗?"

是娜丁的声音。娜丁是安吉拉的妻子。我在卡里克希迪见过她。她比安吉拉年轻,金色长发扎成马尾。她负责遛狗,照看她们的鸡,她的工作是家具设计。我不喜欢那些狗,总是跑到马路对面避开它们。"我们已经把狗放到外面了,所以你不用担心,好吗?"

爸爸参加了她们的婚礼。我也受到了邀请,但我没有去。太麻烦了。

她们的浴室就像你在电影中的酒店或浴室广告里能看到的那种。我坐到马桶上,然后洗手,刷牙,走进一个有一面玻璃墙的宽敞淋浴间。我们家只有一间家庭浴室和一个独立厕所,淋浴是连接在浴缸水龙头上的橡胶管。因为电费问题,爸爸不喜欢我们泡澡,只能一周一次,所以我们只能用淋浴。安吉拉和娜丁的淋浴很棒。洗完澡后,我在房间里梳了头,把头发盘起来,穿好衣服,整理好床铺,走下楼。

屋里很亮堂。阳光透过玻璃门涌进来,房间是开放式的布局,很现代。每一面墙都是笔直的,转角尖锐。我在电视上的家装改造节目中的"改造后"案例中看到过这样的家。爸爸很喜欢那些节目。他总是嘲笑那些房主。他会说他们"人傻钱多!"或是"装模作样!"。

安吉拉站在烤架边,正翻动着香肠和培根:"你要现在吃吗,萨莉?"

我很饿。昨天晚上我没吃吐司配豆子，因为太心烦意乱了。

"好的，谢谢。"

两只狗在窗外盯着她，她又翻了一次培根。

"小子们好像很饿。"娜丁说，她冲它们咧开嘴笑并挥了挥手。它们吠叫着回应她。

"什么小子？"我问。

"狗，哈利和保罗。"

"对狗来说，这种名字真搞笑。"

安吉拉咧嘴笑了："它们用的是我们前夫的名字。"然后她们俩都哈哈大笑。我也咧开嘴笑了，尽管我认为这样对她们的前夫有点失礼。

我在警察局待了七小时十五分钟。他们拍了我的照片并采集了我的指纹。前四十七分钟，他们把我独自留在一个房间里，后来进来两个穿着西装的女人，她们是警长凯瑟琳·马拉和督查安德烈娅·霍华德，很快又进来一个坏脾气的男人，自我介绍说是我的律师，叫杰夫·巴灵顿。霍华德打开了录音机，他们都对着磁带做了自我介绍。我不想看他们，所以盯着木桌和桌上的划痕。有人用尖刺般的大写字母在桌上刻了"屄"这个字。这个字太粗鲁了。

他们让我讲了三遍爸爸去世的事,一遍遍讲述同样的事让我有点不耐烦。杰夫深深叹了口气,说我最好回答他们的问题。他们问我为什么不知道家用焚化炉温度不够高,不能烧掉人体遗骸。我摇头。他们让我大声说出来方便录音。我说我不知道,因为我们烧掉了所有非塑料制品。

然后他们问我有关信的事,为什么没有看那封信。当我说我一直在考虑等生日到了再打开时,有个人笑了。我当时很生气。"你笑什么?"我大声喊。杰夫将手放在我的胳膊上,我甩掉了。

"萨莉,你会等到生日才打开所有信件吗?"

"我没有收到任何信件。"我回答。

他又在笔记本上龙飞凤舞地写了几笔,并要求他们不要笑,因为这会触发当事人的情绪。我盯着他看。他看上去和我一样疲倦。

马拉问我的出生日期,尽管我已经被问过两次了。他们问我真实的出生日期,我不确定他们是什么意思。随后他们问我关于领养的事,以及我是否知道亲生父母是谁,我很惊讶,因为我不明白这有什么意义。我告诉他们,妈妈和爸爸在我六岁时从一家机构领养了我,我对亲生父母一无所知。他们问我最早的记忆是什么,我告诉他们是我七岁生日时吹蜡烛的情景。他们变着法子问我是否记得那之前的任何事,我说不记得,然后他们要我努力回忆,我告诉他们爸爸总是说我不必想起任何我不愿想起的事。

"但是,"霍华德说,"你肯定还记得幼年时期的什么事吧?"我摇了摇头。他们让我大声说出来以便录音。"我不记得七岁生日前的任何事。"我说。杰夫要求和他们去屋外谈谈。

不久后,安吉拉进来了,带了超级麦克斯的汉堡和薯条。还有一个警察站在房间角落。我跟他分享薯条,但他拒绝了。"你吃吧。"他说。我喜欢他,他有点像年轻时的哈里森·福特[1]。我本来想和他聊聊。但他又恢复了沉默,低头盯着自己的鞋。我不舒服的时候也会看看自己的鞋。

安吉拉告诉我,警察还会在我家待几天,我可能会被指控犯罪。

---

1 美国著名演员,曾主演《星球大战》《银翼杀手》等经典影片。

"什么罪?"我问。

她没有回答。"让杰夫来处理吧。说实话,他是真心为你着想。"

第八章

我在娜丁和安吉拉家住了五晚。杰夫大部分时间都在和安吉拉讲话,无视我,虽然这对我来说正合适,但他们总是一直在谈论关于我的事情。安吉拉偶尔会确认一下我是否理解他们所说的话,但杰夫几乎不跟我直接对话,只有最后一次,我们在罗斯康芒镇的办公室里,他说再见时尝试同我握手,而我迅速把手抽走了。人们没在看你时,你去看他们就相对容易一些。他很英俊,我想他完全履行了自己的职责,因为他说根据现有情况,非法处置人类遗骸的指控极有可能会被撤销。安吉拉说这是因为我的自身状况。

杰夫和安吉拉一致认为,法律上不可能让安吉拉成为我的合法监护人或让我由法院监护,因为我是成年人,而且几乎总是自己做决定,尽管有些决定是"被误导的"。但杰夫说,法院可能会提出条件,如果将来遭遇严重的困境,我需要向安吉拉或警察寻求帮助。比如说,如果我再想焚烧尸体的时候,安吉拉会评估状况并告诉我该怎么做。我认为这个例子不好。我应该不会再次经历这样的麻烦事了。

杰夫说爸爸在遗嘱中给我留了钱。他不知道确切数额,因为很多钱都投在股票和债券上,他正在厘清这些,但"如果谨慎使用,足够支撑你很长时间了"。不过我得从现在开始支付垃圾处理费了,并且要把我的垃圾分成可堆肥、可回收、软塑料和玻璃,每种垃圾要放进不同颜色的垃圾桶,我需要隔周将它们放到大门口,清洁工会过来,用臭烘烘的卡车拉走。邮递员会把信件送到家里,但他们跟我保证他绝对不进屋。安吉拉说这样会方便很多。

那段时间我不喜欢自己在家,因为人们总是不断出现在我家门口。他们想采访我,或是想听我"讲述我的故事"。比起焚烧爸爸,他们对我的收养更感兴趣。我很困惑。这两者之间有什么关系?

现在卡里克希迪的每个人都盯着我看。有些人微笑着,歪着头,报以同情。有些人看到我走过来就会过马路,这我倒是觉得挺好的。有些人开始跟我打招呼,甚至那些德士古加油站的年轻人从手机上抬起头时也会这样。他们会说:"嗨,玛丽!"

我的名字是萨莉,无论他们怎么叫我。

警察把房子弄得一团糟。我看到后忍不住尖叫起来。安吉拉和娜丁陪在我身边。安吉拉让我深呼吸,数数,直到我平静下来。平静下来以后,我们开始收拾房子。过了一会儿,我让她们走了,因为她们并不知道每样东西的确切位置,我自己做反而会更轻松。

回家后的第三个晚上,安吉拉离开时说她每周会过来看我两次,我也随时可以去她家住。她将爸爸那封信的第一部分交给了我。她告诉我,不要感到遗憾或悲伤。到那时,我已经知道试图焚烧爸爸的遗体是错误的。人人都这么告诉我。当有人明确地告诉我一件事,不开玩笑或含糊其词时,我是完全可以理解的。他们喋喋不休地谈论这件事的方式,会让人觉得那好像是我常年一直在做的事情似的。明明我只烧了一具尸体,而且是他让我那样做的。

等到房子终于恢复原状,已经是12月13日晚上8点了,我坐下来看《霍尔比市》。这一集是埃茜的生日,我突然想起今天也是我的生日。我暂停了电视。

我怎么能忘了呢？我从来没忘记过。但最近让人心烦意乱的事太多了。

过去十年，我都是照着迪莉娅·史密斯的食谱自己做生日蛋糕。虽然已经把食谱牢记于心，但我还是喜欢拿出那本烹饪书。我喜欢迪莉娅，她封面上的照片笑得很灿烂，穿着红色衬衫。我总是至少有一件像她那样的衬衫，鲜红色，扣到领口。她很可靠。我想如果我真的拥有最好的朋友，她肯定是个像迪莉娅一样的人。

现在做生日蛋糕已经太晚了，但我已经四十三岁了。我决定在看完《霍尔比市》之后看爸爸的第一封信。节目结束后，我关掉了电视。一共两页纸。以前，每次爸爸收到长信时，都会端着一杯威士忌，边看边喝。现在我是这个家的主人，是时候像爸爸那样做事情了，当然，除了焚烧垃圾。

2017年11月1日

亲爱的萨莉：

我想我们都知道这一天很快就会到来，如果你为此感到难过，我很抱歉，但你若不难过，我也理解。

你要做的第一件事是给安吉拉·卡弗里医生打电话。她的号码是085-5513792。告诉她我去世了。她可能会感到惊讶，因为我很久没联系她了，但就像你一样，我不喜欢麻烦，而你在罗斯康芒给我开的处方已经让我感觉不到疼痛了。我担心我的心智可能会开始衰退，今晚上床时，我想我或许会一直躺在那里直到生命终结。最近这段时间，起床和穿衣已经让我感到一定程度的不适，我知道你会是个好女孩，会给我送饭并照顾我。

我得了胰腺癌。几个月前我开始背痛，都柏林的一个专家说已经是晚期了。我觉得现在病情又恶化了许多，所以你应该不用照顾我太久。如果超过六周，我会让你打电话给安吉拉，把我送到某个糟糕的临终关怀病房去。另外，如果我失去意识，你也要给她打电话。我知道你不喜欢在电话里讲话，但你做得到，因为你是个聪明的女孩。

至于我的葬礼安排，我意识到我从未明确过细节，所以请给罗斯康芒的奥多诺万殡仪馆的殡葬承办人打电话。安吉拉会帮你一起处理。一般情况下，我应该和你妈妈一起埋葬在都柏林的格拉斯内文公墓，但你知道我不太喜欢都柏林。你在这方面跟我很像。

所有账户都是新开的。你在罗斯康芒镇的 AIB[1] 有个账户。那里的经理是斯图尔特·林奇。他会明白的，那个账户里的钱足够让你在遗嘱执行完毕并继承所有财产前维持生活。你母亲来自一个富裕的家庭，我们刻意过着节俭的生活，以确保你能在我死后享受无债一身轻的生活。我们的律师是香农布里奇的杰夫·巴灵顿。关于你，他知道他所需要知道的一切，他会确保你得到妥善照料。他知道一些你不知道的事，但我们稍后再说。

我希望葬礼能在莱恩斯伯勒的圣约翰爱尔兰教堂举行。那是一座非常漂亮的教堂，墓地也是个好地方。我不打算提太多要求，但若是你能安排唱诗班演唱《成为我异象》[2]，我会很开心。小时候我是学校唱诗班的一员。那是我最喜欢的一首歌，因为我们经常篡改歌词来逗乐彼此。哦天啊，那些日子我们搞了不少恶作剧。我有点跑题了。

如果你不想参加葬礼，可以不去，但如果你觉

---

[1] AIB 银行是爱尔兰联合银行（Allied Irish Banks），成立于 1966 年，总部位于都柏林，是爱尔兰最大的金融公司之一。——译者注

[2] *Be Thou My Vision*，是一首非常古老的爱尔兰诗歌。

得应付得来，我希望你能在场。我想来的人不会超过十个，所有人都会是你认识的人。可能卡里克希迪会有些爱管闲事的人出现，但你可以无视他们。我想我带给你的麻烦已经够多了，你将度过忙碌的一周，所以我希望你慢慢来。请不要在下周之前读信的下一部分。

爱你的爸爸

我喝完了威士忌，拨通了安吉拉的电话。"必须有个葬礼。"我说。

"我知道，亲爱的。如果你不介意，我已经开始安排了。我这里有你爸爸那封信的复印件。我给殡葬承办人打了电话。验尸官已经同意，只要我们需要，随时都可以取回遗体，所以我们不用做太多计划。唯一的问题是圣约翰教堂没有唱诗班。我怎么不知道你爸爸以前是经常做礼拜的人？"

"他不是，但在夏天，妈妈还活着的时候，我们有时候会去那里野餐。"

"在墓地？"

"有时候。"

"你想去吗，萨莉？"

"不想，但我会去的。"

"只是，因为这是一个全国性的新闻事件，可能会有——"

"他希望我去。"

"我知道，但是——"

"我要去。你和娜丁能也来吗，拜托了。"

"我们当然会去。但是——"

"谢谢。你定好日期了吗？"

"我在等你读完信后决定。"

"我们能明天就办吗？"

"恐怕太快了，来不及安排好一切。或许，下周二？"

"那就要等差不多一周了。"

"我觉得不可能更早了。我得通知警察。"

"为什么？"

"太多人对你感兴趣了，萨莉。我猜你不明白焚烧父亲的遗体有多不寻常，还有其他的事情……在信里。"

"我猜我的原名是玛丽？有几个人在街上跟我打招呼。"

"拜托了，不要买报纸，听收音机，或者看新闻。"

"为什么?"

"你是头条新闻,他们说的东西大多还只是推测。没有人能搜集到真相。事实都在你父亲的信里。"

"我在下周之前不能读另一封信。"

安吉拉深深地叹了口气。

"我现在得挂了。《重任在肩》要开始了。"我说。

"好的,亲爱的,你需要我明天过来一趟吗?你需要什么东西吗?"

"不需要,谢谢。"我挂断了电话。

第九章

接下来那个星期六的早上,我正在拖厨房地板时,听到外面有动静。透过房子后面的厨房窗户,我看到一个男孩骑着自行车经过,在粗糙的草地上朝谷仓方向骑去。片刻之后,又有两个男孩跟了上来,还有一个更小的女孩坐在其中一个男孩自行车的后座上。在我看来,这不大安全。我不太擅长猜测年龄,但我觉得这些男孩大概在十二岁到十八岁。瘦瘦高高的男孩、皮肤黝黑的男孩和满脸雀斑的男孩。

我打开后门,走到外面。

"你们在这里干什么?"我喊道。

"见鬼,是她!"瘦高的那个喊道,小女孩尖叫起来。男孩们慌忙掉转车头,疯狂朝房子侧面蹬去。"怪人萨莉·戴蒙德,是那个怪胎!"雀斑男孩大喊着消失在我的视野中。黑皮肤的男孩几乎没看路,碰到了草地上的铲子。在他撞上去的时候,女孩从他的自行车上摔了下来，脑袋猛地撞到了铲子的把手。就好像我在《兔八哥》里看过的情形一样。他没停车。男孩们全都飞驰而去。

我等着小姑娘放声大哭。她从看到我开始就一直歇斯底里地尖叫。但她平躺在草地上，一动不动，一声不吭。

我小心翼翼地靠近她。她闭着眼。我把手放到她脸上，很烫。我把手放在她瘦小的胸口上，随着她的心跳起伏着。她没死。我怀疑是脑震荡。爸爸给我上过急救课，每年的10月1日我们都要复习一遍。这是为了保护我自己，他说，但他也说，如果偶然碰上事故也可以帮助别人。我以前从来没有碰上过偶然事故。我托起她的头，果然，她后脑勺的头发下面有一个肿块。没流血。暂时不用惊慌。我把她从草地上抱起来，一只手臂托住她的屁股，另一只手臂轻轻将她的头靠在我的肩膀上。我把她带进屋，放在了客厅的沙发上。我给她盖上毯子保暖，因为还没有生火，然后去厨房的冰箱拿冰块。我把整盘冰块都倒进一条干净的手巾，随后回到客厅。我轻轻托起她的头，将自制冰袋敷在肿块上。她的眼睛颤动着睁开，看到我时吓得瞪大了。她再次尖叫，我知道她是害怕。

"疼吗?"我问。

她连忙躲开我的触碰。我意识到在这个女孩昏迷时,我不曾介意触碰她、抱她或者带她进屋。我把冰袋递过去,说:"你应该把它敷在后脑勺,躺一会儿不要动。你有脑震荡。我得打电话给卡弗利医生。你想喝杯白兰地吗?"

她摇了摇头,然后皱了皱眉。

"你尽量不要动。你是在假装不能说话吗?我一直都那么干。你和我一样吗?"

她盯着我,眼里满是泪水。她有一张漂亮的小脸。过了一会儿,她的嘴唇颤抖起来,然后她说:"我想找妈妈。"

我叹了口气:"我也是,不过我是最近才意识到的,在我爸爸死了以后。你妈妈还活着吗?"

"是的。"她的声音高亢了很多,"你能给她打电话吗,拜托了?"

啊。是个难题。是个我不喜欢的难题。我不喜欢在电话里和陌生人对话。

"我会给卡弗里医生打电话,她可以打给你妈妈,好吗?"

"好吧。"

我记得孩子们喜欢甜食。"你想吃一块巧克力饼干吗？"

"你能先给我妈妈打电话吗？"

"好吧。"

我去爸爸的书房拿了电话，回到客厅。此刻她已经坐到了房间另一边爸爸的椅子上，不过她还举着冰毛巾敷脑袋。

就在我要问她电话号码的时候，她问道："我可以自己打给妈妈吗？"

似乎是个好主意。我把电话递给她。她偷偷摸摸地拨号，我想她不愿意让我看到号码。

"妈妈，你能来接我吗？……我在——"她抬起眼看我，"怪人萨莉·戴蒙德家……是的，我知道。她在这里……和我在一个房间。我在马杜卡的自行车上。他骑走了，我摔下来了……我不知道他在哪儿……求你了来接我……快来……不，"她压低声音，"但她问我你是不是死了……我不知道……马杜卡、弗格斯和肖恩想看看她在哪儿——你知道的——"她再一次抬眼看我，"在哪儿做的那件事……"

紧接着，一块石头破窗而入，砸落到我脚边。

我朝外张望，看到两个白人男孩正从砾石车道上捡石头，用力往窗户上扔。女孩儿缩进椅子里躲起来。椅子的靠背可以保护她不被飞溅的玻璃伤到。

我跑到前门。

"放了她！"雀斑男孩说。

"她因为你脑震荡了，马杜卡，"我指着那个黑人男孩，"你把她从自行车上摔下来，她撞到了头。她现在正给妈妈打电话呢。"

"哦，天啊，我麻烦大了。"

"你们打碎了我的窗户。马上把石头放下。"

"杀人犯萨莉·戴蒙德！"瘦高的那个男孩说道，但他们丢掉了石头。

女孩走到门口。她手里还拿着电话。她抬头看我，把电话递给我。"妈妈要地址。"我不想跟她妈妈说话。我不想让这些孩子中的任何一个逗留在我的领地上，我也不想要破掉的窗户。"你，"我指向马杜卡，"告诉她我住哪儿。"马杜卡走过来，我从他脸上也看到了恐惧。

他从我手中接过电话。"嗨，妈妈。"他低声说道，并拿着电话走开了。我没有看另外两个男孩的脸，但我注意到他们扶起自行车，慢慢沿着车道朝大门方向走去。马杜卡把电话递还给我时,他们已经无影无踪了。

在我清理碎玻璃并生起炉火时,马杜卡和女孩一起坐在沙发上。当我裁下一块硬纸板往窗户上粘时,他们窃窃私语起来。

然后,我给他们巧克力饼干,他们一人拿了一块,先闻了闻,然后马杜卡舔了舔他那块,朝女孩点了点头,他们都飞快地吃了饼干,碎屑掉到大腿上。我们一言不发地坐着。

最终,马杜卡咳嗽了一声,说道:"你做了吗?"

我的目光避开他。

"做什么?"通常我不善于猜测,但我想到了他要问什么。

"杀掉自己的爸爸,然后烧了他?我的意思是,你是把他活活烧死的吗?"

"没有。我没有。那天早上我给他送茶的时候他就已经死了,所以我把他和垃圾桶一起清理了,我们总是焚烧大部分垃圾,所以我认为这么做是最好的。"

"你完全有把握你没杀他吗?"

"百分之百。我查了他的脉搏。没有反应。警察也认同我没有杀他。我焚烧他的尸体是个错误。我不知道不应该那么做。如果我杀了他,我就会在监狱里,不是吗?"

"他们在学校不是这么说的。"

"学校里全是骗子。我在学校的时候,人人都对我撒谎。那是个糟糕透顶的地方。"

孩子们互相看了看。马杜卡说:"弗格斯说我有味道。"

"什么味道?"

"我不知道……我猜是我闻起来……很难闻。"

我凑近他,但也没靠得太近,嗅了嗅。

"看到没?他们是骗子。你什么味道都没有。你为什么要和弗格斯那样的家伙混在一起?他是有雀斑的那个吗?"

"不是,他是高个子那个。"

女孩笑了:"我叫阿贝比。"

"你看起来不像个小宝宝[1]。"

她咯咯笑着拼出了她的名字。我也对她笑了。

---

1 阿贝比(Abebi)的名字听起来发音跟 A baby 一样,所以萨莉误会了她,以为是"一个宝宝"的意思。

"他们也说你有味道吗?"

"没有,但有些女孩说我应该不停地洗脸,这样我的脸就会变白。"

"愚蠢的女孩。"

他们的妈妈来了。我听到声音了,随后看到车开上了车道。我让他们到外面去。男孩说:"我会让肖恩和弗格斯赔你的窗户。我跟他们说了不要扔石头,但他们不听。"

"他们有工作吗?"

"没有,我们才十二岁。"他说。

"那就由我来赔窗户吧。我现在有很多钱。"

他笑了:"谢谢。"

"你们想来我爸爸的葬礼吗?星期二。"

阿贝比抬起大大的眼睛望着我:"我们要上学。"

"如果我是你们,我才不去上学呢。"我说,"浪费时间。"

孩子们的妈妈正在外面把男孩的自行车放进后备箱。她没有靠近门口,但正伸长脖子想看到我。我站在门后,她看不到我。她是个白人女性。我听到她冲孩子们大喊:"快点!快离开这儿!等我把你们带回家再说!"

我玩起了妈妈常带我玩的游戏,试着想象她对我的看法,我意识到她一定很害怕。或许很多人都怕我。也许除了这两个孩子。马杜卡和阿贝比。我忘了问阿贝比她几岁。我想知道。我想知道他们住在哪栋房子里,看什么电视节目,他们的爸爸是否像我的爸爸一样好。

第十章

第二天一大早,就响起了敲门声。是安吉拉。她眉头紧锁,抿着嘴唇。这意味着她很生气。

"萨莉!你在想什么?你不能把陌生孩子带进你家!"

"我没有邀请他们。他们是擅自闯入的。我给其中一个孩子治疗了脑震荡,还给他们巧克力饼干。"

"你告诉他们不要去上学!"

"我喜欢他们。"

"是的,好吧,我花了些时间才安抚好他们的母亲,并解释了你的情况。萨莉,拜托了,试着考虑一下你说话做事的后果,尤其是对孩子们。我是全职的社区医生。上周为了给你处理危机,我不得不临时找人替班。"

"什么危机?"

她红了脸,但随后笑了起来,甚至大笑出声:"萨莉,你就是那个危机。你不是故意的,但如果你对任何事情有疑问,必须问我,好吗?"

"但我对任何事情都没有疑问。"

"这正是我害怕的。阿德巴约太太现在明白了一切,但她听说的都是你杀了爸爸的谣言。我说服了她,幸运的是,孩子们确实说你对他们很好。"

"那些白人男孩打碎了我的窗户。"

我给安吉拉展示了损坏的窗户,并让她叫玻璃工来。

"萨莉,我知道这对你来说很难,但是你必须逐步学会自己的事情自己做。比如打电话叫个玻璃工。哦,天啊,你没有智能手机,对吧?也没有笔记本电脑。但你知道怎么查黄页吧?你还有一本,对吗?我在门厅的桌子上看到了。"

我点点头。

"好吧,找一个离这里近的,让他们过来修窗户。"

我开始在房间里踱步。

"萨莉,我知道你爸爸是好意,但他太过保护你了。你本应该上大学的。简是对的。"简是我母亲的名字。她和爸爸曾经为我是否应该去上大学吵过架。爸爸赢了。

"我不喜欢和陌生人说话。"

"好吧,昨天你把两个陌生人带进了你的房子,而且和他们说话完全没问题。你邀请他们参加爸爸的葬礼了吗?"

"是的。"

"为什么?他们还是孩子。"

"我喜欢他们。"

"好吧,又来了。那你并不是不喜欢所有的陌生人。"

我从来没这样想过。

"所以,找个罗斯康芒的玻璃工,让他们来修窗户,好吗?"

"可是,如果他很刻薄,或者攻击我,或者他也和那些认为我杀了爸爸的人是一伙的,该怎么办?"

"大多数人知道真相,而不知道真相的人,嗯……"

"他们怕我?"

"我觉得玻璃工会过来的,修好窗户,然后尽快离开。"

"所以我不需要给他泡茶?"

"你什么都不用做,只需要付钱。"

"现金吗?"

"是的,他很可能更喜欢现金。听着,我得走了,我上班要迟到了。有任何问题就给我打电话。把电话好好挂回去,这样我就不用总是跑来你家了。我会在星期二的葬礼上见你,但我很忙。"

我知道我应该说对不起。"对不起,安吉拉。"

"幸运的是,你已经是过气新闻了。媒体的关注点已经转移了。昨天有个县议员被指控收受六百万欧元的贿赂,还有个诺克罗赫里的男子谋杀了自己最好的朋友。我得走了。再见!"她离开了,身后留下了一股抗菌剂的味道。我喜欢那个味道。她总是很干净。

她上车时喊道:"哦,我们得为圣诞节做点什么。你会来和我们一起过。"

第一次给玻璃工打电话并没有想象中那么难。拿起电话前,我练习了几次。最困难的部分是给房子指路。由于我住得离罗斯康芒很远,会有八十欧元的上门费,然后还必须支付玻璃费用以及安装所要耗费的时间费用,我还得测量窗户并给他们回电话。那个女人的声音很愉快,有外国口音,虽然我不知道是哪里的口音。

我测量了窗户,并给那位女士回了电话。这一次,她的态度截然不同,因为我看不到她的脸,所以无法判断她的情绪。她再次核实我的名字和地址,然后问我是不是托马斯·戴蒙德的女儿。

"是的。"我回答。

"好的。"她说,"亚历克斯会在早晨10点左右到。"

亚历克斯准时到达,装好了窗户,不到一小时就走了。他几乎没和我说话,我一直待在厨房里。我数出了现金,然后他说,或者算是嘟哝:"为你父亲的事感到遗憾。"

"我不应该试图焚烧他。那是个误会。"

他没再说什么,钻进他的面包车,开车走了。

第十一章

12月19日星期二是葬礼的日子。尽管安吉拉提出要陪我，我还是自己开车去了教堂。她说跟在灵车后的送葬队伍中行进是普遍做法，但我看不出有什么意义。两名警察站在大门口，拦住了那些摄影师。同安吉拉预料的相反，我仍旧是新闻焦点。我注意到在我走近教堂时，有人举着手机拍我。整个村子肯定都停摆了，因为人人都在场。大多数人我都不知道名字，但我认出了所有面孔。

我穿了妈妈会在葬礼上穿的那件黑色大衣。我在里面搭了件绿色连衣裙（也是妈妈的），因为她是穿黑色连衣裙下葬的。我还穿了我的黑靴子，戴了红色亮片贝雷帽，爸爸说这是出席特殊场合戴的。妈妈还在世时，我曾戴着它去福塔岛野生动物公园。那是个美好的周末。但今天也同样是一个特殊场合。

我认出的所有面孔都想跟我握手。我每次都把手抽回来，但安吉拉随即来到了我身边。"因为你失去了亲人，握手是他们表达慰问的方式。拜托努努力，允许他们跟你握手。顺便说一下，帽子很漂亮。我想你爸爸会喜欢的。"我在电视上看过葬礼。我知道握手、哭泣和擤鼻涕是人们期待中的行为。我向安吉拉讨了一片药。

然后，我让四十多个人握了我的手。在这个过程中，安吉拉略带不满地低声对我说："你也应该握他们的手。"

我不喜欢。我不喜欢所有人全在这里。我敢肯定他们中有些人几乎不认识我爸爸，但关于他，他们却都有话要说。

"妈妈精神崩溃时，他对我们很好，愿上帝保佑她。"

"他总是能发现便宜货。"

"要不是你爸爸，我可能已经在河里了。"一位双眼湿润的老人说。我知道以前妈妈求爸爸时，他极为偶尔地去看过她的病人。

娜丁抓着我的胳膊肘将我拉开。我不介意别人碰我的胳膊肘。"你有一些朋友来了。"她说。我不知道她在说谁，但在成群结队的当地人后面，我看到了阿贝比、马杜卡和他们的母亲，还有——我猜是他们的父亲。

我忽略了其他哀悼者，径直走向他们。阿德巴约先生说："我叫乌多，你见过我妻子玛莎了。我想表达我的哀悼，并为我的孩子们在星期六擅自闯入你家而道歉。马杜卡在路上承认他的朋友打破了你的窗户。请让我们赔偿你的花费。"他讲话很快。我想他的口音是尼日利亚的。所以，这些孩子并非像我一样是被领养的。马杜卡的脸上还挂着泪痕。

接着玛莎开口了："我们已经警告他们不要再打扰你了。"

"你不用赔我的窗户钱。已经修好了，也付过钱了。玻璃工害怕我。我想男孩们是担心我会把阿贝比扔进焚化炉。不是他们的错。"

这里我又说得太多了。而后我做了另一件非同寻常的事。我伸出手摸了摸马杜卡的脸："他们都是好孩子。我认为他们的朋友不是。肖恩和弗格斯。"我记忆力超群。

"已经禁止我和他们一起玩了。"马杜卡说。玛莎低声说他们是坏榜样。

"我想我们至少该让孩子们亲自过来，表达他们对这一切的歉意。"玛莎继续说道。阿贝比松开妈妈的手，抬头看着我。"我们星期四要表演圣诞剧。我演圣母马利亚。你会来看吗？"正在我斟酌着这个邀请时，灵车的到来打断了我们。

我试图想象棺材里有多糟乱。可怜的爸爸。我那天应该打电话给安吉拉的。但他应该在信封上写"在我死亡当天打开"。用大写字母，还得加上下划线。

教堂院子里的所有人都安静下来，安吉拉引导我走到灵车后面，他们把棺材卸到一个精巧的折叠推车上。我们跟在殡仪人员身后走进了这座小巧漂亮的教堂。娜丁告诉我她安排了鲜花。我觉得给死人买花纯属浪费，但我也知道不要将所有想法都和盘托出。面色红润的牧师过来同我握手。我把两只手都塞进了口袋。

前一天晚上他让我去见他，但我在电话里告诉他我不喜欢见陌生人。他提醒我，他在我小时候见过我好几次，那时我经常和妈妈一起去教堂。我告诉他，可他仍然算是个陌生人，所以他同意通过电话讨论葬礼安排。他问了一些关于爸爸的问题，我告诉了他答案。

"我们的人数每年都在减少。不知道你是否愿意来教堂做礼拜,哪怕只是偶尔来一下?"

"不,"我说,"太无聊了。"

教堂热得令人窒息。我想这里从来没有来过这么多天主教徒。严格说来,我其实是圣公会教徒,但几年前,我跟爸爸就达成共识——我们是无神论者。

我们在前排的长椅上坐下,娜丁和安吉拉分别坐在我两边。邮政局局长沙利文夫人,莫琳·肯尼和她的屠夫丈夫站在我们后面。格尔·麦卡锡站在我们对面的长椅上。我以前从来没见过他穿西装。他还刮了胡子。我寻找着马杜卡和阿贝比的身影,但他们应该在后面。

除了眼前那口棺材,一切都和往常一样无聊。牧师进行了一番冗长的演讲,说我父亲是社区的重要成员,这倒是让我很意外,因为爸爸对社区的逃避程度和我不相上下。安吉拉发了言,她回忆了我的母亲,并说无论父亲去世后出现了什么差错,他今日都会为我骄傲。之后响起了零星的掌声,我知道安吉拉是对的,因为爸爸经常说他有多为我骄傲。我冲着安吉拉咧开嘴笑了。

仪式结束后,我们来到以前野餐的那片墓地,埋葬爸爸棺材的墓穴已经挖好了。这时已经有一半的人都离开了。格尔·麦卡锡握着我的手说"节哀顺变",很多人在离开前都重复着同样的话。但我看到了阿德巴约一家,我很高兴他们留了下来。大雨倾盆而下,就像电视上的葬礼一样。棺材缓缓降入墓穴,我们终于可以走了。

安吉拉说过,参加葬礼的人可能期望受邀回到丧主家中。一些邻居准备了食物——三明治、馅饼和蛋糕,这显然是当地习俗。但我和他们素不相识,为什么要邀请他们来我家?有人告诉我村民们现在要去酒吧了。娜丁和安吉拉邀请我去她们家,但我很累,想回家睡觉。

当我朝着车子走去时,阿贝比走到我旁边说:"我们为你爸爸的事感到难过,也为擅自闯入感到抱歉。"

她的家人站在她身后。乌多开口道:"如果家里有什么需要修理的,马杜卡很乐意帮忙。要是活儿多,我也可以来帮忙。"

"只是……拜托……"玛莎轻声说,"不要告诉他们别去上学。他们喜欢学校。"

我沉默了一会儿,然后问:"他们可以哪天放学后来我家喝下午茶吗？"

玛莎看向乌多。阿贝比柔软的小手悄悄钻进我的掌心，这次我没有抽开。

"恐怕不太方便。他们还要写作业……"玛莎说。

"我以前作业写得特别好。也许我能辅导他们？"

"等假期结束以后再说，好吗？"

"你们怎么过圣诞？"这好像是我听到最多人问的问题。我想继续这场对话。这对我来说极不寻常。

"中规中矩的家庭日。早上去教堂，然后等着圣诞老人送礼物，吃火鸡大餐，看着巧克力吃多了的孩子们上蹿下跳，晚上再看部圣诞电影。"

"我能来吗？"我问。

安吉拉站在我身后笑出了声，她碰了碰我的手肘："你可真幽默，萨莉。别担心，玛莎，她圣诞节会来和我们一起过。"

我讨厌别人笑我。我忍不住拽起了头发。

"我总是说错话。"我知道我又搞砸了，"我有社交缺陷，你们知道的。"

"我希望你不要再这样给自己下定义。"安吉拉说。

但我早就知道"社交缺陷"这个词在尴尬或者

出现冲突时特别管用。谈话突然冷场,玛莎和安吉拉同时红了脸。我轮流盯着她们看。

"我喜欢你的帽子。"玛莎终于开了口。

"谢谢,这是专门为重要场合准备的。"

第十二章

回到家后,我弹了会儿钢琴。琴声总能让我平静。但困意袭来,我便小睡了一会儿。醒来时暮色四合,我才想起今天几乎是全年白昼最短的一天。早餐后我就没再吃过东西了。我把邻居们送来的食物分门别类地放进冰箱和冰柜,不禁思索他们眼中的我究竟是什么样的。那些准备食物的人并不怕我。我怀疑教堂里的大多数人也不怕我。娜丁说人们知道我那次只是犯了错,知道我只是与众不同。我明白,她指的是"社交缺陷"那个事。

当我把一份俄式牛肉(上面还附着"来自德士古加油站的卡罗琳"贴心的手写加热说明)放进微波炉时,我突然意识到,距离读完爸爸的第一封信已经过去快一周了。我吃了晚餐,倒了一杯威士忌。食物出乎意料地美味。爸爸总是说我尝试新鲜事物毫无意义,因为我太固执。我得去找到德士古的卡罗琳，找她要食谱。我很擅长按照食谱做饭。

我打开信封，拿出爸爸那封信的第二部分。

亲爱的萨莉：

我这一生都在让你远离心理治疗师、精神科医生（除了我）和心理学家。我们这个行业永远不会承认——我们的大部分工作并不科学，更像是猜测游戏。每隔十年左右，我们就会想出新的标签来给人群分类。你可能会被诊断为焦虑症或PTSD。有些人甚至会说你有自闭症谱系障碍或依恋障碍。但事实上，你只是有点怪，仅此而已。

你就是你。同这颗星球上的每个人一样独特且不同。你的古怪反常并非残疾（尽管我们为了让你可以拿到福利金，所以称之为残疾），它们只是你个性中的小怪癖。你不爱接电话，就像我讨厌花椰菜——这算什么大不了的呢？

我始终无法给你确诊，因为所有诊断标签都无法定义真实的你。没有任何标签能够解释你行为当中的所有矛盾。有时，你很有好奇心。其他时候，你漠不关心。你对其他人毫不在意的事情情绪充沛，但对那些会让他人伤心欲绝的事又无动于衷。你不喜欢和陌生人说话，但偶尔又会拦不住地搭话；还记得耶和华见证人到家里来的那次吗？

大多数时候，你不喜欢别人看你，但有时你又会盯着别人的脸看，审视他们。(我猜你是想更了解他们。我需要提醒你，那会让人有点不舒服。)你的行为总是前后矛盾。这并非坏事。只是，你不符合我所知晓的任何诊断标准。

现在的问题是，我认为你一个人独居于此并不明智。我可能不明智地纵容了你的自我隔离。我不确定你是否感到过孤独。你的决策过程并不总是我们所谓的"正常"，这可能会导致麻烦和不舒服的情况出现。我认为你需要指导。有时，你对重要问题感到困惑。你不愿接近人群，这对你没有好处。我知道你喜欢并信任安吉拉，但你不能事事都依赖她。她运营着繁忙的诊所。而且她和娜丁也需要时间陪伴彼此，所以你不可能每个问题都跑去问她。我让你变得不够独立。这是我的错。

你成为如今这样的独行者，这栋与世隔绝的老屋也难辞其咎。房子各处都已开始老化，就像我一样。而且它与世隔绝，就像你一样。

车子也不可能永远开下去，虽然你可以轻轻松松再买一辆，很多年前，你妈妈说我们应当找到一种方式让你融入社会，我认为她是对的。我知道你讨厌住在罗斯康芒镇，但你需要和更多人在一起。你愿意考虑搬到卡里克希迪村吗？而且，你并不需要一栋有三间卧室的房子。让你独自在这栋房子里消磨时光，只有我做伴，是我的自私。

我们已经让后面的田地荒废了，杂草丛生。你还记得你妈妈将它打理成野花草地时的模样吗？夏日里蜜蜂和蝴蝶嗡嗡飞舞。没能继续保持下去，这是我的诸多遗憾之一。你还为它编了一首歌。余生请继续唱歌，继续弹钢琴，这会给你带来平和，无疑也会给他人带去欢乐。

我觉得格尔·麦卡锡对这块地垂涎已久。几年前他就问过我，但我担心做出改变可能会让你不悦。我把你当成小孩子来对待。对不起，我的挚爱。他可能会翻新房子，开垦与他那块土地相连的田地。如你所知，他已经租下后面的第二块地。我会建议你卖给他，但要听从房地产经纪人的建议。这栋房子是个大平房，房间宽敞，虽然疏于打理，但是周围土地肥沃，非常适合养牛。虽然我们地处偏僻，但村庄正在向外扩展。主街现在都有了公寓。谁能想到呢，也许你可以看看那里是否有公寓在出售？

你会考虑找个工作吗？我想不出什么工作适合你，但我认为定期离开家对你会有好处。

顺便说一下，你不用担心账单，都是自动扣款，遗嘱认证期间，杰夫·巴灵顿会全权负责账单的持续支付。

一开始，我觉得你假装聋哑很有趣。但现在，我认为这并不明智。你应该与人交流。问问他们的情况。一句简单的"你好吗？"就足以开启一段对话。试着去看他们的脸。即便你不想知道答案，最终也会建立起友谊。当年你在学校虽然过得不开心，但还是有一些善良的女孩试图帮助过你。还记得她们吗？在外面的世界里，你会发现善良的人要多过不善良的人。去把他们找出来吧。

珍妮特·罗什开了个绘画班，这是个与人结识的好方法。罗斯康芒图书馆的伊恩和桑德拉组织了各种各样的社团，我知道他们开设了课程，教授人们如何使用电脑。不用花钱。如果我是你，我就从这里开始。

目前就是这些，我的挚爱。祝你这周愉快。在你下周打开最后一封信前，我希望你能美美地吃上一顿,并喝一小杯威士忌。需要消化的信息将会很多,我不想让你一下子承受太多压力。

  爱你的爸爸

  为什么我要搬家呢？我喜欢住在这里。我根本不想搬去村子里,更不想社交。也许我可以做保姆——照顾阿贝比和马杜卡。玛莎和乌多说不定会同意让我偶尔照看他们,而且不用付我工钱。

  还有一件让人好奇的事。爸爸在信中提到了PTSD。我知道那是创伤后应激障碍的意思。但他说的是"创伤"是指什么呢？

第十三章

第二天,我去了邮局。推开门时,排队的人群正喧闹不休,但当他们转身看到我时,霎时鸦雀无声。我前面的女人参加过葬礼。"我们以前都不知道你会说话。"她说。

"你好吗?"我按照爸爸的建议问道,但她没有回答,而是说:"我是德士古加油站的卡罗琳,几天前给你送了锅炖菜。失去亲人时,做饭和厘清思绪都不容易吧。"

"很好吃,"我说,"可以给我食谱吗?"

我看着她的脸。她涂着红色的唇膏,眼睛是蓝色的,我觉得她可能要比我年轻一点,但我不擅长猜年龄。

"当然,我发邮件给你?"

"我不用电脑,但我打算圣诞节过后去图书馆上几节课。都是免费的。"那天早上我给图书馆打了电话,确定了这件事,对话很容易,那个叫伊恩的男人很友好。

"你有手机吗?我可以给你发短信?"

"没有。"

"那我写下来吧,你可以到德士古来找我,我会给你的。"

"谢谢你。顺便说一句,我可以冷静思考,但我在情感上是断裂的,所以我不会以正常的方式处理悲伤。你好吗?"我想我得再试一次。

"挺忙的,"她说着拿出一沓信封,"得尽快把圣诞贺卡寄出去。"

过去几周,邮递员往家里送了很多贺卡。有些是寄给爸爸的,有些是寄给我的。我想我应该打开它们。

我想不出还能对卡罗琳说些什么。

队伍移动得很慢,在柜台,许多顾客将笨重的包裹通过沙利文夫人敞开的窗口推进去。

"那么,你在哪儿过圣诞节?"卡罗琳问。

"安吉拉和娜丁算是邀请了我,但我不确定去不去。我可能会待在家里。"

"那对女同?"她问。

"是的。"我又看向她的脸,发现她皱起了眉头。我说错了什么吗?

"你绝对不会愿意总和她们混在一起。自从你妈妈去世后,我就去罗斯康芒看医生了。人们可能会认为你也是其中之一。"

"什么之一?"

"你知道的。女同。"她低声说出了这个词。

"这个嘛,我是理论上的异性恋。"我说。

她盯着我,一脸困惑。

"我从来没有发生过性关系,所以我不能百分之百确定。"

她转过了身,对话似乎结束了。但那的确是一次真正的聊天,我为自己感到骄傲。她从口袋里掏出手机,开始滑动。完成邮寄后,她在离开前朝我点了点头。"再见。"我说,"和你聊天很愉快。"但她没有回答。

轮到我了,沙利文太太歪着头喊:"萨莉,你过得怎么样?"她仍然当我耳聋一样大喊着。

"很好,谢谢你。我需要玛莎·阿德巴约的地址。电话簿上没有她。"

"那个瑜伽老师玛莎?"她大声问。

"我不知道她做什么工作。她有个叫乌多的丈夫，还有两个孩子。"

"我知道你在说谁了。她的工作室在布拉肯小巷，就在肉铺旁边。"她说，"向日葵工作室。我觉得我不能泄露她的家庭住址。你为什么想要她的地址？"

我又开始装听不到，随即转身离开。"圣诞快乐！"她在我身后喊道。我没有回应她的问候。

"可怜的孩子，"她对排在我身后的男士说，"我觉得她的听力时好时坏。"

我走上小山坡，在肉铺左转，进入了布拉肯小巷。向日葵工作室就在隔壁。我记得这里以前是一家花店，但后来诺克图姆村开了一家超市，距离这里五英里。渐渐地，花店、杂货店和面包店就都关门了，只剩下一个小的家乐超市和德士古加油站。

透过整面玻璃橱窗，我看见六女一男正背对街道压腿弯腰。玛莎面向学员示范动作，众人随之举手向天，十指张开，再前倾抖腕放松——几年前，我在晨间电视上也跟着这样的运动课程练习过。有时爸爸也会加入。他说做运动对我有好处，不过除了在自家地界散步，我很少运动。

课程结束。学员们从置物架取回叠放好的外套，开始穿起来。我猜这里没有淋浴设施，于是我又想到了安吉拉和娜丁的完美淋浴。

紧接着我就听到了玛莎的声音。"萨莉！进来吧。你想报名上课吗？"

我推开门时，学员们正鱼贯而出。直至只剩下我们俩，我才抬起头。"你好吗？"我说。

"还不错，就是有点出汗。"房间很暖，原先花店的柜台还在屋里。她走向一台饮水机。"这是圣诞节前的最后一堂课，但你可以在1月4日加入我们。八堂课一百欧元。我敢肯定你需要放松一下。"

"你需要免费保姆吗？"

"什么？"

"我知道我没有经验，但妈妈总是说我应该找份工作，在我见过的孩子里，你的孩子是唯一让我喜欢的孩子。我可以给他们做饭，我还学过急救课程，所以他们绝对安全；我以前成绩很好，也许我能辅导他们做作业。"

所有的话一股脑涌出来，我看着她的脸，想看看她是否能明白我的意思。

"而且我囤了充足的巧克力饼干，我保证不会跟他们说别去上学。我会完全按照你的指示行事。你可以写下来给我。我很擅长遵循指示。我可以接送他们回家,随叫随到。"

她咧开嘴笑了。这是个好兆头。我们分别坐在两把椅子上,她正拿着一个塑料杯喝水。

"我真高兴你喜欢我的孩子们。"

"那,关于保姆的事呢?"

"听我说,无意冒犯,萨莉,但我不确定你是否适合……适合那类工作。而且,我的工作只是兼职,他们放学后,我就可以在家了。我们不需要保姆。"

我有些生气:"为什么你觉得我不适合?"

"萨莉,你没有正规资质。我很高兴你喜欢我的孩子,但他们是你唯一喜欢的孩子,这一点有些……奇怪。如果他们对你失礼呢?我不知道如果他们惹你生气了,你会怎么处理纪律问题。"

"通常,我生气或者沮丧的时候,会薅自己的头发。"我说。

"哦,天啊!你不觉得这会吓到他们吗?"

"我不会薅他们的头发,有时我会弹钢琴来让自己冷静下来。"

"很抱歉,萨莉。如果你在找工作,我认为保姆并不适合你。但是，你知道，我真心认为瑜伽或许能帮助你应对压力。考虑一下。前两堂课免费。你觉得怎么样？"她又笑了。

"我会考虑的，"我说着转身离开，"麻烦你告诉阿贝比，我不去看圣诞剧了。小孩通常演得很糟。"

她哈哈大笑。我猜她以为我是在开玩笑。"我理解。嗯，我想你也不会错过什么。"

我朝门口走去。

"嘿，圣诞快乐，萨莉！"她说。

"祝你们圣诞快乐，特别是孩子们。"我说。

第十四章

12月22日,星期五下午,有人敲门。是邮递员,他送来了一个包裹,是个小得不能再小的盒子,但对邮箱来说又太大了。我把那个包裹和所有卡片及信件放在一起。直到傍晚,我才想起该拆开这些信件了。还在等什么呢?拖延拆信已经给我惹过麻烦。其中有十到十二张写给父亲的贺卡(有些邮戳显示在他去世前就已寄出),还有几张是给我的。

12月3日

祝你和萨莉圣诞快乐

——爱你们的克里斯蒂娜和唐纳德 X[1]

---

1 人们在对话中以 X 代表 kiss。——译者注

另：希望明年过去之前，能见上一面。快来看看我们吧，带上萨莉。我猜她大概不记得我们了，但我们很想再见见她。她该知道自己还有别的亲人。

克里斯蒂娜是妈妈的姐姐，是位电影明星般魅力四射的女士。我记得妈妈以前经常和她一起去国外度假，也去都柏林看她，还有她们长时间的"电话粥"。卡片上有一串电话号码和都柏林四区多尼布鲁克的地址。

然后还有另一张给我的卡片，字迹是一样的：

12月16日

亲爱的萨莉：

听闻汤姆去世的消息，我们非常难过。我试着给你打了好多次电话，但也许你换了号码。我们上次见你时，你才十几岁，可能不记得了。我是你妈妈的姐姐。简和我很亲近，但自从简去世后，你爸爸似乎彻底隐世避居起来，尽管我尝试接触，但他却始终回避往来。

我们经常想起你们俩，但我们尊重你爸爸想要隐居的意愿。不幸的是,唐纳德健康状况不佳,我们无法参加葬礼,他正在家里恢复。我们很想去见你,并提供任何力所能及的帮助。

我从报纸的报道里看到,汤姆去世时你肯定很困惑。我们已向警方说明你的特殊情况,所幸事件最终得到妥善解决。我还和安吉拉·卡弗里医生谈过了,很高兴简那忠实可信的老朋友能替你出面。**请务必打电话给我们**。我们想尽快见到你。或许你可以考虑和我们一起过圣诞?

落款处,她写了"爱你的"并附上了电话号码。

还有一封手写信,一页纸,是从练习本上撕下来的。字迹糟乱。地址也不完整,但这封信还是找到了我。

萨利·戴蒙德:

你这个恶魔的崽子,你<u>回</u>遭报应的。你怎敢这样烧死那个收留你、把你从地狱救出来的好人?地狱才<u>识</u>你该去的地儿。我正在向圣母马利亚祈<u>涛</u>,让你这个<u>表</u>子早点下地狱。现在<u>每</u>改已经太晚了。

有其父坐有其子。[1]

信末没有署名,纸上的很多处被圆珠笔狠狠划破,几乎要撕裂了。虽然我和父亲早就达成共识——地狱根本不存在——但写信的人如此恨我,还是让我感到不安。直到翻开下一张贺卡,这份焦虑才烟消云散。

亲爱的萨莉:

你可能不记得我了,但一年级到六年级,我们都在罗斯康芒的同一所学校;上课的时候,我们经常坐在一起(因为没有其他人愿意和我们一起坐!)。

听说你爸爸的事后,我非常难过。因为我想起了你曾经的模样,我完全能理解你是怎样犯下这个错误的,而且我想让你知道,如果其他人也像我一样了解你,他们中的大多数人都会和我有一样的感受。

上学时我们很少交谈,其实我跟谁都不怎么说

---

[1] 文中出现大量拼写错误,甚至连萨莉(Sally)的名字都拼错成了(Saly)。为了保证读者对原文的理解,在对应的翻译处使用了错别字,特加下划线以示区别。

话，因为口吃太严重。不过现在好多了。大学毕业后不久，外婆去世了，妈妈继承了一些钱，她花重金给我请了私人语言治疗师。虽然至今没法公开演讲，但至少能流畅交谈了。所以我猜，随着年龄增长，有丈夫的爱，还有两个很棒的孩子，我的自信也在增长。

这些年来，我常常想起你，惊讶于你没有继续学习音乐。你曾是最不可思议的钢琴家。有时我会坐在琴房外听你弹琴，而且我不是唯一这样做的人。我猜，或许你舍不得离开父母？又或是社交恐惧把你困在了家里？这都不怪你。我曾经也很害怕社交，但比在学校时好多了。我们在学校都是被霸凌的目标。

大学时，我第一次找到了更为善解人意的朋友，我参与了社会公益社团，现在我作为筹款人，正为无家可归者的福祉而奋斗。如今步履维艰，活动无穷无尽。

我不想因为重提你的早年回忆而让你心情低落。我不知道在上学前，你的童年遭受了那么多的苦难。我是说，你成为如今的你一点也不奇怪，但我从没觉得你有任何恶意——你只是有点特别而已。如果你想联系我,我的详细信息就在下面。我希望你知道,这世上有很多像我这样钦佩你的人:一是因你幼年能熬过那般磨难;二是因你始终活得自我。我参加了你爸爸的葬礼,我觉得那顶红帽子相当有品位——对于葬礼而言有些不寻常,但那就是你!我还记得你的习惯,所以没上前握手。你全程低头看地的样子,和上学时一模一样。

祝你一切都好,老朋友。(可以这样说吗?我觉得我们从前算得上是朋友吧!)

祝好

斯黛拉·考夫兰

我清楚地记得斯黛拉。她口吃很严重,每次有人搭话,都会涨得满脸通红,要是被老师提问,我甚至能闻到她腋下渗出的汗味。有时她会不言不语地同我分享巧克力。她没有不友善。没错,霸凌者对她尤其残忍——她比我惨得多,因为我总按妈妈教的法子不作反应。斯黛拉常在我身旁无声抽泣,我能从她肩膀的抖动看出来,但我不知道该对她说什么。哪天我会给她打电话吗?也许吧。

还有另一封恶毒的来信,指控我弑父,却说要为我的灵魂祈祷,这封完全没有错别字,末尾还署了名。其他卡片不外乎都是人们寄来的吊唁信和圣诞卡,都是我半熟不熟或者听爸爸提过名字的人。现在只剩下两封信和那个包裹没拆了。那两封都是记者来信,一个打着"国民有权知晓真相"的旗号,要挖掘我的"悲惨童年";另一封则直接开价五千欧元,要买下"独家专访"。

在被爸妈领养前,我究竟经历了什么?为什么"国民"什么都知道,而我却一无所知?我想给安吉拉打电话,尽管她可能会生气。那肯定是什么糟糕透顶的事——不过既然我毫无印象,应该也不重要吧?直到此刻我才想起,当初警察听说我最早的记忆停留在七岁生日派对时,脸上浮现的诧异神色。难道常人都能记得更早的事?明明我的记忆力超绝。我感觉脑袋里头有奇怪的嗡鸣声。我的手在颤抖。我想这就是"神经质"吧。我弹了一会儿钢琴,直到感觉好些才停下来。

我捧起那个包裹,小心拆开包装纸,将它收进专门存放引火纸和回收纸的抽屉。

这是一个长长的鞋盒，打开盖子的瞬间，我立刻感到肚子里涌起一股暖流。皱纹纸里躺着一只小小的泰迪熊，我从盒子里把它抓出来，抱在胸口。肚子里那股暖意一路延伸到指尖和脚尖。我将他举到眼前。他又破又旧，少了一只眼睛，浑身污迹和补丁，但他让我感觉到了什么。我再一次抓紧他，很困惑。他为何会对我产生这样的影响？为什么他的存在立刻让我感觉到了温暖？为什么我在心里称呼它为"他"？

"托比。"我说。他没有回应。

我在盒底翻找着信件或者卡片一类的东西。只有一张黄色的便利贴，上面写着：

我想你会乐意让他回到你身边。

S.

第十五章

我认识这只熊。我知道它的名字叫托比。是妈妈给我的吗？我的记忆力明明那么好。我怎么会不记得呢？它闻起来有一股霉味，脏脏的，但也有一种熟悉的味道。无法理解的情绪在我心中肆虐。我大笑，兴奋，同时焦躁不安。我想找到"S"，让他或她解释清楚。我太想给安吉拉打电话了，但我听从了爸爸的劝告。我能跟谁说说这件事呢？爸爸说他会在下一封信里解释更多，但没到周二，我不能打开。这就是我需要获得指导的情形之一。现在已经很晚了。爸爸总说晚上九点以后给任何人打电话都不合适。

我站起身，迷迷糊糊地回到卧室——这种眩晕竟带着种奇妙的愉悦。我紧搂着托比完成了睡前准备，我和它说话，解释我在做什么，欢迎它来到新家。我希望它在这里能快乐。我想象着它的回答。当我环抱着它躺下时，轻盈的眩晕感让我分不清自己是昏过去还是睡着了。

那天晚上我做了梦，栩栩如生，梦里有个纤瘦的长发女人。我坐在她的腿上。这很奇怪，因为我从来不会坐到任何人的腿上。同样奇怪的是，我以前从来没做过梦。

第二天，我给克里斯蒂娜姨妈打了电话。

"哦，亲爱的，"她说，"听到你的声音真是太好了，我们一直在担心你。"

"那件红外套还在吗？"我问道。

"什么？老天……你居然记得！都快二十年没——"

"你看起来像电影明星。我喜欢那件大衣。克里斯蒂娜姨妈，你记得你七岁之前的任何事吗？"

她顿了顿。

"这个嘛，记得，我有几段印象——从爸爸那儿得到一个冰激凌甜筒，就是你外公——"

"你那时几岁？"

"大概三四岁？"

"我以为人们的记忆是从七岁才开始呢。"

"好吧，每个人都不一样。"

"我觉得七岁之前,我发生过一些不好的事情。"

又出现了沉默。

"萨莉,我能去看看你吗?"

"为什么?"

"我觉得如果能面对面和你说话是最好的。"

想到可以再次见到她,我心里暖暖的。

"我今天中午就能到你那里。"

"你会想吃午餐吗?"

"不了,喝杯茶——"

"我可以做火腿三明治。"

"那可太好了。"

"不要带唐纳德,好吗?"

"嗯,好吧,他正处在手术恢复期,但你为什么不想见他呢?"

"爸爸说他是个懒惰的笨蛋,为了你的钱才和你结婚。"

她哈哈大笑。

"你为什么要笑?"

"你爸爸,说到推测……"

"我不明白。我不喜欢别人笑我。"

"天哪,我不是在笑你。听着,别担心,我不会带唐纳德来的。"

我快速挂掉了那通充满冗余告别语的电话（我向来讨厌这种"再见""拜拜"来回五六遍的客套）。

两个小时后，我去厨房做三明治。我用父亲的旧围巾给托比做了个襁褓，让它紧贴在我心口。我告诉它将有访客到来。我再次问它"S"是谁。我没指望得到答案，但和它说话感觉很好。我不再感到孤单。

我去应门时，克里斯蒂娜姨妈就站在门口，还抱了一大束花。

"亲爱的！哦，我的天，太久没见了。你长这么高啦！你真漂亮！"

克里斯蒂娜姨妈曾经就像是时髦版的我妈妈。但现在，她已经人老珠黄。我差点脱口而出。她脸周的皮肤全都垂了下来，但金色的眼影和浓密的睫毛仍让她的双眼炯炯有神——这很合理，毕竟母亲去世太久了。我原本与她相处得很自在，直到她伸手想触碰我时，我条件反射地后退了一下。"抱歉！"她像是投降一般把双手举了起来，"你以前总让我牵你的手。"这倒是事实，只是我太久不习惯与人肢体接触了。

我们来到厨房,我打开了电水壶,开始泡茶。我注视着她。她看着我,面露微笑。"你怎么样?你家里没布置什么圣诞装饰?"

"没有,爸爸和我一致认同,那些都是给小孩子的。"克里斯蒂娜姨妈皱了皱眉头。

"我收到了这些信,"我说,"有些人想和我做朋友。有些人讨厌我,他们写我是魔鬼的崽子。"

"我能看看吗?"

我把各种各样的信拿给她看。

"嗯,这些可以直接丢进垃圾桶。"她说着拿起了那些恶毒的便条和记者的来信。我同意。除了我的同学斯黛拉的信和"S"的便条,我不想留下任何一封。

"你感觉怎么样?"

"我很好。爸爸说我应该搬到村子里去。他说我一个人住在这里不健康。"

"你在这里不孤单吗?"

"我有托比了。"我说着指向我的小熊。

"托比不是人,亲爱的。"

"我知道。我又不傻。"

她什么也没说。我们彼此对视。她的头歪向一边，目光温柔。

"我被收养前发生了什么？"

她挪开了目光，看向窗外，看向地板，然后又看回我的脸。她问道："我可以握握你的手吗？"

"干什么？"

"肢体接触能带来慰藉，尤其当故事不那么美好时。"

她将我的手轻轻拢在掌心。

"简说你……曾经服用药物，什么都不记得了？"

我摇了摇头。

"你的母亲，你的亲生母亲，我是说，她……去世了。"

"她怎么死的？"

"她被一个男人绑架了，在她很年轻的时候，那时她还只是个……孩子。"

我曾经看过男人绑架年轻女性的电影和电视剧。

"他把她关在地下室吗？"

"是的，嗯，不是，不是地下室，是他房子后面的一个扩建房。他住在南都柏林的一幢大房子里，那片土地有半英亩。他在那儿关了她十四年。"

我的脑袋开始嗡嗡作响。"请别说了,好吗?"她抚摸着我的手。

我转过身去,将茶壶重新续满。我拿起一块三明治,咬了一口。克里斯蒂娜姨妈静静地坐着。

"你要吃一块吗?"

"什么?"

"你要吃个三明治吗?"

"不了。宝贝,真对不起。这是个可怕的故事。我可以帮你给什么朋友打个电话吗?安吉拉怎么样?"

"好,我可以打给她。"

我拿起电话。安吉拉周末不工作,所以我想这不会打扰她。

"安吉拉?我姨妈克里斯蒂娜在这儿。她告诉我,我的亲生母亲是被绑架——"

"该死。"

"什么?"

"我是想在你打开你爸爸的最后一封信时陪在你身边。那封信解释了一切……好吧,起码是大部分事情。我能和克里斯蒂娜说话吗?"

克里斯蒂娜姨妈将电话拿去了门厅。我听不清她具体在说什么，但能听到她的声音变得尖锐起来。然后我听到她挂断了电话。回到厨房桌旁时，她眼睛里有泪光。

"萨莉，我怕是搞砸了。安吉拉正在赶来的路上。等她来了以后，我们再继续聊别的事吧。"

"你觉得她爱过我吗，我的亲生母亲？"

她拿起一块三明治："哦，我觉得她全心全意地爱过你。"

"你怎么知道？"

"这些三明治真好吃。我们等等安吉拉吧，好吗？我要给她做些三明治吗？"

"我来做。托比不吃东西真是幸运，否则我们可能会把面包吃完。"

"你今年多大了，萨莉？"

"四十三岁。你多大了？"

"六十七岁。"

"我亲生妈妈结婚了吗？"

"没有……我们等等安吉拉。"

"好吧。你想抱抱托比吗？"

她还没有好好看过它，我想向她展示一下它。

"天哪，它有点旧了，是不是？"

"没错,今晚它要和我一起洗澡。"

"哦,把它泡在水里可能不是个好主意。那样会毁了它。它很旧了。我们现在要不要试着刷一刷它?一边等安吉拉来,一边稍微刷一下。"

克里斯蒂娜姨妈给洗碗池里灌满肥皂水,用软毛刷轻轻刷着,我负责举着托比的胳膊和腿。棕色的泡沫在水中打转。

"真好奇它究竟去过哪里。"她说。

"我不知道。它是昨天和那封信一起邮过来的,上面署名写了一个'S',但我一下子就知道它是我的,它叫托比。但我不知道我是从哪里得到它的。也许是妈妈给我的,但我记不起来,而我的记性通常很好。"

"'S'?"她问,我走过去再次寻找那张便条。

"你知道'S'是谁吗?"

克里斯蒂娜姨妈差点就把托比掉进水里,我及时抓住了它。

"哦,我的天啊,我们不该碰它,也不该给它洗澡!"

"为什么?它很脏。它需要洗澡。"现在我接过手,轻轻擦洗它,用清洁布擦拭它的小脸和柔软的棕色鼻子。克里斯蒂娜姨妈开始在房间里踱步，绞着双手。

门铃再次响起，克里斯蒂娜姨妈跳起来去开门。我能听到安吉拉拥抱她时，她们在走廊里窃窃私语。她们似乎很容易就能互相拥抱，尽管她们已经好多年没见了。

安吉拉大步走进房间："萨莉，我觉得你不该碰那只熊。"

"为什么？"

"请把它放下。"她的语气很坚定。

"它是我的。它叫托比。"

"你怎么知道的？"

"不知道为什么，我就是知道。我爱它。"

我被自己言语的力量吓了一跳。我有着保护这个玩具并将它留在身边的强烈需求。我看得出安吉拉很惊讶。

"你不该碰它的。"她看着洗刷过的熊，"我想现在太晚了。它已经被碰过并且洗过了。"

克里斯蒂娜姨妈的声音陡然升高："我很抱歉，直到我们开始洗它后我才知道。我二十多年没见过萨莉了。我以为是她的。"

我开始感到焦虑。"它是我的。我能……感觉到。我要留着它。"我紧紧抱住它湿漉漉的身体,感到胸口一片潮湿。

"这可能是证据,"安吉拉说,"你有随它一起寄过来的包装纸吗?"

"我不明白!"我尖叫道,"你说的话没道理。"我完全迷失了,脑袋里的嗡嗡声没有停止。我开始拉扯自己的头发,这时安吉拉轻声问我它是何时送到的,怎么送来的。"我可以搂着你吗,萨莉?"我点点头,在我紧紧抱着托比的时候,能有一只手臂环绕我的肩膀,这感觉很温暖,很自然。我们就这样待了一会儿,直到我平息怒气。

"我们应该去客厅,稍微放松一下。这消息确实令人震惊,但我们还有更多事情需要告诉你。"克里斯蒂娜姨妈说。

"首先,我需要那个包装纸。"安吉拉说。

"还有一个盒子。"我说。

我找到了盒子和包装纸。"这上面的邮戳来自新西兰。特快专递。"安吉拉说,"盒子来自一家鞋店。警察们终于有了一条线索。"

"你在说什么?"

"我想你需要读一读你爸爸的最后一封信,然后我会回答我能回答的问题,好吗?"

我们都去了客厅。我头晕目眩。克里斯蒂娜姨妈问安吉拉有没有什么药物能让我平静下来。

"萨莉需要保持清醒的头脑来接受这个消息。"

我从爸爸的办公室取出那封信:"我本该等到——"

"你爸爸会同意的,萨莉,真的。"克里斯蒂娜姨妈说。

她们领着我坐到沙发上,一左一右把我夹在中间。我让她们坐到别的椅子上去。

第二部

"他就是这样称呼我的。

　　一个受损的孩子。"

第十六章
彼得，1974 年

我还记得小时候，我住在一个俯瞰大海的豪华房间里。身后是一整面书墙，我坐在长餐桌前与父亲相对。每个工作日，爸爸离家去工作前，都会和我一起吃早餐，我们会听收音机。然后他会给我饼干、水果和一本带蜡笔的涂色书。他会给我布置家庭作业，然后把我锁进附楼的白色卧室里。那里有一扇大窗户，能够看到后花园，床下有个便盆，书架上有我的四本书，还有一个放衣服的衣柜。

那些白昼似乎漫长得没有尽头，但他回家后，会打开门，把我抱在怀里，带到主楼。他会给我做一顿热腾腾的晚餐，然后检查我的作业、阅读、写作和算术，然后我们会看电视，一直看到我的睡觉时间，但他从来无法解释那些小人是怎么进入电视机的。我常常听到他弹钢琴，或者有时我会在他打开隔壁房门的声音中醒过来。

周末若是天气晴好,他会让我到花园里去玩,我会帮他除草。我将割下的草堆成小山或者鸟巢,而后他总会把它们放到篝火上烧掉。

附楼是房子边上一个形状古怪的建筑。楼下的食品储藏室里有一扇通往附楼的门。我的卧室门旁边也有一扇门。偶尔我会听到门的另一边传来的声响。通常是哭泣或者哀号。爸爸说他在那里关押鬼魂,我不必担心,因为她永远也出不来。他说得对,因为她从来没有出来过。但有时声音会非常骇人。每当情况变糟时,爸爸便让我躲进被子里,用手捂住耳朵,我想他肯定是去了隔壁的房间,告诉鬼魂安静点,因为接下来的几天,那个房间都不会传来一丝声响。

每晚睡前,爸爸会给我读个故事,亲吻我的额头,并告诉我他爱我,我们会一起祷告,然后他会再次锁上门,确保我直到早晨都是安全的。

每年8月7日,我生日的那一天,我们都会过"特殊一日"。那天爸爸不去上班。我记得的第一个生日,爸爸带了一顶帐篷回家,我们把它扎在了花园里。他生了篝火,我们在上面烤了香肠。我们在帐篷的睡袋里睡觉。接着，晚些时候他把我叫醒，天已经黑了。他领我出去，点燃烟花，夏日墨水一般的夜空迸发出色彩与喧嚣，那是我经历过的最为激动人心的事。

下一个生日很可怕。我想那时我七岁。我们坐上爸爸的车，穿过花园尽头的大门，驶上大路，那时我害怕极了。我头晕目眩。我之前从来没有坐过他的车，虽然星期天我会帮他洗车。他在前座上放了垫子，这样我就能看到窗外。他还给了我一个袋子用来吐，以防头晕没有缓解。头晕很快就消失了。大门外是人——同我和爸爸一样大小的人——还有女人。我只在电视和书里见过她们，但这些是和真人一样大小的。

我们开了很长的路去动物园。我担心我们永远也找不到回家的路了，但爸爸说他总能找到回家的路。

我太害怕了，不敢放开爸爸的手。比起动物，人类更吸引我。他们成群结队地走来走去，妈妈带着孩子和坐在婴儿车里的小宝宝，爸爸妈妈手挽手走着。一群群的孩子，男孩女孩，一起跑来跑去。爸爸试图让我去看黑猩猩和大象，但我却在听人们聊天。爸爸给我买了一根冰棒,告诉我不要看其他人,但我忍不住。一个男人拦住爸爸和他说话,我躲在他的腿后。爸爸告诉那人我是他的教子。我能看出爸爸不想和那个人说话,我们很快就走开了,然后爸爸说该回家了。我很高兴。

我有很多问题。我问他儿子和教子之间的区别是什么,他说教子是相信上帝的孩子。我当然相信。

我问爸爸女人是否很坏。他说大多数很坏。我说电视和我书里的有一些很好,但他说电视里和我看的故事都是虚构的。我问我有妈妈吗,他说有,但她是个鬼魂。我的屋子隔壁,那间位于附楼的房间门上有一把大大的挂锁。于是我问,我的母亲是不是住在那间房里的鬼魂,是不是她发出的那些号叫,他说就是她,但我无须担心,因为我永远也不必见到她。

第十七章
萨莉

我颤抖着双手打开了信。

亲爱的萨莉:

我希望现在你已经从我的死亡中恢复过来一些。这些是我早就该慢慢告诉你的事,或许应该在一段时间内逐步说清。我不希望你因这个消息而沮丧。这些都是过去的事了,对你而言,如今什么都不会改变,除非你想。但我认为你是会按习惯行事的人,你会继续按照原样生活下去。

你的本名是玛丽·诺顿。诺顿是你亲生母亲的姓氏。我们相信她绝对不会愿意让你随生父的姓。所有原始医疗报告和一些报纸剪报都在我办公桌下的箱子里,装在一个标有"*私密*"的文件夹中。当你来到我们身边时,我们认定你已经重获新生——

从此，你就是我们的萨莉·戴蒙德。

你之所以有点古怪，不是因为你的大脑有什么问题，而是因为你在骇人听闻的环境中长大——直到你被人发现的那天。

1966年，你的母亲丹妮丝·诺顿在十一岁那年被康纳·吉尔利绑架。在接下来的十四年中，他对她进行了精神和性方面的虐待。据我们所能了解的，你在她被绑架八年后出生。你的生母无法确定具体日期甚至年份，但那是她最有可能的猜测，我的医学同人们也同意你很可能是在1974年下半年的某个时候出生的。出于显而易见的原因，你的出生并没有进行注册，所以你的收养证书上的出生日期可能不正确。很抱歉告诉你，康纳·吉尔利，那个绑架犯，是你的亲生父亲。

丹妮丝·诺顿的家人找了她很多年。直到1980年3月，警方接到匿名举报后才在都柏林基利尼郡康纳住宅的后院的自建房里发现了你们。你亲生母亲的房间窗户用木板封了起来。那里又黑又潮。房间里有一块电热板和一台冰箱。主屋的地板上有一张床垫，屋里有个马桶，边上是洗脸盆。你小小的卧室就在隔壁，明亮通风，有一扇大窗户，可以看到花园。你们俩都枯瘦如柴，尽管你在被解救时几乎完全沉默，显然很痛苦，但丹妮丝正承受着多项精神健康问题。我不确定尝试想象她的精神状态对你会有什么好处。一开始，她非常凶猛，会攻击任何接近她的人。为了能让医生给你们做体检，必须得把你们俩全都麻醉。普通镇静剂药效不够。最初我们并没有打算让你们俩永久分离。

你的妈妈简受过良好的专业训练。在你们被发现时，她已完成全科医生培训，并额外进修了儿童与青少年精神病学的专科轮转。你和你的生母都被送往圣玛丽医院——当时我是该院的医疗主任。我们设立了一个特殊病房，并安排专职团队照料你们。考虑到你的发育和身体健康问题，我申请将简借调到圣玛丽医院与我共同工作。由于我们是夫妻关系，这对各方面都很合适。我们与护理人员组成团队，全天候住在病房里照顾你们。

我始终未能赢得丹妮丝的信任，尽管我不得不说，我已经竭尽全力了。如果有更多时间，我相信能帮助她适应生活。鉴于她经历的恐怖遭遇，我认为她永远无法过上"正常"生活。我的初衷是让她能够在一个开放的设施中生活，能够与外界接触，并有二十四小时的医疗和精神援助。然而，这种设施并不适合你长期居住，因此我强烈建议在丹妮丝准备好时，将你们分开。当时你仍在哺乳——五岁孩子还在吃母乳是闻所未闻的。简教丹妮丝如何用奶瓶喂你，但你的生母激烈抵抗。我们失败了，你尖叫并拽着自己的头发，但最终我们不得不做出一个极端的决定。一个我将永远后悔的决定，但并非在所有方面都后悔。

现在我觉得那是一件粗暴并且可能很残忍的事，但我们担心你的未来。我确信你年纪还小，可以重新训练，你或许有机会过上正常的生活。你和你母亲一起在病区里住了十四个月，在那段时间里，我们从来没能成功将你们分开。那段时间非常痛苦，但凡给你们当中任何一人进行过治疗的人，都不可能不受影响。

我几乎每天都见你和你的生母。她拒绝谈论康纳·吉尔利，但频频否认他曾性侵过你，也不承认你目睹过她所遭受的任何虐待。每当侵犯发生时，你都会被锁在厕所里。医学检查也支持他没有性侵你，我认为你必须假设事实就是如此。但我们不能排除他可能对你造成过身体伤害，毕竟他确实给你母亲留下了身体和情感上的创伤。他拔掉她的牙齿作为惩罚。康纳·吉尔利是个牙医。

你母亲在1981年5月自杀了,就在你和简一起在独立房间里度过一晚之后。我们犯了可怕的错误,但绝没有伤害你们任何一人的意图。直到我大限将至,这一天很快就会来了,我都将深感自己对你母亲的死负有责任。院内调查很简短,我被认定没有医疗过失,但我坚持我该负责,萨莉。我本应找到另一种方法的。

我和简一起向收养委员会和卫生部部长提出了申请。我们在生孩子方面没有一丁点儿运气。他们认为,一个由精神科医生和合格全科医生组成且计划搬离都柏林的家庭,对你来说是最好的选择。我们觉得我们可以为你提供一个安全稳定的家庭,我希望我们做到了,也希望你一直觉得和我们在一起很安全。简的英年早逝是个悲剧,但我想我们挺过来了,你和我,不是吗?

因为早年的那些经历,有时你会在社交和情感上有脱节。你按照字面意思理解事物的倾向是你早年遭到囚禁从而与社会隔离所产生的遗留问题。幸运的是,你对我们带你回家之前的那段时间毫无记忆。我强烈建议你不要做任何尝试来唤起那些记忆，因为我知道它们只会带来创伤。

所以，现在你都知道了。我为写这封信而痛苦。我很纠结，永远不知晓这些细节是否更好呢？卡里克希迪没人了解你的背景，就连安吉拉也不知道。简告诉了她自己的家人，但其他人都发誓会终身保密。可以想象，1980年发现你是个重磅新闻，我们竭尽所能让你远离媒体。谢天谢地，我的名字没有被公布在新闻报道中。有关部门同意发布新闻稿，公开表明你已经在英国被收养。等到你能离开病区时，我们立刻就离开了都柏林。

所以现在我终于要说再见了，亲爱的，留了很多东西让你思考。你没有义务去处理这些。但你若是需要和什么人谈谈，可以把这封信拿给安吉拉看。她会很震惊，但如果你需要，她会提供切实的或情感上的支持。

我希望你身体健康，生活安宁幸福。

爱你的爸爸

当我终于读完信时，我注意到安吉拉和克里斯蒂娜姨妈正在低声交谈。

"你有什么想问我们的吗？"

我有太多问题，不知道从哪里开始。

"请问我能喝点威士忌吗？"

克里斯蒂娜姨妈看向安吉拉。安吉拉点点头，并对我笑了笑。

"我认为我们都应该喝一口威士忌。"

"这就是爸爸提到PTSD时所说的那个'创伤'。"

"萨莉，我今晚可以留下过夜吗？"克里斯蒂娜姨妈问。

"我觉得这是个好主意，你应该重新与自己的家庭建立联系。"安吉拉说，"克里斯蒂娜可以住在你爸爸的房间。我去铺床。"

"不需要，"我说，"上次警察来过以后，我就换了床单。是的，她可以留下。但是，安吉拉，克里斯蒂娜姨妈不是我真正的家人。"

我在心里算了一下："如果我出生时我的生母十九岁，那她的爸爸妈妈呢？我的祖父母呢？他们还活着吗？我有真正的姨妈和舅舅吗？表亲呢？"

安吉拉看向克里斯蒂娜姨妈。"我也想知道答案。我简直不敢相信我和简一起工作了八年，她却对我守口如瓶。她告诉过我她在全科医生培训期间专攻

115

儿童精神病学，但从来没提过她参与了丹妮丝·诺顿案。我知道汤姆是精神科医生，但他不再执业。我以为他在写学术论文，给医学期刊投稿。简偶尔会带他来和病人聊聊，但也只是为了进行转诊评估。"她叹了口气，然后继续说道，"萨莉，我对此一无所知，直到我读到这封信的那天……警察来的那天。我必须得复印这些信，并交给他们。当年，丹妮丝·诺顿案臭名昭著，但你的身份是保密的。警察读了你爸爸的信，并且有他的文件副本，所以后来有人将你是玛丽·诺顿的消息泄露了出去。这就是为什么葬礼上会有记者和摄影师，以及为什么他们找到了你家和电话号码。克里斯蒂娜告诉我，他们也给你写了信。"

"报纸上有你的照片，萨莉，在你爸爸的葬礼上。所以我才一直很担心你。"克里斯蒂娜姨妈说，"我一直知道真相。但简和汤姆拼命保护你的隐私。简想等你十八岁时告诉你，但汤姆……他不同意。而后她很快就过世了。"

"你还没有回答我关于其他亲戚的问题。"我盯着克里斯蒂娜姨妈，我小口小口喝着威士忌，她则灌了一大口。

"丹妮丝的父母非常渴望和她重聚。但根据简告诉我的，团聚并不顺利。当你真正的外公外婆，萨姆和杰奎琳·诺顿，第一次与丹妮丝重聚时，她对他们进行了身体攻击，特别是她的父亲。十四年来的愤怒全都滚滚而来，发泄给了最爱她的人。此外，这可能会让你苦恼，他们相信接受治疗后，他们能够带丹妮丝回家，但他们不接受带你回去。你是他的孩子。你必须得从他们的视角看待这件事。如果他们把你带回家，就相当于带回了康纳·吉尔利的一部分。"

我想到了那封称我为魔鬼崽子的恶毒来信。

"丹妮丝在精神病院去世后，他们心碎了，后来搬去了法国。"

"他们难道没有联系过我，看看我发生了什么事吗，克里斯蒂娜姨妈？"

"我猜他们考虑过很多次，但你或许只会让他们想起失去的女儿。萨莉，你百分之百确定你认得那只熊？你确定它是你的吗？"

"它是我的。"我说道，将它抱得更紧了。

她们不断切换话题，从一件事跳跃到另一件事。我倒了更多威士忌。克里斯蒂娜姨妈也倒了更多。

她让安吉拉也喝一些,但安吉拉摇了摇头。

"亲爱的,"克里斯蒂娜姨妈温柔地说,"在警察发现你和丹妮丝的几天前,你的生父就逃跑了。他清空了银行账户,把车丢弃在邓莱里的东部码头。他可能自溺了,但警察始终没能找到尸体。他们认为他搭上了去霍利黑德的渡轮。他肯定离开了这个国家。他没有护照——那时候去英国不需要护照——但他有钱。如果他打算自杀,为什么要取出所有的钱?没有人知道他去了哪里。他一直没有被逮捕归案。"

"我认为那只熊是他寄给你的。"安吉拉说。

我的手不由自主地冲着头发而去,但随后又回到了托比身上。我不能放开它。

第十八章
彼得，1974 年

爸爸说我永远也不必见到隔壁房间的鬼魂，但他错了。九月中旬，爸爸说他周末要离开，在他离家期间，我得留在她的房间里。

"和鬼一起？"

"是的，但她不会伤害你的。她是你的母亲。"

一想到那情形，我就害怕。

"别担心，"他说，"只要两天，你全权指挥她。你说什么她都得照做，如果她不听，你可以拿走她的饭。如果她做了任何你不喜欢的事情，我允许你踢她。不要回答她的任何问题。这是唯一的规则。"

"我以为踢人是不好的。"

"她不是人，她是鬼。没事的。"

我开始沮丧。"我不想和鬼待在一起。"我哭道。

"你太小了，不能整个周末都自己待着，而且鬼魂也想见你。她已经求我让她见你……很多年了。"

"为什么?"

"因为她是你的母亲。"

"她会试图伤害我吗?"

"绝对不会。"

"她死了吗?"我有个模糊的概念,鬼都是死去的人。

"没有,没有死。"

"但她为什么在那个房间里?"

"你还太小,有些事你理解不了。别再问了。我会在那里放一张行军床,你可以带上你最喜欢的毯子和两本书。你还可以把床头灯也带上。"

这些都没能减轻我的恐惧。

星期五吃完晚饭后,爸爸带我进了她的房间。房间里漆黑无声,直到他把我的灯插在门边的插座上。随后我听到了鬼魂的声音。"彼得?是你吗?"她的声音在发抖,她从毯子下面钻出来,朝我伸出手。爸爸走过去,一巴掌打在她脸上。"看到没?如果她做了任何你不喜欢的事情,你就这么做。她不会伤害你的。她知道如果让你不高兴了会发生什么。"他的语气轻柔平和,安慰了我。

他把一个装满食物的大纸袋放在我旁边。"这是给你的,不是给她的,好吗?她有自己的食物。"她又爬回毯子下,我没能看清她的脸。爸爸给我看了行军床,就在我们进来的那扇门边上。他带我看了厕所和洗手盆的电灯开关,提醒我每天晚上刷牙洗脸。他给我看了房间角落的冰箱和炉子,告诉我明天她会做土豆泥、豌豆和培根给我吃。星期天早上他就会回来。

"我不喜欢这里。"我说。这里又臭又黑又闷。爸爸抱起我,"你什么都不用担心,我保证。"他亲了亲我的头顶,然后走到门边,当锁舌咔嗒一声扣上时,我立刻冲到门前,用小小的拳头拼命砸门。"别把我留在这儿。我怕那个女鬼!"我尖叫着。但门的另一边没有一丝声响。他走了。

她又一次从毯子里探出头来。她坐了起来。"彼得,不要害怕。我好想你。"她说。她的头发又长又乱,有些牙齿不见了,但她的眼睛生机勃勃。一片深色的瘀伤覆盖了她一侧脸庞的下半部分。"我是你的妈妈,你不记得我了吗?"我蜷缩着贴在门上。

她是让我有些似曾相识,但她吓到我了。

"你之前和我一起住在这里,直到他把你带走,你一学会走路、说话并且能上厕所,他就把你带走了。他最终强迫我断奶,但我没想到他会把你从我身边带走。我已经很久没出过这间屋子了——我甚至不知道有多少年了——"

她语速极快,词语间首尾相连,连个气口都没有。她站起来,我看到她有一只脚踝被链子绑在墙上的螺栓上。她可以到达厕所和厨房区域,但她无法靠近我。她的手臂和腿都很细,但肚子很大,她垂下两条手臂,两只手垫在肚子下面。她穿的衬衫太大了,裙子前摆掀了起来。她的脚上穿了一双羊毛袜。

"今天几号?"

我不想理她。我迅速跑到厕所,打开灯,留着门,在抽水马桶里尿尿。等我出来时,她已经能碰到我了。她朝我伸出手。"我想叫你萨姆,那是我爸爸的名字,但他说必须叫你彼得。我生的你,就在这个房间里。"

我粗鲁地推开她的手。爸爸说我可以踢她。我猛地伸出右脚,踢了她的胫骨。

"嗷——"她吃痛叫着,却没有哭。

"把窗帘拉开。"我说。

她用大大的眼睛看着我:"这里没有窗帘。这里没有窗户。"

我像爸爸一样扇了她一耳光。

"请不要打我,"她说,"他没有教你打人是不好的吗?"

"爸爸说我可以打你。为什么这里没有窗户?我的房间就有一扇窗户。"

"他喜欢把我关在黑暗里。我刚来的那天有窗户,但他用木板从外面钉死了。"我知道在外面窗户是在哪里被钉死的,但此刻身处幽暗之中,我分辨不出来。唯一的光线来自厕所和我的床头灯。

"他为什么这样做?"

"作为惩罚。"

"你做了什么?"

"我记不清了。"

"肯定是坏事。"

"我试图逃跑,他抓住了我,所以我咬了他!"

"哦。"我跑回房间的另一侧。

"我永远也不会咬你的。我爱你。"

我没有回答。

"现在这里很舒服很暖和。我很高兴他没有在冬天把你带进来。现在是夏天,对吧?"

我把答案吞了回去。现在是9月。

"你完全不记得我了吗?你知道现在是哪一年

吗？或者是几月？"

"知道。"

"你能告诉我吗？"

"不能。"

"求你了。这很重要。我从1966年6月起就在这里了。我当时十一岁。我想你是在一年后出生的，但我不知道那是多久以前了。"

"爸爸让我不要告诉你任何事情。"

"你几岁了？"

"你之前在哪里？"

"我有家，有学校，有朋友，有我自己的卧室和窗户。他说那是我的想象，但我记得。"

"谁说的？"

"那个男人。"

"我爸爸？"

她点点头。

"他叫什么名字？"她问。

我知道他叫康纳·吉尔利，但我不会告诉她的。

"我不知道。"

"你可以叫我妈妈。我很想抱抱你，想握住你的手。你知道吗？你才刚学会说话，他就把你带走了。

你会说几个词：妈妈、床、饼干和牛奶。他就是那时候把你带走的。你不记得了吗？"

我有一点点印象。我曾经在那张床垫上，睡在她身旁。

"闭嘴。"

她安静了一会儿，但在昏暗中盯着我看。

"你能把那个灯拿近一点吗？这样我才能看清楚你。"

"不。"

"我想给你看样东西。"她从身后的架子上拿出一只泰迪熊，"你还记得托比吗？"它是一只系着红色蝴蝶领结的可爱小熊。"它曾经是我的，"她说，"然后你出生了，它就是你的了。你想把它拿回去吗？"

相比她，我对托比的记忆更清晰。它现在很脏，少了一只眼睛。看着它让我感到焦虑。我非常想抱住它，但这意味着我要靠近她。

"不了，谢谢。"

"我以为再也见不到你了。"

"为什么你的肚子这么大？"

"我猜我又有了一个宝宝。你曾经也在我肚子里，就像现在这个一样。你会有一个弟弟或妹妹。"

"宝宝是怎么进去的?"

"他放进去的。"

"怎么放的?"

她一时语塞。

"工作日的白天,爸爸把我锁在卧室里。"

"所以,现在是周末?"

"今天是星期五。"说罢,我就捂住了嘴,因为我回答了一个问题,违反了爸爸的规定。

"也可能是星期二。"我说。

"没关系。你告诉我的任何事我都绝对不会告诉他的。我希望他永远不要惩罚你。真对不起,他也把你锁起来了。"

我得像爸爸说的那样当老大。"他没有把我锁在这样的地方。我有一个大窗户,我能看到花园,我有书和玩具。"

"我们离海近吗?有时候,我觉得我能听到海的声音。"

所有问题都不回答真的很难。我意识到在这个房间里不可能听到海的声音。墙上钉了很多撕裂的纸板。

"如果你再问我任何问题,我就再踢你。"

"好吧。你有什么问题想问我吗？"

"没有。我希望你安静。我不想待在这里。我希望能回到自己的房间。"

她又挪回到自己的床垫上，大声呻吟起来。

"别发出那个声音。"

"我控制不了。怀孕有时候很痛苦。是宝宝的原因，你的弟弟或妹妹。"

"是哪个呢？"

"我不知道。"

"为什么不知道？"

"出生前你是不可能知道宝宝是男孩还是女孩的。"

"我不想要妹妹。"

"我太想留住你了。"

"留在这儿？"

"不，是和我的家人一起在家里。"

我什么也没说。我不想让她当我的妈妈。

我从包里拿出一个苹果。爸爸总说吃甜食前必须先吃健康的东西。我咬了一大口苹果，咀嚼起来。她盯着我。

"回到毯子里。"

她照做了,但毯子有一条缝,我能感觉到她正透过毯子看我。我走过去踢了毯子一脚。冒出一声喘息,她又起来了,但这次她脸上有血。

"对不起,对不起。"她说,哭了起来。

我不喜欢她流血的脸。"回到毯子下面去,不要看我。蠢女人。"

第十九章
萨莉

"我认为我们得把带有字条的泰迪熊、盒子和包装纸带到警察那里。他们也许能从上面提取到一些DNA。"克里斯蒂娜姨妈说。

"不太可能,"安吉拉说,"你们俩已经洗掉了大部分证据。我们三个人都碰过盒子和包装纸。新西兰和爱尔兰的邮政人员也碰过,还有中途所经之处,但我估计他们或许能找到什么信息。"

克里斯蒂娜姨妈说:"通过这个熊的风格和老旧程度来看,我估摸它是丹妮丝的。看着像是五六十年前的东西。有些地方好像被蛀虫咬过。"

安吉拉点头附和:"字条上写的是什么来着?"

"'我想你会乐意让他回到你身边。'没有署名。只有一个字母'S'。"

"也许是萨莉小时候对他父亲的昵称?你还记得

吗,萨莉?"

安吉拉抬手制止:"我认为萨莉不需要想这些问题,克里斯蒂娜。"

"对不起,你说得对。"

"我想上床休息一会儿,"我说,"带着托比一起。"

现在是五点钟,外面一片漆黑。两个女人开始道歉,说这些真相一定让我震惊不已,我肯定被压得喘不过气。克里斯蒂娜姨妈说她要去村里买些食材,晚些时候再叫醒我吃晚饭。我回到自己的房间,留她们在那里谈论我和我那段可怕的过往。我带上了托比。我厌倦了她们的喋喋不休,需要独处的空间厘清思绪。

房间里,母亲多年前挑选的碎花墙纸已经泛黄。我躺在床上,试图思考着自己接下来该做些什么。无数问题在我的脑海中翻涌。

晚些时候,厨房飘来的诱人香气唤醒了我。我去卫生间洗了把脸。

克里斯蒂娜姨妈在厨房里跟我打招呼:"亲爱的,睡得好吗?安吉拉会留下来吃晚饭。我希望你不介意。我烤了一只鸡。"

"就我们三个人吃?"

"是的,你之后可以用剩下的来做三明治或者熬个汤。"

她像美食节目主持人那样准备了土豆泥和胡萝卜欧防风酱。"你能摆一下餐具吗,亲爱的?"

我把折叠桌从墙边拉开,支起延展板——妈妈在世时,我们总这样用大桌子吃午餐,晚餐却端着餐盘看电视吃。现在一切都反过来了。

虽然我有点紧张,但克里斯蒂娜姨妈温柔的絮叨让我安心。她讲述着烹饪过程,回忆和妈妈在阿诺茨百货买同款餐盘的往事,感叹这套餐具竟保存至今。那语气像极了我妈妈,如果我闭上眼,几乎可以想象妈妈回来了,尽管我知道那是不可能的。但这么想感觉很好。

"安吉拉在哪儿?"

"她得赶回家喂狗,再处理一些事,马上回来。"

"要我从储藏柜里拿点酒吗?"

"哦,我觉得我们之前喝得已经够多了。你有气泡水吗?"我有。

去客厅拿气泡水的路上,我突然僵住,随即冲回卧室掀开被褥,又折回厨房怒吼了起来:"托比在哪儿？"

"亲爱的，我——"

"它在哪儿？"我的脸颊开始发热。我一阵眩晕。门铃响了。

"肯定是安吉拉。她可以解释。"

我拉开门劈头就问："托比在哪儿？"

"冷静，萨莉，吸气四次——"

"你在我睡觉的时候把它拿走了吗？"

"是的，我拿走了。托比只是个玩具，萨莉，但或许能用它查出来源。我带着熊、盒子和所有包装去了罗斯康芒的警察局。他们会把它送到都柏林的实验室做痕检——"

"它是我的！"

"萨莉，要讲道理，你——"

我向安吉拉挥拳，捶打她的脸、腹部和手臂。她将上半身蜷成球状，俯身前倾，双手护住头，手肘挡在脸前。克里斯蒂娜姨妈把我拉开了。

"萨莉！马上停下。"克里斯蒂娜姨妈和妈妈生气时的语气如出一辙。

我的脾气来得快，去得也快。我坐在门厅的椅子上。克里斯蒂娜姨妈把安吉拉带进厨房。我听到她们俩在小声说话。我干了件坏事。又干了。真的很坏。我在椅子上前后摇晃。我无法控制自己的情绪。或许我应该被锁起来。

"安吉拉,对不起,真的对不起。我失控了。"

她正用一袋冻豌豆敷着下巴。克里斯蒂娜姨妈在一旁照看她。谢天谢地,没有流血。

安吉拉举手示意我别说话,她摇了摇头,脸上露出痛苦的表情。

"天啊,萨莉!你失控了。我完全没想到你会这么暴力。这种行为是完全不可接受的。"

我看得出克里斯蒂娜姨妈很生气,当我朝她走去时,她往后退去。她也害怕了。

"我不知道我为什么会那样,我真的不知道……"

我能感觉到我的脸颊又热了起来。

"那只熊触发了你的创伤,萨莉。"安吉拉说,"这就是为什么必须调查它。如果你的生父把它寄给你,或许可以通过它追踪到他。我们不知道,但我们必须尝试。想想他对你的生母和你造成的伤害。我伤得不重,但你本可能把我打残。以前你也这样爆发过吗?"

我详细描述了七次这样的事件，三次在我七岁时，一次在我八岁时，一次在我九岁时——妈妈后来说那是小孩子发脾气。有一次是十四岁的时候，在公交车站和一个男人，最后一次是十五岁，在学校，坐我后桌的女生剪掉了我的一条辫子。我差点被开除，不过后来只被罚停课一周。我弄断了她的胳膊。我不得不给她写信表示我有多抱歉。

"那之后到今天就没有过了？"

"没有，我发誓。我们能把托比要回来吗？"

"不行，"安吉拉说，"绝对不行，看看它对你的影响。"

"这的确不是个好主意。"克里斯蒂娜姨妈赞同。

"我会进监狱吗？"

"不会。但你必须明白这件事有多严重，萨莉。你是个成年人。如果我去找警察，他们可以把你关起来。你绝对绝对不能再打人了。你明白了吗？"

"明白，安吉拉，但是——"

"你明白了吗？"

"明白。"

"在这种情况下，克里斯蒂娜，我觉得我不能留下来吃晚饭了。我需要回家躺下。你能开车送我吗？

我从村子里走过来的。"

"好的，没问题。"

"谢谢。只需要几分钟。"

她们都没再理我。随着前门在她们身后关上，烤箱里传来嘶嘶声。我关掉了烤箱。鸡的顶部有点烤煳了。

我试图厘清思路。我不会进监狱。安吉拉会没事的。克里斯蒂娜姨妈现在怕我。我为什么会像刚才那样失控呢？

我切了鸡，把蔬菜分成两盘，打开一瓶气泡水，往克里斯蒂娜姨妈的杯子里倒了一些，她回来了。

"我不知道该对你说什么，萨莉。我认为，汤姆对于你的成长做出的某些决定让简忧心忡忡，我认为她的担心不无道理。但安吉拉认为还不算太晚。"

"什么不算太晚？"

"你需要很多治疗，亲爱的，因为你不能继续这样下去。这不正常。"

"对我来说，我的生活是正常的。"

"这正是问题所在。汤姆从未督促你做出……修正。你应该有朋友，有社交生活，有工作，有伴侣，如果你愿意的话。你错过了太多东西，而你甚至都没有意识到。"

"爸爸在最后一封信里也那么说了,说他犯了错误,但我除了有点古怪之外,没什么毛病。"

"你刚刚袭击了一个一直在你身边关心你的人,你要弥补你的过失,你觉得你需要怎么做?"

"我可以给她买花,写封信给她。"

"这是个好的开始,但你怎么能保证不会再攻击别人呢?你需要帮助。"

我知道她说的是心理治疗。那是我上学的时候妈妈希望我去做的事。

"我想我可以试着见见心理医生?"

"安吉拉听到这个肯定会松一口气。确保你会在信里提到这个。"

那天晚上我上床睡觉,想着托比,想着它可能在的地方。

第二天是平安夜,我只想一个人待着。克里斯蒂娜姨妈告别时我允许她拥抱了我。我再次道歉。她说我们会保持联系,我应该在圣诞节之后,在接受过几次心理治疗后,去都柏林看他们。对此我不太确定。

我坐下来给安吉拉写了一封道歉信。我在信中写到，如果她认为心理治疗可以阻止我伤害关心我的人，那我愿意接受治疗。我告诉她不用担心那袋豌豆。我可以在德士古加油站轻轻松松买到新的。我祝她和娜丁圣诞快乐，并告诉她我会一个人过圣诞节。

我走进村子。到处都很喧闹，到处都是人，到处都是闪烁的圣诞彩灯。我戴上耳塞，去德士古买了花。我尽快离开了那里，走到安吉拉家。我把卡片从门缝塞进去，将花放在了门垫上，然后匆匆离开。我明白了什么是羞愧——这是少数我能明确识别的情绪之一。

第二十章
彼得，1974 年

"愚蠢的女人——"这是我和爸爸看电视的时候，他常说的口头禅。电视上的妈妈们大多都很美貌，干干净净，穿漂亮衣服，为孩子们烤苹果派，照顾他们膝盖上的擦伤。而这个鬼魂却一无是处。她是个糟糕的母亲，糟糕到必须像野狗一样被拴起来。

我们很长时间没有说话，但我有想知道的事。她一点点把头探出来，却始终不敢看我。她用毯子擦掉眼角上的血，之后就没流多少血了。

"孩子会怎样从你的肚子里出来？"

"上一次，你是从这里出来的。"她指向双腿之间的区域，"很快，也很痛。有某种绳子绕住你的脖子，但他给扯掉了。"

"爸爸？"

"是的。他对你很满意。那之后，他对我好了一阵子。但我当时不知道他会把你从我身边抢走。那时我十二岁,我觉得是,但我不知道自己现在几岁了。我已经记不起来了。"

"你不知道自己几岁?你可真笨。"

"我猜你现在上学了。我敢说你肯定很聪明。"

"我不上学。爸爸在这里教我。"

"哦,我打赌朋友们肯定很想念你。"

"我一个朋友都没有。爸爸就是我最好的朋友。"

"你不想和其他同龄的孩子一起玩吗?"

我想起了在动物园的那一天。很多孩子成群结队,兴奋地谈天说地。

"你不许提问题。蠢女人。"

我拿出牛奶瓶,倒进爸爸在托盘上准备好的杯子里。她盯着瓶子的样子很奇怪。

"你没见过牛奶吗?"

"自从你断奶后就没再见过了。那时他给我牛奶喝,这样我才能喂你母乳,但他把你带走以后,我就没再喝过牛奶了。"

我又倒了一杯牛奶,小心翼翼地递给她。她的手抖得厉害,我怕她会弄洒,但她用嘴巴死死叼住杯子,一口气喝了下去,像头贪婪的猪。

她开始哭:"谢谢你。太谢谢你了。我知道你是个好男孩儿。你有一半是我的。好的一半。"

我从她手中夺回杯子。"你真没教养,"我说,"这样喝很粗鲁。"

她低头看着地板:"对不起,已经……太久了。"

我走到冰箱前,把培根、剩下的牛奶以及一些黄油、奶酪都放了进去。我把土豆、面包、香蕉、玉米片和一罐豌豆放在了冰箱顶上,还有巧克力和薯片,那是我周六晚上的零食。

冰箱里放了四瓶透明液体。

"那是什么?"

"我的水。"

"你的食物呢?"我问她。

她在毯子下面蛄蛹了一通,拿出半包蛋奶乳酪饼干。

"这就是他给我的全部了。我可以……我可以要你的苹果核吗?"

"我扔进垃圾桶了。"

"我不介意。"

她走到垃圾桶跟前,拿出了苹果核。

"真恶心,从垃圾桶里找吃的。"

"我饿了。你那里的食物,够我们分着吃吗?"

"他说那些食物是给我的。"

"但你要是吃不完,我能吃剩下的吗?求你了?"她的眼里再次充满泪水,我不知道自己应该作何感受。

"不,"我说,"这样违反规则。"

我试着通过读书来忽略她,但她想看看我的书。我是不会让她看的,于是她要求我大声读给她听。我读了五页《格列佛游记》,她说我是很棒的朗读者,她为我自豪,故事也很精彩。我警觉起来。我开始哭。"我想要我爸爸。"

"哦,我可爱的小家伙。他是个坏人。他把我锁在这里,几乎没有吃的,置身黑暗,没有书,你认为这是对的吗?"

"这里也没有电视。"

"我们的邻居有台电视。你在这儿有电视吗?在这个房子里?"

我点头。如果我不说话,就不算回答问题。

"哇。这个房子很大吗?"

我对此很困惑。我想它是大的。房间很多。我们去动物园那天,经过了很多房子,但大多数都挤在一起。在电视上,我看到过大房子和小房子。我觉得我们的是大房子,但我不打算告诉她。

爸爸在我床边的单人椅上放了一叠衣服,我走过去,找到了我的睡衣。

"你需要我帮忙脱衣服吗?"她问。

我无视她,脱下了衣服。我看了看手表。短针在7和8之间。已经过了我睡觉的时间。

"哦,你有手表!现在几点了?"

"睡觉时间。"那是7点25分。我才刚学会看时间,想炫耀一下,但向她这样的笨蛋炫耀根本没有意义。爸爸对我的炫耀有点厌烦。他说我不用每隔五分钟就告知他时间。

"好吧。"

"我得刷牙。"我经过她身边去厕所,这次我关上了门。

我又小便了一次,并且刷了牙。这里没有镜子,只有一条薄薄的毛巾。当我打开门时,她正跪在门口。她伸开双臂。我试图跳过她,但她迅速抱住了我,把脸贴到我头上,亲吻起来。我激烈挣扎。

"放开我,放开我!"

"我太爱你了,我忍不住。我以为偶尔能听到你在门那边的声音,但他在墙上加了这些隔音材料,我不知道那是不是我的幻觉。他从来没告诉过我你的任何事。他说如果我试图隔着墙和你说话，他就会惩罚你。你在这里我太开心了。"她的手臂箍得很紧，我在她的腋下尖叫。

她旋即放开了我，我跑回属于我的角落里。

"对不起，彼得，我很抱歉。我只是想抱你一小会儿。"

"我要告诉爸爸。他会狠狠惩罚你。"

"我需要——"

"我不在乎。闭嘴。不要再说话了。你很坏，你很凶。"

我爬上了行军床，关掉了床头灯。

我害怕睡觉，但我肯定是累了，因为我醒来时看到微弱的光线从封住的窗户渗透进来。我一时不知道自己在哪里，但随即恐惧就全部涌回心头。我打开床头灯，看到她尽可能地靠近我，又在盯着我看。

"彼得，对不起。我们可以重新开始吗？我真的很抱歉。"

"我饿了。"

"我给你拿些玉米片？"

143

我看向冰箱上面的架子。巧克力不见了。我是按照爸爸的指示留着晚上吃的。那条面包也被吃掉了一半。香蕉不见了。只剩下半根胡萝卜。

"你吃了我的东西！你吃了我的巧克力。"

"我吃了。我必须吃。你看不出来吗？他在这里饿我。剩下的东西完全够你吃了。"

我没有说话，但迅速穿上衣服，系好鞋带，然后走过去，竭尽全力用我的皮鞋踢她，重重踢她的脸、头和肥胖的肚子。她缩成一团，呜咽哭号。爸爸是对的。她现在知道是我说了算了。很长时间她都没再试图跟我说话。她躲到毯子下面啜泣，偶尔因为疼痛而大哭。

我冲她嚷嚷，让她闭嘴。

我拿了玉米片，坐在行军床上。我努力不哭。我想要爸爸。我讨厌那个鬼魂。我连续拍门，看向原本的窗户。窗户上没有玻璃。只有木板。我能看到一缕缕的光线洒落进来，但看不到花园。我读书，玩火柴盒汽车，努力忘记我身在何处。我想念电视。我想知道爸爸是不是为了惩罚我而把我送来的。但我做了什么，要被这么对待呢？

第二十一章
萨莉

圣诞节那天，我早早起床，在客厅里生了火。妈妈去世后，我们的圣诞节几乎年年如出一辙：一顿火鸡午餐，多数食物由我准备。我会喝一到三杯红酒，这让我温暖、眩晕，而后昏昏欲睡。我们在电视前吃饭，因为有太多节目可以看。我俩都喜欢《夺宝奇兵》，每年总有几个频道会重播。印第安纳·琼斯很帅——每当我专注地想起他，内裤里就会泛起一阵酥麻。我问爸爸那是怎么回事，他说这表示"从理论上讲，你是个异性恋"。

这是头一个没有爸爸的圣诞节早晨，电视上正在放一部老电影《两傻寻宝记》。我对着屏幕边喝茶边吃吐司。这些电影以前总能让爸爸捧腹大笑，我也会跟着一起笑，尽管我觉得这两个男人的滑稽动作很蠢，但我乐的时候，爸爸很开心。有时候我会不由自主地笑出来。曾经有档叫《你被陷害了》的搞笑节目，里面尽是人们以愚蠢方式摔倒并受伤的短视频。那才是真好笑。

但我现在意识到，当独自一人时，看什么都不好笑。

上午十一点，电话响了。是娜丁打来的："我们之前邀请你来吃圣诞午餐，邀请仍然有效，但如果你再伤害安吉拉，我会狠狠揍得你不知道今天是几号的。"

"这很公平。"我说。

"还有一件事，"她说，"不要在这个家里提那个狗屁泰迪熊。"

"好吧。"

"你能半小时内到达吗？"

"可以，谢谢。"

娜丁开门时，我伸出手去和她握手，她握住了我的手，我非常坚定地握了握，表示我真的非常抱歉。

"没关系，"她说，"你是个疯子，但你是我们的疯子。"她笑了，我也笑了，因为她说得对，感觉到自己属于某个人真的很不错。我再次向安吉拉道歉。冻豌豆奏效了，因为她的脸没有留下伤痕。

那天我问了很多问题，但得到的答案却不多。

除了我是收养的之外,安吉拉什么也不知道。她在网上查了我的故事,只能收集到一些基本事实。我生母被绑架的日期,我们被发现的日期。康纳·吉尔利的出生日期和家庭情况(他有一个从不和他联系的妹妹)。我生母去世的日期。安吉拉不知道她是怎么死的,但被判定为自杀。还有我被收养到国外的报道。除此之外,我们度过了愉快的一天。我没有想到要给他们买礼物,但安吉拉和娜丁给我买了一件紫色毛衣,柔软又明媚。我相当惊讶,她们竟然压根没打开电视。她们打开Spotify[1]播放音乐,试图让我和她们一起跳舞。她们喝了很多酒。我喝了三杯酒,那是我的绝对红线。尽管还是昏昏欲睡,但我很高兴能走回家。我一进家门,就打开了中央供暖和电视。没能从安吉拉那里得到有关我过往经历的答案,我很失望。我走进爸爸的办公室,打开了标记为"私密"的盒子。里面有一些宝丽来快照,贴了"丹妮丝和玛丽·诺顿"的标签。我的生母那么年轻,那么虚弱,在大多数照片中,她都显得很害怕。在她张开嘴的照片中,我能看出她没有明显

1　一个流媒体音乐服务平台。

可见的牙齿。在多数照片中，她都怀抱一个小孩子。躺在床上，坐在办公椅上，站在散热器边上。她穿的衣服搭配不当，仿佛吞没了她瘦弱的身躯。尽管有标签，我花了点时间才意识到那个孩子是我。我以前不像，现在也不像丹妮丝，虽然她去世时肯定还很年轻。我对比了我二十岁左右的照片。没有相似之处。在单人照片中，她的脸上满是泪水，手臂向前伸着。是伸向我吗？

我认不出她，但经过仔细观察，我认出了自己。我的脸紧绷，清瘦，和我七岁生日派对上的照片截然不同。在那张照片上，我看起来吃得很好，尽管不快乐。丹妮丝看起来很憔悴。有些照片中，我们相视而笑，她似乎在对我说话。我没有看镜头。尽管环境恶劣，我的笑容看起来是真诚且自发的。我深陷的双目熠熠生辉。哪张照片里都没有托比。

我走到镜子前，试图复现那个笑容，但我现在是个成年女性。像孩子一样笑是很傻的。盒子里还有些小小的磁带和一台录音机。磁带有编号和日期。我把编号第一的磁带（日期是1980年4月11日）放进插槽，但录音机早就没电了。我换上新电池，按下播放键。我立即听出了爸爸的声音。

汤姆：丹妮丝，进来，不用害怕，这是个安全的地方。这里没有人会伤害你。这是你的小姑娘玛丽吗？

是我！

丹妮丝：（尖叫）把门打开，请把门打开！
孩子：（呜咽）
汤姆：很抱歉，简，你能把门敞开吗，拜托了？
丹妮丝：她要到哪里去？我不想让她走！
简：汤姆，我留在这里是不是更好些？

是妈妈的声音！

汤姆：你说得对。那么，丹妮丝，这样好些了吗？简会待在这里，门也开着。你愿意坐在那里吗？玛丽可以坐——哦，我明白了，你们可以一起坐。哪里舒服，你们就坐在哪里。

丹妮丝：（嘟嘟囔囔）

汤姆：你昨晚睡得好吗，丹妮丝？我知道一切对你来说都很陌生，在你……离开这么久之后。

丹妮丝：（嘟囔了一个问题）

孩子：（低声回答）

汤姆：不用再窃窃私语了，玛丽。

丹妮丝：不要跟她说话！

简：我能带玛丽去游戏区吗？

丹妮丝：不行！

汤姆：只有几步之遥。你可以看着。

丹妮丝：不行。我说了不行！

（长时间的沉默。简咳嗽着）

汤姆：昨晚你见到了你的父母，丹妮丝，感觉如何？

丹妮丝：他们看起来很老。

汤姆：已经十四年了。人都会老。你觉得和十四年前相比，你的样子不同了吗？

丹妮丝：我想是的。

汤姆：简，你能翻一下那个文件夹吗？看看有没有丹妮丝以前的照片……

简：是的，这里有一些。

汤姆：丹妮丝，你想看看自己十四年前是什么样子吗？

汤姆：你是在点头还是摇头？

丹妮丝：我想看。

（一些动作的声音）

我以为磁带停了，但那只是另一段长时间的沉默。然后有撕东西的声音，窸窸窣窣的声音，孩子，也就是我的呜咽。爸爸很平静。

汤姆：你为什么要撕毁那些照片，丹妮丝？

丹妮丝：他们想要她。他们不想要我。

汤姆：谁？

丹妮丝：我的妈妈和爸爸。他们想要那个女孩回来。

汤姆：那个女孩就是你，丹妮丝。

丹妮丝：我不认识她。

汤姆：简告诉我这次探视压力很大，丹妮丝。你现在二十五岁了，对吗？你能想象失去你这么多年，想知道你究竟发生了什么，这对你的爸爸妈妈来说意味着什么吗？

丹妮丝：他们为什么不继续找我？

汤姆：这个嘛，那是……

简：他们从未放弃你还活着的希望。你妈妈昨晚不是说了吗?

丹妮丝:他们没有尽力。

汤姆:你知道,丹妮丝,不可能永无止境地寻找下去。

(孩子的低语声)

简:你说什么,玛丽?

丹妮丝:不要跟她说话。

简:对不起。

丹妮丝:把那个给我。

汤姆:娃娃吗?

丹妮丝:给我。

(一些动作的声音)

汤姆:玛丽可能喜欢玩娃娃。她以前见过娃娃吗?

简:你在拿娃娃做什么,丹妮丝?

丹妮丝:我在扣上所有的纽扣。她不应该是个小荡妇。

我停下了磁带。我知道丹妮丝发生了什么。她是如何保护我的。我不记得她的声音或照片中的面庞,但我为这个陌生人感到痛心疾首。爸爸过去常说我有丰富的同理心,但我并没有经常使用它。

我转向爸爸的笔记,随机取出了一个文件夹。

丹妮丝·诺顿 生日：1955年4月5日

1980年9月26日 第24周

很难知晓我是否在丹妮丝身上取得了任何进展。她的智力水平严重下降,我估计她的心理年龄仅略高于被绑架时:十一岁。矛盾的是,她是一个极其过度保护孩子的母亲。玛丽可以走路说话,但她从来不用正常音量说话,只会低声耳语。简说没有任何生理上的病因。她已经学会如厕,但只在母亲在场时才会去上厕所。根据医生的说法,玛丽大约五六岁,还没有见过其他孩子。丹妮丝总是牵着她的手,必须时时刻刻同她保持身体接触。我们尝试在丹妮丝的床边放一张婴儿床,但丹妮丝拒绝放开孩子。玛丽能感受到母亲的恐惧,也不愿意分开。在她们被关押的房间里有一张床垫,还有一间扩出来的儿童房,但或许她们总是一起睡在床垫上。我看到的照片显示,小卧室看上去无人使用的痕迹。关于她们在基利尼郡的状况,丹妮丝很少回答。简有一些尚不成熟的理论，但没有任何证据。

玛丽和丹妮丝看一样的书。丹妮丝对成人书籍或报纸没有表现出任何兴趣（这或许是件好事！），但这意味着玛丽的阅读水平超出了她的年纪。丹妮丝的书写水平没有超出她被绑架的那一年。玛丽的阅读能力却遥遥领先于同龄人，虽然她从未见过同龄人。

昨天，我们再一次和丹妮丝及其父母一起尝试了家庭治疗课程。丹妮丝沉默寡言，父亲在离开时亲吻了她的头顶，她打了他。药物只缓解了她的愤怒和不稳定。诺顿夫妇心急如焚，再三询问我们何时能够"修复"丹妮丝。他们认为我们可以魔法般地让她恢复正常，然后他们就能带她回家。他们和我们一样，迫切希望将这对母女分开。他们渴望看到女儿不再被玛丽拖累。在与她的父母协商后，我们一致同意告诉丹妮丝，康纳·吉尔利已经死了，她再也见不到他了。这个地点的安全性很高，搜捕这个至少毁掉了一个人的精神病患者的行动正在进行中。有人报告了目击情况，灵媒们趁机捞钱，但没有可靠线索。

当我们告诉丹妮丝他已经死了，不可能再伤害她时，她没有回应。她不信任我们任何人。简和我都试图开启有关他的谈话，但我们全都遭遇了尖叫，这让她和孩子心烦意乱。他都对她做过些什么，我不知道我们要如何开启这一话题。我坚持认为，丹妮丝在受到了如此严重的伤害，并且被虐待了那么长时间之后，再开始任何正常的生活都毫无可能。

有时，她和简一起出去，绕着庭院散步，那时她会愿意聊一聊。她允许简在散步时牵着玛丽的另一只手。因此从某方面而言，简取得的进展比我多。丹妮丝想知道每种花的名字，并教小玛丽这些名字的发音和拼写。简报告说玛丽不断问托比在哪儿。丹妮丝告诉简，托比是一只玩具熊。丹妮丝的父母确认，1966年丹妮丝在自家花园中遭遇绑架时，手里拿着一只被她称为托比的泰迪熊。

在过去的一周里，丹妮丝只对我进行过一次身体攻击。孩子在哭，所以我本能地伸手去安抚。丹妮丝像斗牛犬一样扑向我，咬了我的手臂，同时紧紧抱住孩子不撒手。我们又一次不得不提前结束课程，简领她们回到了住处。

从积极的一面来看，丹妮丝和玛丽的身体状况均有所改善。她们的体重都增加了。丹妮丝面前有什么就吃什么,玛丽模仿丹妮丝的一切举动。丹妮丝是一个引人注目的年轻女性,尽管缺了牙齿,但她仍保有孩子的心智。她们都很享受沐浴时光,必须结束沐浴出来时都会哭。但她们看起来好多了。丹妮丝的头发剪短了,以防她拉扯自己的头发,但她还是会薅,一天数次,玛丽也会模仿她。

她们在这里与世隔绝。简和我都认为,现在让丹妮丝去认识其他人还为时过早。

至于我们,已经有些厌倦了这种住院生活。虽然病房里有四名护士和另一位儿科女医生轮班照料丹妮丝和玛丽,但我和简仍然急需休息——投入如此多的精力在一个几乎没有回报的案例中,真的令人精疲力竭。

关键在于,只要能让这对母女逐步接受分离,小家伙就有希望获得新生。我们会继续尝试。但这无疑是我职业生涯中最煎熬的病例,对简而言也一样。如果我们不能很快在丹妮丝身上取得突破,她可能会让我们集体崩溃。

　　托比是我的熊,也是我母亲的熊。我母亲感到压力时也会拉扯自己的头发。

第二十二章
彼得，1974 年

几个小时过去了，我觉得她睡着了。我掰开一些面包，抹上黄油当午餐。把剩下的食物藏在了行军床旁的椅子底下。

当我的手表显示五点钟时，我大声喊她起床。她得给我做晚餐。培根、土豆泥和豌豆。

她抬起头说："宝宝有点不对劲。我能感觉到。"

"我可不管，给我做晚餐。"

她挣扎着站起来，满脸通红，汗如雨下。她的腿在抖。

"你伤到我了。我觉得你伤到了宝宝。"

"爸爸说我可以那么做。"爸爸压根没提过宝宝。宝宝的事可能完全是她编造的。反正她是个小偷。我对巧克力的事很生气。

她又开始说话，但不断停下来深呼吸。"他以前常给我做土豆,好多年前……我现在每隔几个月才能吃一次……我都不记得上次吃胡萝卜是什么时候了。"

她又尖叫起来,抱住自己的肚子:"还没到时间。他说我还有六周,但那是什么时候呢?这里很难记录日子。"

我不知道她在说什么。但我觉得那么踢她太过分了。

"对不起。"我说。

她看着我,一边哭一边笑。

"这不是你的错,宝贝。你和一个怪物生活在一起。你怎么可能正常呢?什么样的人会告诉你可以踢打孕妇?"

"爸爸不是怪物!他是最好的!"

"但他把你锁起来了。你没有朋友,你不上学。你见过其他孩子吗?"

"没有,我也没见过女人,幸好如此。"

"那你去商店的时候呢?或者你生病了呢?你见过护士吗?"

"爸爸知道怎么治好我。他是个牙医。"

她又因为疼痛弯下了腰:"他是吗?……我从来

不知道……我应该想到的……"

她用手指无意识地抠着缺牙的牙龈。显然她没有好好刷牙。

"你得给我做晚餐。我饿了!"

她的脸被汗打湿了。她直起身子,拿起一口平底锅,煎了一些薄肉片。闻起来很香。她用叉子捣碎土豆,打开了豌豆罐头,倒进另一口破旧的锅里加热。她把所有吃的倒在一个盘子里,推过地板,推到我面前,哼哼唧唧地呻吟着。

"别再发出那些声音了。"

"如果你没伤害我,我不会吵的。我以为你为此感到抱歉。"

"现在不抱歉了。你是个小偷,你偷了我的食物,培根也不是我喜欢的那种脆脆的口感。"

她不再说话,大声喘着气,紧紧靠在水槽上:"哦,天啊,你和他一模一样。如果你不逃跑,他会把你也变成一个怪物。"

她背靠在墙上,顺着墙壁滑下去。她又睡着了,就在原地。

我吃了晚餐,然后吃了薯片。

在某个时刻,她爬过地板,爬到她的床垫上,蒙上毯子哭了起来。

我也哭了。我怎么会有个如此糟糕的母亲。这一切就像是一场噩梦。

余下的夜晚,我们没再说话,甚至在我经过她身边去洗脸、刷牙、上厕所时,我们都没有说话。

半夜她叫醒我,哭喊着:"救救我!拜托了上帝,救救我!"但我不想帮她,也不知道怎么帮她。

"安静!"我说。

早晨,她去上厕所。我能听到她尿尿的声音,然后是接水声,接着是泼水声和呻吟声。

她在里面的时候,我穿好了衣服,吃完了玉米片。

她从厕所出来的时候浑身湿漉漉的。她没穿衣服,发着抖。我盯着她赤裸的身体,圆滚滚的肚子上方有两个下垂的乳房。我从来没有好奇过裸女是什么样子的。她的屁股还算正常,但很宽,腿间和腋下有毛。我忍不住盯着看。她发现我在看她。"我发烧了。我不能穿衣服,太热了。"

"把你自己遮上,你这个蠢女人。"

"啊啊啊啊啊啊啊啊啊啊啊!"她放声尖叫,紧紧抱住肚子,在她半倒在床垫上之前,我看到有血顺着她的腿流了下来。

我吓坏了,不知如何是好,只想让这一切停下来。

"停下来。"我命令她,但她现在开始号哭了。爸爸说他会在今天上午十一点到家。现在是九点半。

"我觉得宝宝快要死了。我可能也会死。"她喘着气,深呼吸,"这就是你想要的吗?你必须告诉什么人我在这里……我的名字是丹妮丝·诺顿。请记住……我曾经以为人们会来找我,但我觉得他们早就放弃了。你是唯一知道我在这里的人。求你了,你今天一出去,就必须告诉什么人我在这里。丹妮丝·诺顿。丹妮丝·诺顿。你是我的儿子。"

"我该告诉谁呢?"

她抽噎起来:"你可以跑到外面的路上去,告诉你遇到的第一个人。"

"爸爸不准我出花园。"

"你还不明白吗?要是你年纪再大些就能懂了……我们俩都是囚徒。"她的呼吸变得越来越微弱。她又昏睡过去了。我看着血在毯子上洇开。她要是死了怎么办?爸爸会生我的气吗?我走到冰箱前,倒了一杯牛奶,递到她面前。

"喝牛奶对身体好。"我试着托起她的头。她略微清醒了一点,想要试着喝牛奶,但大部分都洒在了床垫上。"你想吃我的奶酪吗?"我撕开包装,她咬了一口。

"丹妮丝·诺顿。"她一遍遍地说,"你必须告诉什么人。如果我死在这里,没人知道我是谁。"

"别说了。"

"有谁知道你的存在吗?被锁在门后是不正常的。他是个怪物。你看不出来吗?"

那时我吼了起来,并且远离了她。"他才不是!你才是怪物,我恨你!"我又冲着她踢出一脚,却踢到了墙角。

"你知道吗?我觉得我也恨你。"她说,"我为他塑造出来的你感到羞愧。"

爸爸在十点五十五分回来了。看着这一地狼藉和血迹,他命令我回到我自己的房间里待着。

"可今天是星期天。"我抱怨道。

"去你的房间!"他冲我吼道,我急忙跑去了隔壁房间。

他甚至没有跟我打招呼或拥抱我。要是他把我放到她的房间,作为害死她的惩罚,该怎么办呢?

要是他把我拴到墙上的螺栓上呢？蜷缩了好几个小时，尽管门没锁，尽管肚子饿得咕咕叫，我却不敢踏出半步。当我隐约听到，或者说自以为听到一些沉闷的尖叫声时，我捂住了耳朵。

终于，爸爸推门进来了，我试图通过他绷紧的下巴来判断他是否生气。他打开门，跪到我身边。

"对不起，小家伙，我不应该让你经历这些。我保证，我再也不会把你留在那里了。我原本觉得让你独自待整整两个晚上不太好，但现在看来可能你自己待着反而更好些。"

"她死了吗？"

"什么？没有。她生了个宝宝。"

"是我弟弟还是妹妹？"

"是个女孩。"他的嘴角抽动了一下。

"她们还好吗？"

"嗯，你踢她了？"

"你说我可以踢她的。"

"我想我确实说了。我大概没意识到你能踢得那么用力。她会好起来的。我们去吃点东西，好吗？"

爸爸在厨房准备晚餐，我则在看电视。

我无法不去想丹妮丝·诺顿和我的小妹妹。

"爸爸,她说我最初几年是和她住在一起的,然后你把我带走了。这是真的吗?"

"不全是真的。我需要她给你喂奶。你知道那是什么意思,对吧?"

我点点头。爸爸订的《国家地理》杂志里有那样的照片。

"你能断奶之后,我就把你带到这里和我一起生活了。那之后她对你就没用了。我教你读书写字。"

"她一本书都没有。你能给她一些我的书吗?"

爸爸什么也没说,从他紧绷的下巴我能看出,他不喜欢我问的那个问题。可我还是没办法不去想。爸爸给我端来了牛肉洋葱派,我问:"爸爸,她做了什么?"

他明白了我的意思。

"可怕的事。等你长大一些后我会告诉你的。"

"我觉得你至少应该给她换些新毯子。"

他伸出手拉着我:"彼得,她是个下流的婊子,现在她又生出了另一个下流的婊子。她们不值得你费心。我希望你有一个更好的母亲。"

我迫切地点着头。"我也希望。"然后我又问道,"什么是婊子?"

"母狗。"他说着笑了起来,然后开始胳肢我,我也笑了起来。

"她说我和她一样都是囚徒。这是真的吗,爸爸?"

"当然不是,你对我来说无比珍贵。我想保护你。"

"你想保护她吗?"

"哦,彼得,你见过她什么样了。你想让她和我们一起在家里走来走去吗?"

"绝对不想!"

"是吧。现在把她抛在脑后吧。我很抱歉你被迫经历了这些。不会再发生了。"我回到自己的房间,用蜡笔在床后的墙上写下了日期。1974年9月15日。我不知道为什么要这样做,但这个日子我一直都忘不掉。

接下来的几周里,我尽量忘记那个婊子和宝宝。有时,到了晚上,万籁俱寂,我能听到隔壁房间里传来宝宝的哭声。我能听到爸爸去给她们送食物和物资。

我有很多问题想问爸爸,比如为什么我不去上学,为什么我不能交朋友,为什么我不能去前门,但我问这些问题时,他就会变得伤心。他说这些问题让他很受伤,并且他已经尽力了。

几个月后,我再次提起这个话题。"我想去上学,认识其他孩子。电视上,孩子们总是在一起玩。那次在动物园,有很多孩子和家庭,就像电视上一样。"

这一次他摇摇头,示意我过去,坐到他身边:"我本想等你长大一些再告诉你的,但你患了一种病。"

"什么意思?"

"'坏死性人类传染病'。如果你触碰到别人,你就会生病,可能会死,而且是非常痛苦的死亡。还记得我们去动物园的时候吗?我一直没松开过你的手,因为对你来说太危险了。你绝对不能和其他人接触。这是我能救你命的唯一办法。这也是为什么我出门工作时不得不把你留给她。你不会从父母身上感染这种病。我没办法把你留给其他人照料。他们可能会害死你。"

"可是等我长大以后呢?"

"我不知道。我希望到时候会有治疗方法,但目前对这种病的研究并不多。"

"如果我碰了别人会发生什么?"

"你会慢慢变成石头,就像美杜莎的故事。记得吗,那个蛇发女人?这是一种极度痛苦的死法。任何被她注视的人都会变成石头。你看,女人和女孩尤其危险,但触碰任何人都会让你面临致命的风险。"

这解释了为什么爸爸在我问那些问题时会那么伤心。

"那么我会在这里度过余生吗?"

"我可怜的儿子,你过生日的时候,我们会有'特别外出日',但我们必须慎之又慎。你在这里很开心,不是吗?"

"有时候会孤独。"

"所以你的房间里才有精挑细选出来的书呀。你可以和荷马一起经历华丽的冒险,或与埃德蒙·希拉里爵士一起登顶高山,抑或像比格尔斯一样驾驶飞机。"

"我最喜欢的书讲的都是孩子们之间友情的故事。"

他怜爱地抚摸我的头发:"你的阅读能力超越了你的年纪。唉,你的品位却没有。"

"所以……我会在这里和你一起度过余生吗?"

"我们一天一天来吧。你永远不知道什么时候就会出现治疗方法了。"

"那我的小妹妹呢?"

他将手从我的手上拿开了:"她呢?"

"如果我碰了她也会死吗?她不能和我们住在一起吗?"

"绝对不可以。所有女人都很危险。"

"连婴儿也是?"

他没有回答。我也没再说话。

第二十三章
萨莉

随着一年的结束与新一年的开始,我读完了所有文件,并且听了所有的录音带。爸爸的笔记中有些是医学记录,有些则是个人日记。没有再提及托比。记录确认了妈妈、爸爸同丹妮丝和我一起住在圣玛丽医院的一间专业病房,并全天候待命。我们是一个精神病学谜团。爱尔兰从未出现过像我们这样的病例。爸爸和美国的精神病学家交流,但他们没有任何病例与我和生母的病例相符。他们提醒爸爸,可能需要经过多年努力才能消除创伤,并建议他慢慢来。

晚上丹妮丝会使用镇静剂,但即便在镇静状态下,她也绝不会松开我。她逐渐变得更健谈,也很快学会了读更长的单词。一个教育心理学家加入了支援团队,但承认同时教导母亲和女儿极为困难,因为她们"不断地相互干扰"。

有一次,爸爸妈妈休假一周,离开了病房。当他们回来时,丹妮丝和我已经有三周没和他们说过话了。

爸爸尝试了"能够想到的一切办法"来让丹妮丝同他谈论康纳·吉尔利,但她要么哭泣(这导致我也会跟着一起哭),要么就沉默不语并抓扯自己的头发。爸爸确实问过她是否有不止一个男人袭击过她,并对她的身体做出她不喜欢的事。在那次谈话中,她全程缄默,尽管录音带显示她摇了头。

我的出生需要在官方渠道进行注册,爸爸妈妈决定了我的出生日期。他们选择了1974年12月13日。他们尝试和全体工作人员一起为我举办了一场小型的六岁生日派对,但丹妮丝不喜欢唱歌,我也不理解吹灭蛋糕上的蜡烛是什么意思。爸爸猜测康纳·吉尔利可能在某些时候用火威胁过我们。因为丹妮丝大声尖叫,把蛋糕砸到了墙上。我很庆幸自己对那个生日毫无记忆。

阅读关于生母的记录是……奇怪的。她愤怒、好斗且暴力。她无法或不愿意明确表达我们所遭受的可怕经历。显然她让爸爸感到沮丧。她不能理解他是在帮助她。她没有表现出任何爱意或温柔,除了对我。通过爸爸的笔记,我可以看出,他和丹妮丝相处的时间越久,就越不喜欢她。

爸爸最终决定丹妮丝和我必须分开。我开始出现进步,不再低声细语。我逐渐表现出与年龄相符的"正常的好奇心的迹象"。在那个阶段,丹妮丝偶尔会松开我的手;在爸爸的办公室进行治疗期间,她允许我在角落玩玩具,但视线从不离开我身上。经过团队讨论,爸爸得出结论,在丹妮丝的阴影下,我永远无法自然成长。我经常模仿她的暴力与好斗。他们的计划是在夜间趁着我们睡觉时进行分离尝试。丹妮丝的父母同意了,尽管从理论上说,这样征求意见毫无必要。彼时,她的监护人是法院。

1981年5月15日,他们给丹妮丝使用了大剂量的镇静药物。那时我们已经在病房里住了一年多。丹妮丝刚满二十六岁。我被安排在她隔壁的一个房间里,和简一起,护士睡在丹妮丝房间的沙发床上。爸爸睡在楼上。护士克劳丽随时准备好在必要时给丹妮丝注射更多镇静剂,无论如何都不能让我们重新在一起。

病房里的所有人都高度警戒,但爸爸说没人能预测到会发生什么。妈妈和爸爸几乎整夜未眠,但爸爸最终在早上五点左右入睡。五点半,丹妮丝的尖叫开始了。爸爸没有干预。二十分钟后,护士开始尖叫。当爸爸冲进丹妮丝的房间时,她已经快死了。她不断以头撞墙,极为凶猛,导致了脑出血。那天早上晚些时候,她在医院去世了,没有恢复意识。护士尽力阻止她,但丹妮丝力量超常。护士克劳丽悲痛欲绝,妈妈爸爸也是。

医院进行了调查。爸爸被判定没有失职,尽管他表达了深深的内疚。爸爸写到,虽然丹妮丝的父母极度震惊,但可能也释怀了。在过去的十四个月里,他们的探视举步维艰,随着时间的推移,探视次数越来越少。丹妮丝的父亲甚至放弃了一同前来。丹妮丝将所有成年男性视作威胁。他们的女儿早在去世前就已经离他们而去了。她从不允许母亲拥抱她,或将她揽入怀中。她躲避父亲。我爸爸是她唯一见过的男人。事后回想,爸爸认为应该任命一位女精神科医生来处理诺顿案,但当时只有他具备应对精神创伤患者的经验,因此接手了我们这个特殊项目。克里斯蒂娜姨妈曾说,那时候所有决策都是男人做的。

简接管了照顾我的主要工作，负责我的成长。在母亲去世那天早上，我也醒过来，并拼命闯入了丹妮丝的房间。我目睹了她失去知觉的身体和血淋淋的头颅。简抓住我，抱住我，试图安抚我，但我踢打尖叫，拼命挣扎，挣脱了她的怀抱，蜷缩在奄奄一息的母亲身旁，直到救护车将她接走。

在丹妮丝去世后的头三个月，我几乎不吃东西，也不说话。丹妮丝的父母不再前来探视。他们不想见到我。他们正式声明，即使我将来被放出医院，他们也不会把我带回家。法院是我的监护人。渐渐地，我越来越依恋简；不是在身体上，而是会向她倾诉我的忧虑。我告诉她妈妈和托比一起走了，我害怕会孤身一人。爸爸记录了对我进行的单独辅导，随着时间的推移，尽管"玛丽有缺陷"，他推测我仍有康复的可能。

东部健康委员会发布了报道，公开了丹妮丝·诺顿不幸自杀的消息。没有透露具体细节。爸爸和妈妈的名字也得以保密。当时的报纸写到，康纳·吉尔利现在已经背负了一条人命。就好像是他谋杀了丹妮丝。

尽管调查证明爸爸没有责任,但他清楚,他在爱尔兰精神病学界这一亩三分地的声誉已经尽毁。在双方的协商下,他辞了职。

收养我是妈妈的主意。当时他们已经结婚五年,妈妈有生育问题。她无法拥有自己的孩子。爸爸看到了向我赎罪的机会。他在笔记中写到,养育我或许能够"减轻"他对丹妮丝之死的愧疚。经过与东部健康委员会和收养委员会协商,爸爸妈妈得到允许,可以正式收养我。"一切水到渠成,"爸爸写道,"简和我是玛丽唯一愿意回应的成年人,尽管是我处理了她母亲的案例,但我仍旧是个高级精神科医生,并保留了执照。简是医学博士。还有谁更适合负责抚养这样一个受损的孩子呢?"他就是这样称呼我的。一个受损的孩子。

妈妈申请接管了罗斯康芒的一家全科诊所,爸爸则选择退出临床,转而在家进行研究工作。收养文件签署于1981年11月30日。我获得了一个崭新的名字:萨莉·戴蒙德。我重生了,和新的父母一起搬到了罗斯康芒。

我希望能有妈妈那段时间的笔记。我在家翻箱倒柜,搜寻她写下的任何东西,但我记得妈妈去世后,爸爸在焚化炉里销毁了很多东西。

读完爸爸的笔记后,我也拿给安吉拉看了。她说她觉得这些笔记让人非常不安。我则对它们着迷。这就好像是隔着遥远的时空阅读或观看某个人的生平纪录片。

我想知道康纳·吉尔利现在何处。"S"肯定是他。"S"知道我是谁,我在哪儿,从出生到五岁,他都在我的生活中。警察将签有"S"的便条上的笔迹与四十多年前康纳·吉尔利牙科文件中的笔迹进行了比对,没有发现相似之处,可是还能有谁呢?我知道他一定还活着。

我现在不想再与托比有任何关联了。

2018年2月,我开始在罗斯康芒接受蒂娜的密集治疗。蒂娜是一位心理治疗师,比我稍微年长一些,鬓角的黑发略微泛白。她涂着橙色的口红和白色的指甲油。我们坐在一对扶手椅上。从第一次会面开始,她就坚持让我在与她交谈时看着她的脸。前几次治疗非常困难。她一直问我对这件事、那件事以及其他事情的感受

"挺好的。"我说。

"'挺好的'不是一种情感。"

我开始探索自己的情感。我发现我有愤怒、怨恨、受挫与焦虑,同时也有感激、温暖、善良、体贴和孤独。蒂娜说,信任是我的头号难题,但考虑到我的背景,这完全合理。我喜欢这样。我是合理的。

三月的某一天,警察联系了我。检察长不打算就我非法处理人类遗骸的事件进行起诉。我无须应诉了。我甚至都没担心过。当我这样告诉霍华德探长时,她很震惊:"你不担心有刑事指控悬在头上吗?"

"不太担心。我的意思是,这只是一个简单的误会。非常感谢。"

"这不是我的决定。你应该感谢你的律师。"

"我今晚会写信给他。"

霍华德还通知我,泰迪熊终于进行了法医鉴定。尽管我们进行了清理,他们还是在熊背后的接缝中发现了花粉孢子。这些花粉源于生长在新西兰北岛特有的一种花。鞋盒来自惠灵顿的一家商店。盒子约莫是八到十年之前的。警方已经重启了康纳·吉尔利失踪案的冷案调查,国际刑警现在也参与了搜索。一张我生父四十三岁的旧照片在新西兰和爱尔兰的报纸上刊登并传播开来。

爸爸所有的文件和录音带都被带走了，不过给我都留了一份复印件。

随之而来的是媒体活动的激增。来了更多海外记者的电话和信件。我总是挂掉电话或直接当面关门拒绝。玛莎成立了一个当地的WhatsApp[1]聊天群组，防止记者找到我，并给他们提供我在哪里以及在做什么的虚假线索。

我在2018年6月底完成了计算机课程。班上一共五个人。他们全都知道我是谁，不过他们都比我大很多。当他们问我问题时，我会感到焦虑。蒂娜提议我应当告诉他们真相：我对绑架或那段时间的任何事都没有记忆。这奏效了。我的同学们失去了兴趣，开始正常对待我。他们每周轮流带蛋糕来。我用迪莉娅·史密斯的食谱书做了布朗尼。每个人都说很好吃。

在蒂娜的指导下，我尝试在课前和课后与他们交谈。令我惊讶的是，他们非常愿意聊天，聊他们

1　一款即时通信应用程序，允许用户通过手机发送消息、语音通话和视频通话。

药物成瘾的孙子、他们的嵌甲问题,以及本周在利德尔超市的特价商品。我没有那么多话可说,但他们似乎并没有注意到,我也不介意倾听。他们总是笑。我不大知道他们在笑什么,但我不认为是在笑我。

我现在有了电子邮箱,也可以搜索一切我想了解的事物。我每晚都看新闻,还登记注册了选民资格。我丢掉了座机,学会了使用智能手机。

我通过图书馆的服务,在报纸档案中找到了多年来与康纳·吉尔利有关的一些文章。他被比作卢肯勋爵,那是一个谋杀了保姆然后消失于人间的贵族。许多真实犯罪网站都在猜测他的去向以及我的情况,这些网站现在都更新了我焚烧父亲的新闻以及我在葬礼上的照片。

还有一些我们曾经居住的那个扩建小屋的黑白旧照。门外的螺栓,封死的窗户。阴沉的厕所和洗脸盆。盖着薄毯子的床垫。我小小的空卧室。没有一样看起来眼熟。康纳·吉尔利以前的牙科病患对他的形容是沉默寡言,社交能力差。"他总是独来独往。"他们说。

第二十四章
彼得，1980 年

年复一年。我常常问爸爸我的病是否有办法治愈，但每一次他都悲伤地摇摇头。现在我十二岁了，他对此进行了更为详细的解释。我不会变成石头，但不相干之人的触碰会让我从皮肤腐烂至骨头，坏死组织将迅速蔓延全身，直抵内脏。我会从外部开始腐烂，并遭受难以想象的痛苦。爸爸猜测过程会很快，但是当我问他，快是指五分钟还是十小时时，他说我不应该去想这些。

我确实还有过其他的特别外出日，但去马戏团时，我害怕极了，不是因为狮子，而是因为坐在我两边的孩子与父母。我爬到了爸爸腿上，尽管我已经远远超过了可以那样做的年纪，他用外套把我裹起来。其他孩子全都嘲笑我。

知晓病情给我带来了噩梦。我恳求爸爸让我们的特别外出日只有我们两个人，于是他租了一台投影仪，我们在大屏幕上看西部片。另一次，他给我买了一本图书目录，我可以随意挑选自己想看的书。我选了关于尼尔·阿姆斯特朗的书、第二次世界大战的书，还有一本恐龙百科图鉴。爸爸认为这些都是很棒的选择。最棒的一次，我们步行离开家，沿着长而蜿蜒的林荫道走到了一条铁轨边。铁轨下方有一条通往海滩和大海的隧道。爸爸给我买了游泳衣。我们在砾石沙滩上铺了毯子，坐在上面，直到爸爸提议，他可以教我游泳。我注意到他的肚子和肩膀上有奇怪的痕迹，但我问起时，他只是摇摇头，我知道这意味着不该讨论这个话题。

当脚趾触及冰冷的水时，我尖叫起来，爸爸将我扛在肩上，带我下水，然后缓缓把我浸入水中，我既害怕又兴奋地尖叫着。

"彼得！别叫得像个小姑娘似的。"

这一向是爸爸对我最严重的侮辱，我瞬间哭了出来，但咸咸的海水掩盖了我的泪水，我们很快就在水中四处扑腾，我在没过脖子的水里和爸爸一起哈哈大笑。那天我学会了游泳。我可以仰浮在水面上，看着云朵在蓝蓝的天空中窃窃私语。之后我们回到岸上，用毛巾擦干身子，坐到毯子上。没人靠近我们，一切正常。我问能不能每年都来游泳，他说"当然可以"，我觉得自己是世界上最幸运的男孩。

过完八岁生日后不久，爸爸去工作时，不再将我锁在卧室。我开始帮忙准备餐饭。爸爸经常轮换我的书，所以我一次只有两三本书。他说我已经长大到不需要玩具的年纪了，当它们和我穿不下的衣服一并消失时，我想知道隔壁房间的妹妹是否拥有了它们。爸爸严格要求我将所有属于自己的东西都保管在自己的房间里。我东西不多，只有书、衣服、练习本，还有几个我藏起来的玩具兵，因为我怕爸爸会说我太大了，不该玩这些。

我开始意识到我们的生活远非正常，我和爸爸的生活，以及隔壁房间里那两个人的生活，都不正常。我一直能听到她们动来动去。我能听到爸爸晚上去看她们。声音总是闷闷的，我从来都听不清。那个鬼魂经常尖叫，孩子常常哭号。我读了几百本书，但没有一本书里的人像我们这样生活，或者像我母亲和妹妹那样生活。我问爸爸这件事。为什么我不能睡在楼上的某间卧室里？为什么我必须睡在附楼的房间里，还得紧挨着她的房间？为什么他没

181

有任何朋友？为什么我们没有电话？他说他在工作中每天都能见到很多朋友。我问他牙医的工作具体都做些什么，他解释了补牙和假牙。我的牙齿状况非常好，因为我每天早上、餐后以及睡前都勤勤恳恳地刷牙。我问他下班以后难道不想和朋友去酒吧吗？他回答说他不喝酒，而且除非迫不得已，否则他不想让我长时间一个人在家。我想知道为什么没有其他疯狂而危险的女人被锁起来，于是他给了我一本名为《简·爱》的书让我读。"这是一个女人写的，但你会明白我的意思。"确实，伯莎·梅森很可怕，但简很好。我从未读过写女人的书。我说丹妮丝·诺顿不曾试图伤害我，然后爸爸说："我本不想解释，但是……"他掀起毛衣，他的肚子上贯穿着一道伤疤。"她刺伤了我。"他提醒我，有些早上他会出现瘀青和黑眼圈。他曾告诉我那是他不小心弄的，但现在他承认是她造成的伤害。他拉下衬衫领子，给我看最新的伤痕，是肩膀上的咬痕。他就像书中可怜的罗切斯特先生。我很震惊，前所未有地确信我再也不想见到我的母亲。

后来，他给了我《美狄亚》和《麦克白》。"你看到她让他做什么了吗？他是个软弱的男人。这就是为什么男人必须掌权。我们必须展现我们的优越性。"

我问爸爸,为什么不让警察逮捕母亲。她可以进监狱或者精神病院。他盯了我良久,然后说:"我不能把自己的妻子关进监狱。那太残忍了。你不知道那种地方会发生什么。"如果丹妮丝毫无用处,爸爸为什么不让她走呢?"男人有需求"是他对此的唯一回答。

"爸爸,她说她从十一岁开始就在这里了。这是真的吗?你是在她十一岁的时候娶她的吗?"

他仰头大笑:"她太蠢了,都不知道自己多大年纪。"

"她多大了?她的牙齿都掉了,所以我猜她肯定很老。"

"没错。"他对我咧开嘴笑了。

我渐渐自行发现男人的需求可能是什么了。每当在电视上看到漂亮女孩时,我就会出现某种反应,我知道那和我的阴茎有关,因为每每躺在床上想那些女孩时,我都会忍不住把玩自己的阴茎,导致百科全书称为"射精"的结果。我甚至在睡梦中也会这样做。我不敢问爸爸这件事。我不确定他会有什么反应。几个月前，他顺嘴提到过手淫违反上帝的法则。当时我不知道这个词是什么意思，但现在我知道了。

我将这一新发现藏在心里，但在爸爸的藏书室里，我发现了人体解剖学的书，里面有裸体男女的图画，箭头指向他们形形色色的身体部位。我正在经历青春期。我唯一见过的裸体女人就是我愚蠢的母亲。阴户和阴道在我脑海中挥之不去。我学到了婴儿是怎么来的。爸爸将他的阴茎放进她的阴道，把他的种子推入她体内。他为什么要那样做呢？他是如此厌恶她，觉得她如此令人作呕。他肯定至少做过两次。"男人有需求。"他说过。现在我明白了。

那年发生变化的远不止这一件。一切都在变。春天的某个下午，我正在客厅的书桌前研究一些希腊语的文本，突然透过窗户看到有个男人从花园左侧高墙下的灌木丛上面翻过来。我吓了一跳。我从未见过有人未经安排就进入我们的地盘。偶尔，油工会来给花园尽头的油罐送油，爸爸会让我待在自己的房间。在那些日子里，他说必须得把丹妮丝·诺顿和那孩子的嘴巴塞住，这样她们就不能发出声音了。他说有一个疯掉的妻子和一个愚蠢的孩子是一种尴尬。她们是"我们的秘密"。这话真奇怪了。我能告诉谁呢？

那个长头发的男人，穿着牛仔裤和黑夹克，沿着我们地产边缘的高大树丛潜行，突然一个箭步冲向房屋背面。他弓着身子贴地疾跑，一个小偷！

我蹑手蹑脚地出了房间，正好听到玻璃碎裂的动静。我跑到附楼想把自己锁进房间，但在我到达之前，就听到了她的尖叫，比以往任何时候都要大声。她肯定是躺在地板上，通过房门底下的那条小缝尖叫的。"我叫丹妮丝·诺顿，我被绑架了！我被锁起来了。我是丹妮丝·诺顿。求求你砸开门！放我出去！"

厨房传来短暂的打斗声，等我再跑回客厅窗前时，那个男人已经跳窗逃走了。我能看到他冲过草坪时手在流血，他钻进树篱，翻过了墙。我跑回附楼。她还在一遍又一遍尖叫着自己的名字。如今我已经知道爸爸把钥匙藏在了哪儿，于是我伸手去够橱柜，从杯子里拿出钥匙。当我打开门时，她的身体正朝门外使劲伸着，脚踝上还拴着锁链，紧紧抓着那孩子的手。

"哦,谢天谢地!"她一边啜泣一边说,然后突然停了下来,"是你?彼得?我以为是别人的脚步声。你都长这么高了。"

她的脸皱成一团,无声的泪水顺着脸颊滑落。我看向她身边的女孩,她正躲在母亲的屁股后面望着我。她不言不语,也很瘦,眼睛大大的,但比我见过的任何孩子都要苍白。她的皮肤泛着淡淡的蓝。她用另一只手抓着熊——我的托比。丹妮丝比我上次见她时干净多了。还是很瘦,但腹部没有了隆起。她穿着一件爸爸的旧晨袍。她的头发虽然干净,但软趴趴地垂在背后,用破布绑着。我环顾房间。现在她有了一盏明亮的灯,冰箱上放着几个土豆和苹果。她有三条毯子,身后的床垫比我记忆中那张要新一些。这次她的身上没有明显的瘀伤。

"彼得——"她试图发声,胸口随之起伏,"他在这里吗?那些脚步声是谁的?不是你的,也不是他的。我还听到玻璃碎了。发生了什么?"

我后退一步。她向我伸出手臂。"求你留下来,求你了。你应该见见你妹妹,玛丽。"我驻足,回头看向那个女孩。她的母亲继续喋喋不休:"我保证不再问任何问题。我肯定是搞错了脚步声。我很抱歉。我再也不会那样做了。不要告诉他。"我猛冲过去，抢过女孩手中的小熊。女孩开始尖叫并哭泣。这时她的母亲提高了声音："那是她唯一的玩具。是她唯一拥有的东西。彼得！"我慢慢退到门边。

"请不要告诉他！这次他会杀了我。他会杀了你妹妹的！"她跪倒在地。

我现在比上次更加强壮。我飞起一脚，正中她的脸："不要跟我说话。"

"哦，天啊，"她喘息着，血从鼻子里流出来，"你和他一模一样。他会杀了我的，而你根本不在乎。"鲜血让我震惊，我的所作所为让我震惊。我转身离开，把门关上并锁好。

我拿着那只熊，踏过破碎的玻璃，回到我的房间，把熊藏在枕头下，警惕地盯着树篱，直到爸爸回来。

当我告诉爸爸发生了什么时，他暴跳如雷。他让我一字不落地复述整件事的每一个细节。"她确实说了她的名字吗？"

"是的，一遍又一遍，她一直在喊。"

"你认为他听到了吗？"

"绝对的。"

我从未见过他如此愤怒。"我他妈的完蛋了！那个愚蠢的贱人。那个贼会说出去的。"然后他跑上楼，吼我收拾行李。我从未听过他用"他妈的"这个词。我没有行李箱。我跟着他去了他在楼上的房间，他手忙脚乱地翻找抽屉。"我们要去哪里？"我问，声音颤抖。

"不重要。"

"我该带什么？"

他扔给我一个旅行包。包擦着我的头飞过来："别像个女孩子一样抱怨。带上你需要的东西……不，等等，带上你所有的东西。一件都别留。别光站在那儿。快点！"

我跑回房间。"我们要走多久？"我大喊。

"很久。"

我不明白那意味着多久。旅行包很小。我在房间里窜来窜去。我有三套换洗衣物、四本书、三本练习本。我犹豫了一下，从枕头下拽出托比，塞到了袋子底下。我没有告诉爸爸我带走了托比。某种直觉告诉我，他会不高兴。我的房间里什么都不剩了。我希望无论我们要去哪儿，都能有一张更大的床，因为睡在这张床上,我的脚总是伸出去。

"快点!"爸爸说,"上车。"

我打开了前门,当我朝着车走过去时,能看到爸爸穿过大厅去附楼。接下来我听到的是她的尖叫、他的咆哮,以及孩子的哭号。

第二十五章
萨莉

1980年,康纳·吉尔利逃离爱尔兰时是四十五岁。他在1966年绑架我十一岁的母亲时是三十一岁,1974年我出生时他三十九岁。现在他应该已经八十三岁了。他有一个妹妹,玛格丽特,严格意义上算是我的姑妈。警察告诉我,她现在仍住在基利尼郡那栋关押过丹妮丝和我的房子里。

我想和她聊聊。我在2018年6月写信给她,寄往那个臭名昭著的地址。

她马上就回复了。她想见见我,解释一下,并且道歉。8月里的一天,玛格丽特到罗斯康芒来见了我和克里斯蒂娜姨妈,我们一起吃了午餐。

我们长得很像。她也像我一样把手握成拳头。

整顿饭她都眼泪汪汪的,令人心烦。因为她一直在擤鼻涕,我不得不一再让她重复她说的话。克里斯蒂娜姨妈低声说我应该耐心点。

"对不起,"我对玛格丽特说,"我因为他所以有情感发育问题。顺便说一下,我不能叫你玛格丽特姑妈。那感觉不对。"

"我明白。你不需要解释。"玛格丽特说她为自己的哥哥感到羞愧万分。她承认他们的成长经历非常奇怪。

"我们的母亲对康纳很严苛。我不是在为他开脱,但他过得确实不容易。父亲在我们很小的时候就去世了,母亲似乎指望他能接替父亲的位子……无论是责任上还是其他方面。然后他就对我发火。他对我……咄咄逼人,就像母亲对他那样,也是咄咄逼人。直到我离开家,我才意识到她对我们的养育有多么扭曲,多么……违背常理。我一直不明白他为什么不和我一样离开。我在加拿大当了几年保姆,很少回家。我写过信,但他们都没有回复,直到康纳写信告诉我母亲去世了。我当时才二十七岁。"

康纳继承了家族的房子,而玛格丽特却一无所有。康纳拒绝出售房子并与她分享收益。在母亲的葬礼后,她带着极少的财物回到了加拿大。在他的罪行昭告天下前,他们已经多年没有说过话了。

"康纳潜逃后,我让房子空置了很长时间。我害怕回家,因为媒体的关注。最终我在1990年回到爱尔兰,并找到份工作,管理着家附近的一家护理中心。我在加拿大挣了一些钱。虽然不够翻新整栋房子,但足够拆除拘禁你和你母亲的那部分扩建房。我的生活彻底毁了。我怎么可能交朋友,建立亲密关系呢?一旦他们发现我哥哥是谁,就会逃之夭夭。"

"那你为什么还要回家?为什么不留在加拿大?"

"我不知道,家的牵引力一直很强。唯有当我打包好行李,回到家时,我才意识到这里对我没有任何意义。"

"真的太悲惨了,你哥哥毁了这么多人的生活。"克里斯蒂娜姨妈说。

"可是如果他从未存在过,我也永远不会出生。"我说。

克里斯蒂娜姨妈和玛格丽特相视一笑。

"你们笑什么?"

"这是一个独特的视角。"克里斯蒂娜姨妈说。这是个会让我恼火的回答。

玛格丽特说她拥抱了教会，并在上帝那里找到了安慰。如今她在祈祷小组有了朋友。她告诉我，欢迎我去老房子看看，但想到这个我就恶心。我了解到康纳·吉尔利当牙医赚了很多钱。他这辈子从来没有付过房租或房贷，在清空账户逃跑前，里面有充足的钱，他想去哪儿重新开始都可以。毫无疑问，我更像他那边的家人。我也反社会，没什么朋友。也许我是从他那里遗传了这些特质？

克里斯蒂娜姨妈极其友好。她定期过来小住，还有两次带我去了他们在都柏林的维多利亚式的大房子，我和她还有唐纳德姨父一起住。他安静而虚弱，尽管她说他们同龄，但他看起来要老得多。

他们的房子里有一架钢琴。从落在上面的灰尘可以看出很久都没人弹过了，但他们很喜欢听我弹钢琴。唐纳德姨父精神焕发，说那很"治愈"。

我在卡里克希迪尽全力发展起了我的社交技能。我和老同学斯黛拉一起去当地酒吧，秋天我们一起去了罗斯康芒的电影院，但即便戴上耳塞，我也被噪声和壮观的场面压垮了。我不得不提前离场。斯黛拉并不介意。你再也不会注意到她的口吃了。她给我看了她的孩子、丈夫和狗的照片。她建议我应该养只狗做伴。我不太确定我是否想要一个随地拉屎、不能将自己清理干净的伙伴。斯黛拉说我很有趣。我觉得她也是。她给我寄了一些浪漫小说,都是写得很好的故事,但我发现很难与之共鸣。她认为我应该开始约会。正如我所说,她很有趣。在我生日那天,她给我寄来一张贺卡、一条羊毛围巾,还有一顶帽子。它们柔软温暖。我现在四十四岁了。

玛莎也很友好。每当我说出不恰当的话时,她总是直截了当地告诉我。我要求她指出这些问题。蒂娜认为这是个好主意。我不再假设人们说出口的话就是他们的本意。"读懂言外之意"是我每天都在进行的练习。

我去玛莎家吃了好几次晚饭,每次见到乌多时,他都会教我一些伊博语,这是他的母语。他很会做尼日利亚美食。我照顾了马杜卡和阿贝比几次,他们是我最喜欢的朋友。他们总是想什么就说什么。这一年,他们邀请我去吃圣诞晚餐。几天后,克里斯蒂娜姨妈也邀请了我,但我告诉她,阿德巴约一家更有意思。

蒂娜为我的进步而高兴,并鼓励我给这一家人挑选合适的礼物。我问孩子们想要什么,这很轻松。我在罗斯康芒的大超市买了一篮奶酪给乌多和玛莎。我勇敢地挤进了人群。感谢上帝有耳塞。

第二十六章
彼得，1980 年

当我们驶出大门时，爸爸说："好了，冷静下来，想一想，想！"他是在和自己说话。十五分钟后，我们径直停在了爱尔兰联合银行门口。我在电视上见过它的广告。"在这里等着。"他冲我咆哮道。我根本没打算去任何地方。爸爸去了很久，等他回到车上时，他说："贱人！我得找经理。这是我的钱。只要我愿意，我有权拿走所有钱，没有哪个趾高气扬的小贱人能阻止我。"

接下来，我们开上一条小街，停在一栋建筑边上。街上有一扇门，门边有一块黄铜牌子，上面写着：

格伦代尔牙科诊所

电话：809915

康纳·吉尔利

牙科学士

牙科医生

这是爸爸工作的地方。我想和他一起进去,但他命令我待在车里。几分钟后,他拿着一些文件和一张装裱的证书出来了。他把框架拆下来,扔到隔壁房子的花园里,卷起证书,打开后备箱,把它放进了行李箱。我不敢问任何问题。

我们一个急转弯离开路边,驶离了这条主街,开上一条沿海公路。他把车停在码头长堤上,然后我们下了车。海鸥低低地在我们头顶盘旋。他从口袋里掏出一顶帽子,戴上一副眼镜。我从来没见他戴过这些东西。"我们去英格兰吧,"他说,"然后再考虑怎么弄到护照。"

我们走在一起,他对我们擦身而过的每个人都点头微笑,甚至是女人,每次都把帽子压得更低。我们走了十分钟来到渡口,开始排队。我站得远远的,害怕触碰到任何人,但他把我拉到身边,紧紧握着我的手。在队伍最前端,他买了两张去霍利黑德的二等票。我从地理书中知道霍利黑德在威尔士。但我不会在任何事情上质疑爸爸。他太紧张了。他抓得太紧，让我很痛，他的下巴紧紧绷着。

我本该兴奋才对。我们正要出国，这可是有生以来头一回。但这绝对不是度假的感觉。我们是在逃跑。但要逃多久呢？我们在躲谁？爸爸不想向警察报告入室盗窃的事吗？爸爸总是对电视上的警察嗤之以鼻。我们每周都看《警察巡逻》。他会嘲笑他们，称他们为"无能的懒汉"。我努力想搞明白，但思绪一团乱麻。我们登上了船，爬上了仿佛无穷无尽的楼梯，直至来到甲板上。

"这个镇叫什么，爸爸？"

"邓莱里。好好看看爱尔兰，孩子，我们将有很长一段时间不会再看见它了。"愤怒消失了，我能看到干净的镜片后，他的眼睛闪着泪光。爸爸是要哭了吗？像个女孩子一样？

三月中旬，甲板上冰冷刺骨。其他人都蜷缩在室内。终于，雾角响起，船缓缓驶出港口，起初很慢，接着，在驶离夹道的花岗岩桥墩后加速，两侧桥墩宛如张开的双臂，将我们推向大海。

"我们将进行属于自己的奥德赛之旅。"他说道，语带悲伤。

"爸爸，"既然现在他的怒气已经消退，我觉得是时候问他了,"我不明白发生了什么。我们为什么要走,这么突然?"

他把头埋在手里:"我们必须如此。事情就是这样。那个小偷。一旦他把她的名字告诉给任何人,人们就会来把你带走。他们会触碰你,你会死。我这样做是为了救你。"

"但他们为什么会带走我?"

"她疯得厉害,以为我绑架了她。你觉得那个小偷不会告诉别人吗?警察可能会相信她,也可能会相信我,但有一件事是肯定的,我无法阻止他们触碰你,而我不愿冒这个险。我们得走,这样我才能救你的命。你的病情非常罕见,大多数人不相信,也不理解。记得我给你看过的'泡泡男孩'的照片吗?如果你运气好,如果他们没有先杀了你,那就是你的结局。"

他拉低眼镜,直视我的眼睛:"你明白吗?"

"我明白。"我郑重地说。我记得那个"泡泡男孩"的故事。他比我小几岁,他病得太重了,以至于空气都能杀死他,所以他一生都在医院的隔离舱里度过。爸爸告诉我,我的病也差不多,只不过一旦感染,我会死得更惨。爸爸爱我,爱到宁愿逃跑也要来保我安全。

"可是一旦他们发现她是疯子,很危险,我们是不是就能回家了?"

"也许是时候拓宽我们的视野了。你不想看看这个世界吗?"

我热切地点头。

"好孩子。我们现在要不要下去吃点东西?我们还没吃晚饭呢。跟紧我。"

我不记得渡海花了多长时间。也许是三小时?到达时,我已经累瘫了,但爸爸说还得坐公交去伦敦。我们在寒冷的公交站等车,跺脚取暖。此刻的我已经累得兴奋不起来了。我从来没坐过公交车。爬上陡峭的台阶时,我又活过来一些。我们在车厢中段找了座位。外面太黑,什么也看不清。车一开起来,我就睡着了,停车上厕所时也几乎没有注意周围。进入伦敦时已近黎明,但伦敦太大了,差不多又过了一个小时,公交车才转入一栋外表脏脏的大楼。入口的标志牌上写着"尤斯顿车站"。

"这是市中心吗?"我问,但他没有回答。他下巴绷紧,眼睛敏锐地注视着窗外。

下车时，有个女人撞到了我。我失声尖叫，爸爸将我拉到身边，那个女人则挑衅着说："我几乎没碰他，他干吗这么歇斯底里？"我确实歇斯底里，等着疼痛来袭，但爸爸把我拖到角落，说："没事的，没事的，她没碰到你的皮肤，只是碰到你的外套后面，你不会有事的。"但我确定她也碰到了我的后脑勺。我怕得要命，等着疼痛来袭，但它没来。

"彼得，打住。你不能像这样吸引别人的注意。"

我一边抽泣一边告诉他，她碰到了我的头。他安抚我说头发会保护我。一小群人正盯着我们瞧。我环抱住爸爸，依偎在他肩头。我听见他对人们说："他现在好了，他刚醒，有点迷糊，你懂的。他现在没事了。没什么好担心的。"

"他这么大了还这样撒娇，像什么话？"那个女人瞪着我们。

他们很快就散开了，毕竟都是忙着赶路的人。我继续抱着爸爸，直到平静下来。"别理那个愚蠢的贱人。"他说。

"爸爸，"我说，"还记得你说过，我长大以后可能就好了，没这个病了吗？那会是什么时候呢？"

"我还没能查到是否真能如此。但我不想让你担心,我会保护你的。"

"所以,只要我不接触到别人的皮肤,就不会有事?"

"是的,我的研究结果是这样。"

目之所及,有成百上千人在我周围转悠,我还是惴惴不安:"爸爸,我们不会住在这里的,对吧?"

"不会。我们得去一个更安静的地方。希望我们只需在这里滞留几天。"

他拿出一本小小的地图册,我们开始步行。一小时后,我的肚子咕咕叫起来,我问:"还很远吗?我们能吃早饭吗?"我们在一家小而氤氲的咖啡馆歇脚,桌子很脏,地上全是泥脚印。爸爸将我安置在一张远离窗户的桌子旁,然后去柜台点餐。我想回家。一个男人抬起头,冲我点点头。我挪开目光。两个穿短裙、高筒靴和闪亮无袖衫的女人走进来,扯开嗓子跟柜台后面那个男人点餐,然后靠窗坐了下来。我能看到那个黑发女人的胸罩是红色的。我从来没见过这样的女人。她们穿成这样不冷吗?她们涂着亮红色的口红,眼皮涂成黑色。她们将一缕缕的烟高高喷入空中。就在我感觉到裤裆里的勃起时,爸爸抓住我的头,将我的脸转向他,在我面前放了一份培根三明治和一杯茶。"别看她们。婊子。"他轻蔑地说,"她们跟男人做爱换钱。她们可能刚下夜班。"

"男人花钱做爱?为什么他们不结婚?即使娶个疯女人,他们也可以跟她做爱,就像你一样。"

他瞪着我,我立刻尴尬起来。"你在说什么,你这小子?"他怒气满满。

"是你给我的生物书还有百科全书里说的。你肯定和她做过两次爱。不然我怎么在这里?还有那个小女孩?"

他端起茶,慢慢啜饮。有好一会儿,我们默默无言,然后他说:"那女孩是个意外。"

我知道不该再进一步评论什么。但我不明白他怎么会"意外"做爱。我们默默地吃着三明治,喝着茶,我不敢再扭头去看那些女人,尽管我能听到她们咯咯的笑声,闻到她们的香烟和香水味。

我还一直考虑着另一件事:"爸爸,你现在要怎么挣钱?你是永远辞掉工作了吗?"

他皱起眉头:"我们的钱足够撑一段时间,但目前我们必须得节俭过活。没有零食。好吗?直到我想出计划来。"

我很惊慌:"你还没有计划?"

"还没有,但今晚应该就有了。"

我们离开咖啡馆,继续往前走。街道越发污秽,房子也越显破旧。最终,我们在一处窗户上贴有"招租"广告的房子前停了下来。

爸爸敲了敲门。一个穿着牛仔裤和T恤的小个子男人开了门。T恤上污迹斑斑,身后的地毯也很脏。

"你好,"爸爸说,"我想租个房间,能让我和我儿子住上两晚,可以吗?"

"爱尔兰人?"那人问道,还没等爸爸回答,他就接着说,"带上你们的炸弹滚回老家去!"然后狠狠摔上了门。爸爸气得浑身发抖。

"他一定以为我是爱尔兰共和军成员,"他说,"我?恐怖分子?"

第二十七章
萨莉

2019年的新年，我和蒂娜的治疗进展顺利。她正为我进行针对焦虑和创伤后应激障碍的脱敏治疗。当人们同我握手、拍我的手臂，甚至拥抱我时，我努力控制自己不退缩。我还接受了声音疗法，让我能够适应"正常"的音量。对此，我仍觉得有困难。蒂娜认为玛莎的瑜伽课能帮我放松下来。课堂上，玛莎只是轻轻触碰我，引导我摆出正确姿势。一开始，那些拉伸和弯曲的动作让我觉得很不自然，但慢慢地我习惯了。我意识到，当面临困境时，通过让自己专注于内心，与身体建立联系能让我平静下来。

蒂娜认为我应该找个工作。她说我的生活中需要有个目标。我告诉她，我曾经申请做保姆，但被拒绝了。但蒂娜要我想想，在这个世界上，我最喜欢做的事是什么。我猜我很喜欢弹钢琴。蒂娜想知道我是否愿意考虑教钢琴。她问我是否有耐心。我认为我没有。于是我们专门花了两节课来训练耐心。

我很擅长使用谷歌,并查到一种叫"回归疗法"的方法,可以帮助我找回记忆。蒂娜坚决反对,在她解释之后,我明白了。回忆起那么痛苦的事有什么意义呢?而且,我回忆起来的任何事,能有多大概率帮忙抓到康纳·吉尔利呢?

2月的一天,我在德士古商店和乌多聊天。他告诉我孩子们正翘首以待他们的期中假期。我指了指手中的雨伞,说希望天气能好转,因为阿贝比告诉过我她想去露营。他感谢我告诉他这一消息,还说他可能要让她失望了——"在帐篷里会冻死的"。我顺势提起斯黛拉在流浪者慈善机构的工作。

"上周在都柏林就有个年轻人冻死了。你可以告诉她这个。"我提议。

"萨莉,不能和小孩说这些事,会让他们做噩梦的。该做噩梦的是那些政客。"

"谢谢提醒,乌多,我会把这条加到我的注意事项清单上。"我有一份清单,上面列了不该和孩子们谈论的事,是玛莎写给我的。我接受了一个轻轻的拥抱，他离开了商店。

卡罗琳在柜台后面。我们交换了许多食谱，这让我的厨艺精进不少。乌多离开后，她说："先是女同，现在又是黑人。"她的脸上写满抵触。

"怎么了？"我问她。

"他们正在攻城略地。"她说，"上个月又有三户外国人搬进了村子。都是因为梅尔文园区那家该死的肉厂。"

"这很好啊。你有更多顾客了。"我说。

"他们不是我想要的那种顾客。"

"为什么？"

"我不是种族主义者，但爱尔兰是爱尔兰人的。"

"但阿贝比和马杜卡就是爱尔兰人。他们是在这里出生的。"

"他们永远都不会是爱尔兰人。"她说。

"当种族主义者可不好，卡罗琳。"我说。

"你有很多事情不明白，萨莉，这就是其中之一。"

"我明白种族主义者。"

"别再叫我种族主义者。"

"别再做种族主义者。"

她的脸越来越红。

"听着,你这个该死的怪胎,一开始我还同情你,即使你对你可怜的父亲做了那些事,因为你孤身一人,但现在,人人都同情你,因为你小时候发生的那些事。我们怎么知道你和你亲生父亲不一样呢?你这个死变态。滚出去,别再回来了!"

她现在是在大喊大叫,店里其他两个顾客都在盯着我们看。我匆忙扔下还没结账的商品,离开了。我做了呼吸练习,保持冷静,但现在的状况实在是很麻烦。从现在开始,我不得不去家乐超市购物了,还得记住他们的货架布局才行。

走在回家路上时,一辆车在我旁边停了下来,司机摇下了车窗。

"嘿,你还好吗?我看到德士古发生的事了。真是不讲理。你离开以后,我教训了她一顿。你应该向经理投诉她。"

"她就是经理。"

"我捎你一段吗?你是萨莉是吧?我是马克。我刚搬到这里。幸好我是白人,对吧?"

"这是个笑话吗?"

"什么?是的……当然是!"

他推开了副驾驶的车门。他的眼神看起来很善良,脸上表情也和蔼可亲,头发有些稀疏,车子很旧。我看到他穿着牛仔裤,搭配衬衫和领带。我看不到他的鞋。但你不能以貌取人,也不能以脸上的微笑判定一个人是不是绑架强奸犯。

"不了,谢谢。我不搭陌生人的车。"

"天啊。我可真蠢,竟然会觉得……听我说,我很抱歉。我不是……那种……有侵略性的人。"

"这正是那些人会说的话。"我稍稍加快了步伐。那辆车在原地停了很长时间。我翻过了小山坡,走上回家的小路,那辆车没跟上来。也许他不是绑架犯,但是,如果说在我小时候,有哪件事是爸爸明令禁止的,那就是不要上陌生人的车。现在,我当然知道缘由了。那是我生母曾做过的事,而康纳·吉尔利仍旧逍遥法外,他可能会回来找我。不过,那个叫马克的男人并不是康纳·吉尔利。他大概五十五岁上下。

尽管做了更多呼吸练习,回到家时,我还是因为这一天的经历而不安。我想告诉某个人,都发生了什么。我想着给斯黛拉打电话,但她在工作,正准备给玛莎打电话时,我想起了蒂娜所说的共情。听说卡罗琳是种族主义者或许会伤害到玛莎。但我

209

可以告诉她那个男人的事。但真的可以吗？我要如何不对卡罗琳的言论加以说明，就解释清楚马克怎样开启了和我的对话呢？我放下了电话。我需要更多朋友。

那一天我决定搬家。我不喜欢独自一人心神不宁。这是有生以来第一次，我想待在人群之中。

我给律师杰夫·巴灵顿打电话，他告诉我要打给房产中介。他给了我一个电话号码，还告诉我一个可以查看待售房产的网站。他还告诉我，最好在我把自己的房子挂牌出售前，先开始找房子。他说这是一个重大决定，我应该寻求他人的指导。我以为我在寻求他的指导。但他说他只负责业务方面的事。

我猜他是指我应该打电话给安吉拉。我会等到周末，那时她有空。与此同时，我登录了网站，愉快地花了几个小时研究城里的房子。我不想要公寓，尽管村里就有一套待售的。我想住在热闹的地方，但不想与别人共用走廊。大多数房子都有三间卧室，但我只需要一间，或许两间。

周六下午，我去了安吉拉和娜丁家，同她们讨论我的选择。娜丁当即提议布拉肯小巷那栋荒废破败的小别墅，就在玛莎的瑜伽馆对面："已经在售很多年了。"

"我不能住在那儿。"我说。

"动用你的想象力，"她说，"想想它可能会是什么样子。"

"你难道从来不看电视上的家装改造节目吗？"安吉拉问。

"看，我很爱看，但我想要一个像你们那样的淋浴间。它会占掉那栋小屋的一半。"

"但你可以扩建，把房子面积翻两倍或三倍？我打赌你几乎不用花多少钱就能买下那地方。你需要一个测量师和一个建筑师。看看我们的厨房，你以为它是1904年建这栋房屋时就存在了吗？你认为我们的天堂淋浴间是维多利亚时代的设施吗？"

娜丁在一封信的背面画起了草图。她画了小屋的正面。"这块地进深多少？估计有五十英尺？你想要个花园吗？或者也可以是个小天井？那样维护成本低。我总觉得要是天窗能摆在合适的位置，那地方也可以很漂亮。不过你还是得看看排水系统的情况。二十多年都没人问津，它一定也有它的问题。"娜丁很兴奋，"让我周一给市政委员会打个电话。看看他们怎么说。你会帮他们一个大忙。那个地方没有被拆除的唯一原因就是它在一条小巷上，不起眼。但你将处在卡里克希迪的中心。我真想知道最终会是谁买下它。"

安吉拉哈哈大笑。"哦，哦，"她说，"娜丁上心了。我一直说设计家具对她来说太大材小用了。"

"对不起，对不起！我有点过头了。潜力无限。其他选项都是主街上的三室小排屋，或者梅尔文园区边上那个住宅区里的三居室半独立屋，平平无奇。不过我听说他们还在扩建，因为商业园在扩张。萨莉，你自己的房子应该也值不少钱。你有几英亩土地，对吧？"

我感谢了她们，解释说我得走了，因为要去玛莎的派对。

"派对？"

"是的，我从小就没参加过派对。我很紧张。"

"别紧张，好好玩！"

"但是除了乌多和玛莎，还有孩子们，我谁都不认识。他们是为梅尔文园区的新员工举办的派对。"

"会很顺利的。离开家之前先喝一杯酒或一杯加糖的茶，让自己放松些。记住，那些人大多也是刚刚来到这里。你是欢迎委员会的一员。努力和新人聊聊。他们对你一无所知。村里的其他人都知道你的故事。"

"知道大部分。没有人知道全部。我自己都不知道。"

安吉拉看了看娜丁，娜丁正忙着切菜。

"你打算穿什么？"安吉拉问。我低头看了看我的黑裙子，并指了指去年圣诞节她们送我的毛衣。

"找一天，让你的朋友陪你去购物。你爸爸花钱很吝啬，但你不需要在二手店里淘货。你很有钱，你知道吗？简以前热衷于疯狂购物，你可能也同样喜欢。"

"我不这么认为。"

"真的吗？和蒂娜谈谈。你可能会发现购物有利于治疗。"

"我可能会发现它煎熬如地狱。"

"未必。试试才知道。"

玛莎和乌多住在村子边上的新住宅区。派对开始时，我独自待在厨房的角落里，假装对窗台上的植物感兴趣。渐渐地，人们开始自我介绍。我遇到了卡罗琳所说的那些人。有一对夫妇是巴西人，罗德里戈和费尔南达；有一个离婚的印度女人阿努巴，带着两个孩子；还有一对英国黑人夫妇，苏和肯尼斯，以及他们的三个孩子。花园很大，尽管天气阴沉，孩子们还是全都聚在花园尽头的树屋里一起玩，树屋是乌多建造的。他们真的很吵。作为妥协，我戴上了一只耳塞。

回想起派对前蒂娜针对社交给予我的全部建议，我与他们分享了两三件关于我的事：我独自生活，喜欢弹钢琴。德彪西是我最喜欢的作曲家。我正在找工作。

另一个挑战是问他们一些关于他们的问题。我问罗德里戈和费尔南达是否打算要孩子。玛莎打断了我，把我带到一边，悄悄解释说我不应该问隐私问题。我真希望蒂娜写一些规则让我铭记于心。后来费尔南达告诉我他们正在努力。我知道这意味着他们目前一定要进行很多性行为，并意识到了这个问题之所以私密的原因所在。罗德里戈问我有什么工作经验，我告诉他我从未工作过。"我小时候母亲就去世了，我一直照顾父亲，直到十五个月前他去世。"他们对我表示同情。罗德里戈的父亲也是去年去世的。我问他的葬礼是怎样的，罗德里戈描述了巴西的葬礼传统，和爱尔兰的很像，不过他对这里的人给丧主带食物的习俗感到惊讶。

"谁能在那种时候吃下东西？"

"我随时都能吃下东西。"我说。

出现了一阵沉默，我想我应该去找阿努巴，那个小巧、漂亮的印度女人。我介绍完自己后，她说她很想学弹钢琴，但作为一个带着两个小孩的单亲妈妈，她没有时间。

"他们的爸爸怎么了？"我问。玛莎就在阿努巴身后，我想她在监视我的对话。她伸手捂住脸，我想我可能又问了错误的问题。

"他为了他在都柏林的情妇离开了我。"阿努巴说。

"他经常看孩子吗？"

"是的，他对他们很好，shukar hai。"

然后我们开始谈论语言。shukar hai在印地语里等同于"感谢上帝"的意思。

"你是不是说你在找工作？梅尔文园区在扩张。那里不仅有肉类加工厂，下个月还要开一家制药公司。如果你有基本的计算机技能，可以找个行政职

215

位?不过薪水可能不高。"

"不是钱的问题。"我解释道,"我的治疗师认为这样做对我有好处。"阿努巴微微皱眉。我看不出她在想什么,但她随即对我笑了笑。

一个新人拿着一瓶啤酒来到平台上。乌多说:"大家都见过马克了吗?他刚开始在会计部工作。"大家纷纷打招呼问好。马克就是前一天把车停下来并目睹我和卡罗琳争吵的那个人。他是爱尔兰人。他和大多数人握了手,但走向我时很尴尬。

"我是马克·巴特勒。我们昨天见过?"

"你试图让我上你的车。"我说。

"我知道,"他说,"我一直在想那举动有多愚蠢。难怪你会认为我是个捕食者。我的意思是,我有点……我知道你的故事。这里有人告诉了我。我觉得自己像个傻瓜。请接受我的道歉。"

我叹了口气。现在他看起来没什么威胁了。

"我再帮你拿杯酒?"

"好的,谢谢。"

我走开了,苏和肯尼斯走过来找我。苏是村里新来的小学老师,肯尼斯是梅尔文园区剔骨大厅的质检员,一个素食主义者。我觉得素食主义者在肉厂工作很有意思。我问他们能不能和我交换食谱。我很享受和卡罗琳交换食谱，但现在她不再是我的朋友了，并且禁止我去德士古，我需要一个替代者。苏说可以借给我一整本食谱。我们约好了下周见面，一起喝咖啡。肯尼斯寡言少语。我比他说得多。我注意到酒让我更健谈。

我指出他们的孩子是花园里最吵的一群。苏说住在公寓里限制了他们的活动，她很高兴听到他们在花园里吵吵闹闹地玩耍。如果我说的话让他们感到冒犯，我为此而道歉。我解释说，由于心智发展原因，我并不总能说对的话。苏向我保证，我没有让她不舒服。

马克过来了，坐到她刚刚空出的位子上，递给我今天的第三杯酒。"我想让你知道，"他低声说，"我向德士古那位经理的总部举报了她。如果她持那种态度，就不应该做那份工作。他们可能会尝试联系你核实事件。"

"谢谢你，我本来打算星期一做这件事。"

我努力思索该说些什么。

"我打算卖掉我的房子。"

"这是个重大决定。你打算去哪里？"

"我还不确定,但我住的地方有点与世隔绝,我的医生和治疗师都说我应该多多社交,和别人待在一起,所以我可能会搬到村子里吧。"

"你今天就在社交。"他咧嘴微笑。他的牙齿洁白整齐。

得到赞美让我很开心,但坦白说,我觉得社交很费力:"我经常无意中冒犯别人,因为我想到什么就说什么。我喜欢你的牙齿。"

他奇怪地看着我。

"看,这就是一个例子。我永远都不该评论别人的外貌。"

"但这并非冒犯。也许你是不该负面地评论别人的外貌。"

"蒂娜不是这么说的。比如说,如果我说你很苗条,这很不错,那可能是在暗示如果你变胖了我就会不喜欢。如果你之后真的变胖了,就会对自己评价更低。"

他笑了:"哦,是的,我很久以前学到了这件事儿,在任何人给我看超声波扫描之前,绝不恭喜她们怀孕。"

我不由自主地笑起来。

"说你笑得很好听算是错吗?"他问。

"那是我的真实笑声。爸爸总是说别人笑的时候,我应该跟着笑,如果我确定他们不是在嘲笑我,我就会跟着笑,但有时很难分辨。"

"你很诚实。"

"是的,我认为这是由于我的社交经验不足和离群索居。不过我相信这是件好事。"

"那你还认为我是捕食者吗?"

"我不能确定,对吧?"

"确实。我觉得你的诚实令人耳目一新。"

"你是从哪里搬来卡里克希迪的?"

"都柏林。我一直在找借口搬到这个地区,有一年多了。"

"为什么?"

他转过头,看向树屋。"哦,你知道的,新鲜空气?安静的生活。"这个问题似乎让他不安,所以我尝试换个话题。

"你有孩子吗?"

"没有,只有一个前妻,伊莱恩。"

"你出轨了吗?"

他盯着我看了片刻,我想他有些生气。

"是的。是的,确实。我为了一个比我年轻一半的女孩,抛掉了一段完美的婚姻。"

"你也很诚实。"

"你的……脆弱让我觉得必须对你诚实。"

"你的妻子会原谅你吗?"

"她已经翻篇了。她和新丈夫有了一个孩子。"

"那么,你为之抛弃家庭的那个女孩呢?"

"她离开了我。她还没准备好安定下来。故事结束。"

"你活该。"

"我想也是。那你呢?据我读过的和听过的,你从来没有恋爱过,对吗?"

"正确。"

"你不想拥有爱情吗?你不想坠入爱河吗?"

"我不知道。我是理论上的异性恋。但我绝对不想要性。"

此时,聊天的声音渐渐变小。玛莎抓住马克的手臂,把他带到了花园。苏再次坐到我旁边:"你们的谈话听起来很私密,萨莉。你确定你想分享这样的细节吗?"

我再次感到泄气。我不知怎么说错了话,我注意到人们正朝我这边看。我听到阿努巴对费尔南达说:"她说了什么?"乌多对肯尼斯说:"我不太了解马克。"肯尼斯点点头,满脸困惑。我走向乌多。

"我现在得走了。我度过了一个美好的下午,谢谢你们。"

"马克说了什么让你不高兴的话吗?"

"今天没有。我想我说了一些应该保密的话。"我的脑袋嗡嗡作响,"也许我喝了太多酒。能不能麻烦你向大家解释我的缺陷并感谢玛莎。"我小跑向门厅,抓起我的夹克。

我没能通过参加派对的考验。我在心里默默记下,下次治疗时要和蒂娜说说。

第二十八章
彼得，1980 年

第三次尝试寻找住宿时，我们要走运得多。尽管房子坐落在一条肮脏的街道上，但房子本身很干净，女房东活泼友善，棕色皮肤。她介绍说自己叫莫娜。

"你们是来度假的吗？打算去观光吗？"

"我们想在这一带找个房子。"爸爸对她热情微笑。

"搬到伦敦？从爱尔兰来？现在？真是勇敢的举动。"

爸爸没接话。

"你儿子可真可爱。你叫什么名字，小宝贝？"

"史蒂夫。"我还没来得及回答，爸爸就抢先说道。她伸出手来，我不知道她是要和我握手还是要拍我的头，但我猛地向后闪开。

"别管他，"爸爸说，"他正处在那个尴尬的年纪。史蒂夫不喜欢被人碰。"他冲她眨眨眼。

"哦，好吧，很快就会改变的，是不是？"她笑了，我仰头盯着爸爸。史蒂夫？

"如果可以的话，我会提前付现。"

"嗯，你是我最喜欢的客人类型。我不介意。住几晚？"

"先住两晚，然后再看。"

"住宿加早餐，还是也想包含晚餐？"

"都什么价格？"爸爸问。

"每晚十英镑，亲爱的，如果吃晚餐的话十二英镑。你找不到更便宜的了。"

"那么，史蒂夫，"爸爸说，"我们要晚餐吗？"

我点点头。

爸爸数出钞票。"那我先付两晚的，有劳了，然后明天我会让你知道是否需要延长住宿时间。"

"很好，厕所就在走廊尽头，左手边，房间里有淋浴。有什么需要都可以来敲我的门。晚餐在七点，可以吗？"她把钥匙递给我们，告诉我们可以随意进出。

一进房间，我们就看到一张双层床，角落里有个塑料淋浴间。我一直都想睡在双层床的上铺。"爸爸！我能睡上铺吗？求你了，爸爸？"

"可以。"随后他将手指贴在嘴唇上。我们都安静了片刻，可以听到莫娜自言自语的声音。爸爸压低了声音。"墙很薄，我们得小声说话。"

"为什么？"

"我们不想让她们知道我们的事。"

"谁？"

"女人。"他说。

"所以你才告诉她我叫史蒂夫吗？"

他咧嘴笑了："我觉得这名字挺适合你。像史蒂夫·奥斯汀——六百万美元先生[1]。我们从现在开始就叫你史蒂夫怎么样？"

"好！"

"那我叫什么名字呢？我已经厌倦康纳·吉尔利了。"

"詹姆斯？像詹姆斯·库克船长一样！"

"詹姆斯，没错，我喜欢。那姓什么呢？"

---

[1] 史蒂夫·奥斯汀（Steve Austin），科幻剧《无敌金刚》主角，因事故被改造为半机械人，绰号"六百万美元先生"。

"阿姆斯特朗,像尼尔·阿姆斯特朗一样。"

"詹姆斯和史蒂文·阿姆斯特朗。我喜欢。"

自从看到那个小偷以来,这是我第一次感到安心。爸爸在对我笑。

"对了,安全起见,你得留在这里。我要出去转一圈,看看能找到什么。"

"我们在哪儿,爸爸?"

"伦敦东区的白教堂。"

"我们在这里安全吗?"

"我会一直保护你的,史蒂夫。"

我们相视而笑。他在手提箱里翻找,拿出一些信封:"我得去找个人办护照。"

"什么人?"

"我还不知道。"

"爸爸?"

"怎么了,史蒂夫?"起初每次听他这么叫,我都会窃笑。

"我的病是秘密吗?"

"这取决于你,但我害怕你如果告诉了别人,他们反而会想碰你来测试。其他得了这种病的人都住在医院里。这些年,我一直让你远离他们。"

"无论我们去哪里住,可以离镇子或城市远一点吗?"

他笑了:"我正是这么想的。"

他离开了,警告我在他走后锁好门。

我们在那地方住了十三晚。爸爸每天都出去。他早上不再刮胡子。他说他在留胡子。每次出门时,他都要戴上眼镜和帽子。莫娜好奇我为什么不和他一起,我告诉她不要管闲事。之后她就没再问了。爸爸对她说了一些有关我激素的事。他总是对她笑,非常愉快。我自己留在房间,爸爸有时会带三明治回来。莫娜做的晚餐总是怪怪的。米饭和辣肉炖菜。爸爸和我一致认为需要一点时间适应,但在结束住宿时,我们发现自己喜欢上了咖喱。莫娜甚至告诉我们她是怎么做的,用了什么香料。

"爸爸,"有一天晚上,我趴在床边,看着下铺眉头紧锁的他,问道,"你喜欢莫娜吗?"

"谁?"

"女房东。"

"别胡说八道。"

我喜欢她,但我觉得爸爸不会同意。

爸爸回来时常常耗尽心力，疲惫不堪。有一晚，在他换睡衣时，我不可避免地看到他肋骨上的擦伤，他解释说是被垃圾桶绊倒了。将手臂套进睡衣时，他眉头紧锁。

有一天，他让我和他一起出去。我既害怕又兴奋。周围有那么多人，我很担心撞到他们，所以爸爸站在我身后，将手放在我肩膀上，引导着我走。我喜欢这样，像一种游戏。我们并没有走远。他把我带到了白教堂地铁站的入口。我知道那下面有地铁，但我并不想上车。我在电视上见过，人们像沙丁鱼一样挤在一起，抓着车顶的栏杆。我不禁泪如泉涌。我们在闸机前停下，转向左侧。爸爸看着我："怎么了？"

"我不想坐地铁。"

"我也不喜欢，所以别像个女孩子似的，把眼泪擦干，我们必须得去拍照。"我有些困惑，用袖子擦了擦眼睛，但他带我去了车站角落的一个小亭子。那里几乎没有足够的空间容纳我们俩，他说我们得一个一个进去。他进去的时候我在外面等着。我能通过黄色半帘的下方看到有蓝色的闪光。我们等了三分钟，然后一排四张的照片从快照亭墙上的槽口里吐出来。最开始是空白，但接着，仿佛魔法一般，爸爸的人像开始显现，先是他整洁的新胡须，然后是他脸上的其余部分。轮到我了。他调整了旋转凳，我对着要给我拍照的镜子。"闪光时不要眨眼。"他说，然后拉上了帘子。闪光时我尽量瞪大眼，但即便如此，之后我的影像从模糊中显现出来时，四张照片中有两张我都是闭着眼的。"没关系，我们只需要一张好的。"他带我回到酒店，我坐在那儿读《汤姆·索亚历险记》，如今我已经厌倦了这个读过太多次的故事。

3月31日，爸爸带着两本护照凯旋，护照上的名字是史蒂文·阿姆斯特朗和詹姆斯·阿姆斯特朗。它们是小小的海军蓝色小册子，里面有我们的照片和出生日期。爸爸护照上的生日是错的，但他说没关系。最上方写着"英国护照"，字下面是一个皇家徽章，最下面的小字写着"新西兰"。

"后天，史蒂夫，我们将开启我们一生中最为史诗般的旅程。我们将乘船跨越半个地球，去往新西兰。我们的新家。"我记得地球仪上的新西兰。两条长长的岛屿，看起来就像是从澳大利亚底部掉下来的一样。我知道那里是几维鸟和全黑橄榄球队[1]的故乡，有山脉和冰川，气候与爱尔兰相差不大。我还知道新西兰的总人口与爱尔兰差不多，尽管它的面积是爱尔兰的三倍。那里会有足够的空间给我们。

"是不是要航行很久很久？"

"我估计会，但你不知道这些护照有多贵，多难弄到。我不得不结交一些粗鲁的人，但最终还是弄到了。航空旅行太冒险，我认为对你来说不够安全，毕竟机舱里的空气是循环的，其他乘客的存在会影响到你。我们到那以后还得买房子和车子。"他的兴奋很有感染力，"看看，我给你买了一些礼物。"

他给我买了一双手套和一顶有护耳的帽子，护耳几乎能包裹住我整个头部，以防我不小心碰到别人。他还给了我三本全新的书：《新西兰的动植物》《新西兰：伟大国家的历史与文化》《新西兰英雄传》。

"我们不再是爱尔兰人了吗？"

"不，史蒂夫，我们是新西兰土著，土生土长，

1　全黑橄榄球队（New Zealand All Blacks），新西兰国家橄榄球队的官方名称，也是全球最成功的橄榄球队之一。其名称中的"全黑"（All Blacks）源于队员传统的全黑色比赛服（包括球衣、短裤和长袜），这一标志性形象自1905年起便成为球队象征。

是英联邦成员。我在爱尔兰有亲戚,从学校毕业后过去度假。我就是在那里遇到了你的母亲并和她结婚。我留在了那边,取得了牙医资质。一年后,我们回到新西兰,你出生了。去年圣诞节,你的母亲死于癌症,我们把她带回故乡,安葬在她的家族墓地。现在,我们正要回家。这就是我们的故事。我们在改变历史,我的孩子。"他的嗓音欢欣鼓舞。

"还有一件事,警察已经找到了丹妮丝和她的孩子。他们发出了针对我的搜查令。他们正在英国寻找一个独自旅行的爱尔兰人,但目前只在爱尔兰的报纸上刊登了这一消息。这里的人还一无所知。你那个愚蠢的母亲似乎已经忘了你。他们似乎不知道你的存在,等他们知道的时候,我们已经在世界的另一边了。"

第二十九章
萨莉

2019年3月,我终于收到了新西兰的消息。虽然负责此案的是都柏林的巴斯金探长,但他派了安德烈娅·霍华德探长到我家来传达信息。她告诉我,新西兰警方没有找到关于康纳·吉尔利的线索。我纳闷为什么花了这么长时间,已经一年多了。

"照片刚公布时,确实有过不少线索。每一条都必须核查排除,但最终全是假的。有些线索起初似乎很有希望——比如一个爱尔兰籍恋童癖移民,但他年龄小了二十岁,因此被排除。还有一个在爱尔兰待了很多年的牙医,1983年新西兰有个小女孩被绑架,他就住在附近。但他是新西兰公民,并且已经去世几十年。他有个儿子,比你大。又是个死胡同。最后,还有一个牙医,被指控在二十年前骚扰过一名年轻患者,但事实证明,那位涉事女性是个相当不可靠的证人。这些年来她指控了许多男人,有些人甚至在她所称事件发生时已经不在人世。还有很多其他名字纷至沓来。人们常常以为自己在帮忙,但其实是在阻碍调查。"

"这些都是无用信息。"我说。

"对,总之我就是想让你随时掌握进展。寄包裹的人可能是在新西兰投递的,但可能只是临时到访而非常驻新西兰的人。这条线索价值有限。"

"你们会继续搜索吗?他们会吗?在新西兰?"

"就像我说的,我们已经查遍了所有可能性。"

我对这个结果并不满意。看来并非像他们说的那样,没有消息就是好消息。没有消息就是没有消息。

"我不知道是谁给你寄的那只熊,萨莉,但有可能它是另一只熊,有某个白痴想扰乱你。外面有各种各样的怪人。在你母亲被绑架时,报纸上报道过她带了一只泰迪熊。"

"那是我的熊。"我很生气。

"如果你非要这么说的话。"

"我不说谎。"

我知道那是我的熊,我非常确定,但我尝试做深呼吸，从霍华德的角度来看问题。我可以理解她的无语，但我已经等了一年多，而她一无所获。

她再次问我是否记得被囚禁期间的任何事。到这时，我已经明白为什么我记忆尽失。爸爸的文件中囊括了我曾服用过的所有药物的清单，既有和母亲一起在精神病房时吃的药，也有我被收养后那一两年吃的药。安吉拉说这些药物的剂量非常不规律，至少在第一年，我绝对是处于近乎僵尸的状态，直到最终戒断药物。我不记得曾经吃过药片。也许它们被混在了我的食物里。爸爸怎么能这么对我呢？

再次见到蒂娜时，我满腔怒火。和往常一样，她帮助我合理化了我的情绪。我生气并没有错。这是完全正常的反应。但她让我从爸爸的视角看待问题。如果我遇到一个有过可怕经历的孩子，我就不会试图抹去她的那些记忆吗？蒂娜的话我听进去了，但我担心那些埋藏的感受终有一日会浮出水面，而我根本无法控制它们。大多数日子里，我都能将这些事抛诸脑后，但那股翻滚的怒火却越来越强烈，特别是在霍华德探长来访之后。蒂娜想知道我是否觉得新闻威胁到了我，是否担心康纳·吉尔利会回来找我，但这并不是让我害怕的原因。我惶惑于他在那之后可能又做过些什么。如果恋童癖没有被抓，他们会停下来吗？我并不怕他，但我痛恨他知道我在哪儿。"S"仍逍遥法外。

"寄来托比是他向我宣示存在感的手段——他还在想着我，还在掌控我。"

我恨他。我告诉蒂娜我想杀了他。他犯下了可怕的罪行，却逍遥法外。有什么能保证他不会再次犯罪并且不会突然出现在爱尔兰呢？

"霍华德探长来访后，我走到后门，在院子里砸碎了一个花瓶。我从未做过这样的事。我的愤怒让我害怕。"

蒂娜让我专注于呼吸练习，并问我是否在家继续练习瑜伽。

我告诉她我已经决定卖掉房子了。现在甚至更为紧迫，因为独自在家让我觉得不够安全。她问高级报警系统能否让我感到安全。我知道要躲藏在一个小村子里是不可能的，但我也同样非常害怕搬去一个更大的未知之地；对我而言，就连罗斯康芒都过大过吵。"如果他回到这里，就能找到我。"

"我不认为他对成年女性有太多兴趣，萨莉。他现在已经八十四岁了吧？他肯定很虚弱。我想你应该不会在身体层面受到他的威胁。而且我们仍然不能确定是他寄来的那只熊,虽然看似可能性很大。关于他,你还有别的什么顾虑吗?"

我想起在乌多和玛莎的派对上同马克之间的对话。"我对性和亲密关系的恐惧,可能源自我目睹的一些事。我发现谷歌很有帮助,蒂娜,我知道你不会赞同,但我不认为我有社交方面的缺陷。在情感上,我是个孩子。谁能总是心口如一呢?孩子。谁完全不考虑性或亲密关系呢?孩子。"

"萨莉,自我诊断从来都不是好主意,但你说得可能有些道理。不过,你肯定不是有社交缺陷或者孩子气。"

我把派对以及同马克的对话告知了她。

她沉默了片刻:"这个马克,他知道你的过去吧?"

"和所有能使用谷歌的人知道的一样多。"

"你认为他有可能是因为对你感兴趣而试探你吗——我是指爱情方面?"

"不。"

"为什么不呢?"

"嗯,这不是很明显吗?我有问题。"

"一点都不明显，萨莉。如果我在酒吧或派对上看到你，会觉得你是个漂亮女人。而且自从你开始练习瑜伽后，举手投足间轻盈了不少。"

"我更注意我的核心力量，我一直在努力。"

"你有一张可爱的脸，看起来比实际年龄年轻许多。没有一根白发。没有皱纹。"

我皱了皱眉："是的，像个孩子。"

"不，像一个好看的成年人。"

"但我告诉他，我永远也不想做爱，当着一屋子人的面。我想大家都很震惊。"

她顿了顿，让我深呼吸了一分钟。

"你似乎对自己的无性状态很舒适。你现在认为这是件丢脸的事吗？"

我没想到这一点。无性。

"但是，蒂娜，我确实幻想过和哈里森·福特做爱，很多次。"

她笑了："我觉得我们都这样想过。萨莉，我不是性治疗师，但——"

"没关系的。我不需要性，不想要，也不思恋它。我甚至不自慰。我想你是对的。我是无性恋者。真让人松口气。"

"为什么你会觉得松了口气？"

"我喜欢标签。社交缺陷。无性恋。"

"你没有缺陷。但或许不要和不太熟悉的人谈论你的性取向。这是非常个人的事。"

"你经常做爱吗？"我很好奇。

"我不会回答这个问题。这是隐私。"

"好的，我明白了。"

之后，我们进行了一些接触疗法。我允许蒂娜给我梳头。出奇地放松。她很震惊我从未去过发廊。我一直自己剪头发，然后把它们扎成一个圆髻。这样更容易。然后她给我按摩了一会儿肩膀。我觉得这多此一举。

在我要离开时，她再次叮嘱我要做深呼吸练习，管理我的愤怒。"说起来容易做起来难。"我说。

"不要打碎东西。不要打任何人，除非你受到他们的威胁。只通过呼吸来克服。弹你的钢琴。"

我们已经超时了，但我必须问她："如果我没有任何资质，你觉得我可以做钢琴老师吗？"

"我认为可以，但教儿童的话需要先通过爱尔兰警方的无犯罪记录审核。教学需要极大耐心，而在这间诊室里，你一直在学习这点。不过，由于你父亲的遗体事件,警方许可或许不容易拿到。我们再等等?"

那天下午,我去见苏和马克,一起喝咖啡。女服务员不用写下来就记住了点单。我也能做到,但我不能在一个播放如此糟糕音乐的地方工作。她和谁说话都面带微笑。我在心里把服务员从潜在职业清单中划掉了。

马克先来的,就在他落座时苏进来了。在面带微笑的女服务员拿来菜单之前,我们进行了一些对话,现在我知道那就是所谓的"寒暄"。苏递给我一本杰米·奥利弗的食谱,而我给了她一叠从BBC美食网站打印出来的食谱,还有我从德士古的卡罗琳那里抄来的一些。

"所以你喜欢做饭?"

"嗯,打发时间,但爸爸在世时更好,因为有人欣赏。"

"你应该办一场晚餐派对!"马克说。

我不知道对此该说些什么,于是换了话题。

"梅尔文园区怎么样?"我问道。

苏的丈夫肯尼斯和马克都在那里工作。马克负责薪酬系统。

"我一直让他给肯尼斯涨工资。"苏说。

"你知道如果可以,我会的。我猜如果够幸运的话,公司会在五年内开始盈利。"

"我只是开玩笑,马克。"苏说。

"你的工作找得怎么样,有眉目了吗?"马克问我。

"很难,"我说,"我四十四岁了,但还不知道长大后想做什么。"那是我的一个小玩笑,但他们都没笑。

"十岁的马克想当侦探。"马克说道。

"我想做时尚工作。"苏说。

"我只想弹钢琴。我弹得很好。"

"真的吗?"马克问,"你是作曲还是只弹?"

"有时我会创作一些短小的乐曲,但我更喜欢弹奏。德彪西,巴赫,约翰·菲尔德。"

"也许你可以在你的晚餐派对上为我们演奏?"马克说着对苏眨了眨眼。

"哦,那不是很好吗?"她说。

"我不知道。我从来没办过派对。"

"从来没有?小时候也没有过?"

马克缓慢地眨了眨眼，苏伸手捂住嘴。

"哦，对不起，我不是故意的……我没想到。我听说了……你小时候的事。"

"我知道，周六我离开派对时请玛莎做了解释。"

马克真挚地看着我："我希望你那天没有仓促离开。那没有什么好尴尬的。"

"马克，你对我有爱情方面的兴趣吗？"

马克苍白的脸颊上浮现出两片红晕。

"哇哦，"苏说，"我是不是要让你们俩单聊？"

"不用，拜托了，我需要知道。我和我的治疗师讨论过。我觉得你在跟我调情。可我不确定。我从来没有从男人那里得到过这类关注。"

马克还没来得及回答，德士古的卡罗琳就开始用拳头猛砸窗户，对我大呼小叫。

"怎么回事？"苏说道，与此同时卡罗琳冲进门，直奔我们的桌子而来。

"你这个贱人！"她咆哮道，"我被解雇了，因为那个烧了自己父亲的女人告诉总部我是种族主义者。"

"是我给你的总部打的电话，"马克说，"在你说我们的朋友时，我在场。不要怪萨莉。是我。"

"我给他们打电话确认了细节。"我说。

苏有点不自在。卡罗琳怒视着她。

"我看你又缠上了一个人。"卡罗琳恶狠狠地冲我说。那位面带微笑的女服务员不再微笑。她出现在卡罗琳身后。"卡罗琳,"她说,"我必须得请你离开。我们不容许任何形式的辱骂行为。"

"哦没错,但你会为那个人服务吗?"她说着指向苏。

马克一跃而起,但那位不再微笑的女服务员将手搭在他肩膀上,冷静地说:"滚出去,卡罗琳,你被禁止入内。"

"别担心,"她尖叫道,"反正我也要搬出这个村子了。我可不想和你们这些怪胎待在一起。我受够这地方了。我要回诺克图姆。顺便说一句,瓦莱丽,"走到门边时她说,"你的蛋奶馅饼难吃得跟屎一样。"在她摔门而出后,出现了一阵沉默,所有人不是看着她跺脚走下山坡,就是看着我们三个。接着,他们全都看向瓦莱丽并开始鼓掌,包括马克和苏,然后我也跟着鼓掌。气氛瞬间变得愉快起来。笑声弥漫。许多人走到我们桌前,向苏保证她在卡里克希迪非常受欢迎。一位老人说我们需要混合基因库,因为

241

卡里克希迪人的肤色是浅蓝色的。几分钟后,他离开咖啡馆时高喊道:"爱尔兰最好的乳蛋馅饼!"剩下的顾客全都欢呼并大笑起来。

马克问苏:"你还好吗?"她擦去眼中的泪水。

"还好,我真希望这里不会发生这种事。"她很难过。

那位叫瓦莱丽的服务员走过来:"很抱歉在我的咖啡馆发生了这种事。你们的餐点免单。"

马克和苏反对,坚持认为这不是瓦莱丽的错。她真的很善良。我们感谢她并支付了账单,三人均摊(如蒂娜建议的那样)。马克和苏必须赶回去工作,因此离开得很匆忙。

当我离开时,我感谢了瓦莱丽。

马克始终没有回答我的问题。

克里斯蒂娜姨妈打电话告诉我唐纳德姨父病得很重。

"他要死了吗?"我问。

"我想是的。"她回答,随即哭了起来。

我想着要说些妥帖的话:"我很抱歉。我希望他没经历什么痛苦。"我试图为唐纳德姨父感到难过。

但没能成功。但我确实为克里斯蒂娜姨妈难过。

"他们目前是在靠药物维持他的舒适,但情况恶化得很快。"

我判断现在不是告知她我有愤怒问题的恰当时刻:"我希望他能像爸爸一样在睡梦中平静地去世。"

"我想那是我们能期待的最好结局。"

"你们结婚多久了?"

"快四十年了。"

"那是很长时间了。"

我想问她,他们多久做一次爱,她是否享受,是否打算火化他,我是否需要去参加葬礼,但我没问。

"我无法想象没有他的生活。是胃癌,已经转移到肺和肝脏了,没希望了。我本以为我们能有更多时间在一起。"

"真让人心碎。"不过我认为四十年已经够长的了。

"谢谢你,亲爱的。我现在得回到他房间去了,时间宝贵。如果有什么消息,我会打电话给你,好吗?"

我知道她指的是他的死讯。"很抱歉。"我再次说道。

"谢谢,你是个好女孩。先再见了。"挂断电话前,她的声音颤抖起来。

我很好地进行了这次对话。尽管我是个女人而不是女孩。想到下个月能向蒂娜炫耀这件事,我甚至感到一丝胜利的喜悦。共情力!我不仅感受到了,还完美展现了它。

第三十章
彼得，1982年

1980年4月2日，我和爸爸离开了英格兰。我们持站票，从多佛尔港登船，经加莱抵达意大利热那亚，接着开始了长达数月的可怕航行，穿越苏伊士运河，先后停靠埃及塞得港、斯里兰卡科伦坡、新加坡和悉尼，最终抵达奥克兰。靠着慷慨的贿赂，有时我们得以藏在货轮或者货船上，有时则是作为普通的站票乘客。爸爸似乎很享受这次"看世界"的探险之旅，而我始终在恐惧与晕船中煎熬，终日蜷缩在船舱里，几乎不敢踏上甲板。

抵达新西兰时，爸爸已经满脸胡须。他再也没有刮过胡子，不过一直将胡子修剪得整整齐齐。"像西格蒙德·弗洛伊德。"他说。他还戴上了厚厚的框架眼镜，镜片没有度数。只有非常熟悉他的人才会认出他是康纳·吉尔利，而我是唯一非常熟悉他的人。

我们在奥克兰租了一间小房子，住了两个月。爸爸将牙科证书上的名字改成了詹姆斯·阿姆斯特朗，并用一些他能从爱尔兰牙科委员会伪造的信件，在新西兰牙科协会以这个新名字进行了注册。他还需要参加某种考试，不过对他来说那很简单。

搬到惠灵顿后，爸爸找到了一份代理牙医的工作。他很快就习得了当地口音，并督促我也这样做。这对我来说难度很大，因为我见的人并不多。

最大的变化是，我不再是个秘密。爸爸自豪地向我们遇到的人介绍我。尽管有时他不得不解释我的病情，但他淡化了这个情况，后来他告诉我，他不希望人们同情我。但我那时才第一次开口和其他人讲话。太困难了，我都不知道该说些什么。

爸爸讲述了一个催人泪下的故事，关于早早去世的我的母亲——他的妻子。这引来了大家对父亲独自抚养我的同情与祝福。

我们受邀去另一位牙医家吃午饭。我戴了帽子和手套，爸爸就我的罕见情况做了泛泛的解释，但我的目光完全无法从爸爸同事的妻子和女儿身上挪开。女儿们比我大一些，她们的行为举止完全正常。

她们的妈妈也很正常。她烤了蛋糕和烤鸡,并让女儿们展示她们手工编织的毛衣。我几乎没怎么说话。爸爸解释说我因为在爱尔兰接受家庭教育,所以很害羞。

事后,在家里,我表达了对那位母亲和女儿们的钦佩。爸爸奇怪地看着我,然后说是时候继续前进,开办自己的诊所了。

我们搬到了罗托鲁阿,一个房价低廉的地方。那是1982年,我十四岁。因为温泉水上弥漫着硫化氢的气味,整个罗托鲁阿闻起来就像臭鸡蛋。我们的房子在小镇外三英里的一条偏僻小径上。隔壁有一间摇摇欲坠的小房子,除此之外,最近的邻居都在几英里之外。经常有运木料的卡车经过我们的房前,此外很少看到别的车。

我们住进了一栋木房子里,它有两间卧室、一个实用的厨房和一个狭长昏暗的客厅,房子后面十码[1]处的地方还有一座独立的谷仓。这房子远不及我们在爱尔兰的家那般气派——那里有精心打理的花园、宽阔的车道和石柱。爸爸说这是一次冒险,是

---

[1] 英美常用长度单位,1码约0.91米。

全新的开始。但我们其实都不相信。他每天开车去新诊所上班。诊所是从一位刚去世的牙医的遗孀手中买下的。他的接待员是个年轻人,叫丹尼。我很少见到他,我估计他觉得我有精神问题,因为我无法和他聊天。我渴望社交,但我的不善言辞使这件事变得困难重重。当我把这些告诉父亲时,他警告我不要与别人接触,说他们甚至无意间都能要了我的命。

在他工作时的漫长白昼里,我探索了我们的新版图。我们的领地后方没有围栏,三周后,我发现大约两英里远的陡峭悬崖下方有天然温泉。我胆战心惊,不敢在这样的水中测试我的皮肤,但告诉爸爸后,他和我一样兴奋。我们在一个寒冷的五月天出发,在热腾腾的岩池里游泳,然后到旁边的冷水湖里降温。这可比爱尔兰的海滩好多了。水对我的皮肤没有不利影响。从那以后,周末我经常和爸爸去那里,无论冬夏。

与我们相邻的领地上,有个看起来比我大几岁的男孩。他自己开卡车,这让我很着迷。我能从窗户里看到他,爸爸去上班时,我会在毗邻的围栏附近徘徊,渴望和他交流。据我所见,他和母亲住在一起。他们上午早早出门，下午他独自返回，然后晚上九点左右，有车把他母亲捎回来，周末则要晚一些。放学回来后，他会在院子里踢橄榄球，还会去喂鸡，我能听到他家另一边有鸡舍。

我观察着邻居，得出结论：他有种温柔的气质。通过他的衣着和住所来判断，他很贫穷，但我能听到他同母亲讲话。他很尊重她。她看起来很老。后来我好奇她会不会是他的祖母。

现在我长大了，开始质疑爸爸对女性的说法。新西兰是世界上第一个赋予女性投票权的国家，当我告诉爸爸这一事实时，他暴跳如雷。每当我谈论隔壁的老太太时，他就闭眼，直到我不再说她。对于某些话题，父亲是不容置喙的，而他表达这种态度的方式就是闭眼。

我琢磨起多年前隔壁房间的妈妈和妹妹。我记得踢了她怀孕的肚子。那肯定不对，尽管爸爸曾鼓励我。如果他说得什么都对，我们又为何要带着编造的过往与新的名字住在世界的另一端呢？

然而，我母亲肯定是问题所在。他是我的爸爸，照顾我，从未对我动过手。我亲眼见过母亲的疯狂与暴戾。妹妹还是婴儿时，我曾问过他，为什么不把她带去教堂的台阶上，留在那里，但他说，让她和丹妮丝在一起是仁慈之举。"那是她仅有的了，"他说，"我没那么残忍，不会把她们分开。把你从她身边带走时已经够糟了，我不能再那样对她。"爸爸显然有一颗善良的心。

第三十一章
萨莉

咖啡馆事件发生几天后,马克给我打电话。我提醒他,在卡罗琳打断之前,我曾问了他一个问题。

"你为什么对我这么感兴趣?"

"这个嘛,说来有点复杂,但我想成为你的朋友,想照顾你。我不是同情你,但我也不想给你错误的印象。"

"这有什么复杂的?"我说出我的怀疑,"你是记者吗?"

"天哪,不,我是个会计,我刚搬到这里。我发现你很迷人,你的过往也是。我做了什么或说了什么吗?"

"你问了我的感情经历。我的治疗师认为你可能对和我发展有兴趣。"

"我确实对某人有兴趣,但还是初始阶段,我担心自己可能搞砸了。你还记得阿努巴吗?"

我如释重负地呼出一口气:"阿努巴看起来很可爱,而且你们俩都离婚了。你应该约她出去。"

"我是很想,但严格来说,我是她的上司,所以这样可能会被看作是职场骚扰。"

"也许她在等你约她出去?她有两个孩子,所以她很有可能喜欢性。"

他笑了。我有点气恼。

"我不是在开玩笑。她看起来很不错。"

"她是很好。"

"但你为什么约我喝咖啡?"

"我想让你知道,我们在玛莎派对上的谈话并没有让我不自在。我们不能做朋友吗?"

我同意试试看。

"我认为你应当谨慎,马克。就算她确实喜欢你,她的孩子们可能不会。"

"你会是一个很好的知心阿姨[1]。"

"工资高吗?"

---

1 agony aunt,特指(报刊的)答读者问专栏女性作者。——译者注

"不太高。"

"我还在找工作。"

"总有你能做的事。你需要我在梅尔文园区打听一下吗？"

"当然了，谢谢。马克？"

"怎么了？"

"我对我的生父感到愤怒。警察在新西兰没有找到他的踪迹。没有人知道他现在人在何处。"

片刻停顿。

"我可以去你家吗？"他问。

"为什么？"

"面对面谈话更容易，尤其是关于他的事。"

"好吧，来吃晚饭吧。我会做辣味牧羊人派。6点左右？"

"很好。"

"不过这不是晚餐派对，行吗？"

他笑了："这也不是约会，行吗？"

我笑了。

马克下班后来了我家，我把托比如何将我们引向新西兰的经过告诉了他。"托比？"他立刻警觉起来。我解释了那只熊的事。他问能否用爸爸的电脑查一下新西兰报纸的报道。我们仔细阅读了一页又一页内容,看了嫌疑人画像和康纳·吉尔利现在模样的3D建模。新闻报道中的内容全是霍华德警探已经告诉过我的。马克的表情很严峻。"我当时看到过调查重启的呼吁,但我不知道与托比有关。你确定你对他,对那段被囚禁的时间没有任何记忆吗?"

"没有,如果可以的话,我绝对会帮忙抓住他,你不这么觉得吗?丹妮丝几乎也对他绝口不提。"

"你怎么知道的?"

"全在我爸爸的笔记里。"

"什么笔记?"

我解释了爸爸的日记和医疗笔记。

"我可以看看吗?"

"为什么?"

"我想帮你,萨莉。"

"我觉得这样不合适。我不需要你的帮助。我完全看得懂。那些是我生母和我的私人医疗记录。"

"但是,你知道的,新的眼光可能会看到你遗漏的东西。我可以更客观地看待它们?"

"几乎没有关于康纳·吉尔利的内容。"

"但也许有线索？"

"没有线索。"

"可你怎么知道？你的思维是字面意思的。我可能会看到你错过的某些微妙之处。"

他的坚持激怒了我。

"警察有副本。他们已经彻底调查过了。我的医生兼朋友安吉拉也和我一起看过了。马克，你现在能走吗？请。你的态度让我不舒服。"

他招牌式的笑容消失了。他张了张嘴，似乎要说些什么，但又忍住了。此刻，他突然变得局促不安起来。

"天啊，我很抱歉。我有点忘形了。这案子在我小时候是个大新闻。"

"每个人都这么说。"

他看着我，我无法分辨他是难过、愤怒还是高兴。我确实感觉不舒服。

"马克，你能走吗？"

"好吧，我不应该……"他没说完就抓起椅背上的外套离开了。

我无法决定是否想成为马克的朋友。他似乎有阴暗的一面。

第二天,他再次为"过度热心"而道歉。蒂娜说,如果道歉是真诚的,我应该接受。所以我接受了。

我欣然沉浸在对小屋的规划中。娜丁和我已经三次探访了布雷肯巷那栋废弃建筑——那只是个空壳,墙体尚存,但左侧屋顶已坍塌。娜丁画了些改造构想草图,她的热情极具感染力。

勘测结果显示出一系列问题,最棘手的是地下有条冬季易泛滥的暗河。难怪地板腐烂得那么彻底。娜丁将此视为挑战,提议借此升级室内景观,让溪流暴露出来,变成特色装饰,可以在客厅铺设厚实的玻璃地板,设置地下灯光,晚上将溪流照亮。

娜丁说如果我买下它,她愿意以总造价百分之十的费用全权负责改造。那栋小屋已经弃置了二十年。经过三天谈判,房主在2019年4月2日接受了我的报价。娜丁预估晚秋时节就能搬进去了。

现在还有一件小事,就是卖掉我自己的房子和土地。我的房子已经很干净了,所以不需要过多打理,但地产经纪人认为地皮比房子更有价值,不必费心重新粉刷。我害怕改变。蒂娜说这是进步:要学会拥抱改变。

我和马克一起喝了几次咖啡和酒，跟乌多、玛莎，或者阿努巴、苏和肯尼思一起，还有一次是4月21日的复活节，在马克公寓的阳台上办了烧烤派对。他和肯尼思、苏住在同一栋楼。这些场合他都表现得彬彬有礼，只是总不忘追问康纳·吉尔利案件的进展，实在恼人。

我喜欢他和孩子们一起玩的方式，他变魔术逗他们开心。他和阿努巴似乎相互保持着距离。马克私下说，他觉得阿努巴对他没兴趣。

我开始在村子主街上的小型家乐超市购物。我花了一段时间才让自己适应，并习惯每个过道的商品种类。他们的商品范围大得惊人，当我问有没有新鲜的咖喱叶时（为了做杰米·奥利弗食谱中的一道菜），那位好心的女士说她们会特别进一些。"你知道吗，"她说，"我觉得我们这儿需要拓展少数族裔食材的种类。我们可不想把生意全让给罗斯康芒的超市。"

我给她看了另一道菜谱，她记下了所有的食材，并向我保证将来一定会备货。她的名牌上写着劳拉。我开始介绍自己。"哦，我们知道你是谁！"她说，"你在这里很有名。"

"不是臭名昭著吧？"我说。我觉得这是个不错的笑话，她也觉得，因为她笑了。

我告诉她我对日常时序的依赖。

"你在这里确定你的日常秩序，一旦有变化我会确保及时提示你。怎么样？"她说。

我步履轻快地走出商店，非常开心。我感觉自己好像又交了一个朋友。

第三十二章
彼得，1982 年

邻居男孩的名字叫兰吉。我听到老太太这样叫他。他从来没注意过我，直到有一天，他把球踢歪了，球落在了我家围栏这边。我从门廊跑过去捡起球，但没有立即扔回去，而是抱着球，站在围栏边等他过来。他瞪了我一分钟，然后才走过来。

"你怎么回事？为什么不直接把球踢回来？"

"我是史蒂夫。"我说。

"兰吉。"

"我知道。"

"把球给我，嗯？"

我把球扔向他，虽然我投得有些笨拙，但他灵敏地用一只手在腿下接住了球。

他没有感谢我，转身要走。我必须阻止他。

"你上学吗？你每天早上是去学校吗？"

"咋了?"他说话的语气仿佛我的疑问是一种指责。

"你真幸运,"我说,"我有一种病,不能和其他孩子接触。如果他们碰到我,我会死。"

"是吗?你怎么得的?我真希望不用去上学。"

"很糟糕,"我说,自怜之情占了上风,"我没有朋友。"

"你有电视吗?"他问。

"有。如果你愿意,可以在我爸回家前过来看。"

"你的口音是从哪儿来的?"他问。

我觉得自己没有口音。"我是爱尔兰人,"我说道,然后根据我们的故事纠正自己,"好吧,我出生在这里,但从小在爱尔兰长大。两年前回家来的。"

"是吗?那里有橄榄球队,对吧?那地方正在打仗。你见过炸弹吗?"

当我坦诚从未见过炸弹或枪炮,而且战争只限于英国统治的爱尔兰的一小片地区时,他似乎颇为失望。我看出他失去了兴趣,所以改变了话题。

"你多大了?"我问。

"十五。你呢?"

"十四。你可以开那辆卡车吗?"

"差不多。警察才不管呢。怎么了,你爸是警察吗?"

兰吉警惕地问我。

"不是,他是牙医。和你住在一起的是你妈妈吗?"

"不是,她是我姨妈乔治娅。你妈妈呢?"

"她去世了。"我顿了片刻,等着他表达哀悼,但他什么也没说。于是我说:"你想进来看电视吗?你不能碰我。"

"不,你这个怪胎。我为什么想要碰你?"

全搞砸了。他又要走开。

"以后见,或许?"我喊道,试图掩饰声音中的绝望。

他头也没回。

那天晚上吃饭时,我紧张地告诉爸爸我和邻居说话了。

"那个棕色男孩?"他说着厌恶地皱起鼻子来。

"是的,不过,他的姨妈是白人,所以我觉得他是混血。他不太友好。"

"你不应该和他们混在一起。看到隔壁是谁时,我差点就没买这栋房子。我猜这就是它如此便宜的原因。"

"可我想要一个朋友,和我年龄相仿的朋友。"

他放下刀叉。

"我一直在考虑这件事,"他说,"交给我吧。"

我很兴奋。在接下来的几周里,爸爸开始修理谷仓。我帮他从主屋挖了一条地下沟渠,将电线接过去。我们仔细研读了DIY书籍,弄清楚如何将水管从主屋接到谷仓的一角。爸爸安装了一个大水槽、马桶和一个现代化的淋浴器。然后他买了一个炉子和冰箱。他用装蛋的箱子把墙壁围起来。"隔音。"他说,"租客需要隐私。我在寻觅房客,一个可以在家工作、陪伴你的年轻人。"这点子让我欢欣鼓舞,但又让我落空,几个月过去了,这个年轻人还没有成为现实。"找到合适的人很难,"爸爸说,"但别担心,我会继续找。"

在我率先同兰吉·帕拉塔说话几周后,他出现在我家门前。"我可以看你的电视吗?"爸爸还要两个小时才回家。

"当然,"我说着打开了木头门,站得离他远远的。我打开电视。正在播放肥皂剧。"我们能看橄榄球吗?"兰吉说。

我换了频道:"可以吗?"

"嗯。"

"爱尔兰队不如全黑队,但是——"

"啊没错,我知道。没有队能比得上。"

中场休息时,他问:"你家有啤酒吗?"

"我们有芬达。你想喝点吗?"

"你老爹不喝酒?"

"不喝。"

兰吉看比赛,我看他。"别看我了,怪胎。"他说,"你是同性恋吗?"

"不是!"爸爸给我解释过男同性恋和女同性恋,我也从书和电视上学会了指代他们的其他词汇。"我很少能见到同龄人。"

"是吗?那就别看我了。"

"对不起。"

"你家有室内厕所吗?"

"你家没有?"

"没。只有个长便池。"

我之前就好奇他家后面的棚子。我看过他和姨妈搬着罐子进进出出。我以为那是某种井。

"你想上厕所吗？"

"嗯，待会儿。"

"上学是什么感觉？"

"一坨屎。反正，如果你是我，那儿真的是一坨屎。他们不喜欢我这种人。"

我知道他指的是混血，但我不知道具体是什么混血。

"你有一半是毛利人吗？"

"是。我爸是纯毛利人。"

"那很酷。"

"你在找碴吗？"

"不是。我觉得很有异国情调。"

"什么意思？"

"不一样，但是，是好的不同，不是怪异。"

"非同寻常？"

"是的。"

"我喜欢这个词。异国情调。"他看着我，头一回对我笑了。

下次他过来时，带来了作业。真的很简单。那些数学方程式我十岁时就掌握了。阅读材料是《霍比特人》。我七岁时读过那本书。我第一次看到批改过的作业，上面有老师用红色圆珠笔写的批改意见。兰吉的字迹断断续续。他让我替他做作业，我有些动心，想以此赢得他的友谊，最终我还是选择帮助他。兰吉很快就要离开学校，开始建筑学徒的工作。他需要通过学校的证书考试。

我们面对面坐在厨房的桌子边，我指导他做英语阅读理解和数学题。他学得很快。

"这些你怎么不在学校学？"我问。

"光顾着防人暗算了。"他解释说，罗托鲁阿的其他区域有帮派斗争，他试图置身事外。尽管他只有一半的毛利血统，但白人学生期望他也能参与其中，而毛利帮派的学生则因他明哲保身而痛恨他。他给我看了胳膊上新出现的瘀伤，是被打的。学校看起来不再那么吸引人了。

"我去上课，不和任何人讲话，上完就离开。我曾和喜欢的女孩在乳品店约会"——他们管角落小店叫乳品店，我看到过同龄人们聚在那里——"后来她哥哥在学校堵住我揍了一顿。"

"我觉得我永远也不会有女朋友或妻子。"

"永远不能打炮儿？那可太糟了，伙计。"

"所以你也没朋友？"

"算是吧。"

我笑了。

爸爸对我们的新友谊一无所知。我确保兰吉的来访了无痕迹,连他总忘记冲的马桶都替他冲干净。我告诉他,我爸爸不想让他进我们家。他并不惊讶,但很高兴我仍然愿意让他来。

1982年12月10日星期五,兰吉提前半天放学,那天标志着他学业生涯的结束。在学校证书考试开始前,他有几天的学习假。阳光普照的圣诞节对我来说仍然是个新鲜的概念,但我很喜欢。兰吉把车转入车道,跳过围栏。他给我看老师的便条。"进步很大,"她写道,"兰吉今年很努力。这孩子的未来很光明。"

他像牛仔一样欢呼号叫,光着脚踢起灰尘。夏天兰吉从不穿鞋。我在镇上看到很多孩子也是如此。"谢谢你,伙计,看看你为我做了什么!老师说我能顺利通过考试。"

"是你自己做到的,兰吉,你做到了。"的确是他自己做到的。

我有一个主意:"我们去湖里游泳,庆祝一下。"

他也有个主意:"我不太喜欢游泳,但我带了些啤酒。我们去泡温泉吧。"他准备抓住我的肩膀以示友好,我觉得是这样,但最后一刻我退后了。"别碰我!"

"抱歉,伙计,我忘了。"

去湖边的旅行就是个错误。整段友谊本身就是个错误,一切都是我的错,但那天出发时,我感受到此生从未有过的快乐。我有一个真正的朋友,他感谢我的帮助。我们要一起玩,像大人一样行事,喝啤酒。几个月前我刚满十五岁,我知道二十岁饮酒才合法。如果爸爸知道这些事情,绝对会大发雷霆,但那一刻,我毫不在乎。

到达温泉时,我们换上泳衣,背对彼此,以此来证明自己和对方都不是同性恋。尽管如此,我还是注意到了兰吉的身体。他像个男人一样强壮。相比之下我单薄瘦小,毫无血色。他不仅胳膊上有瘀伤,胸口还有很多圆形的小伤疤。我忍不住指着它们:"那里怎么回事?"

"我妈妈是个婊子,"他说,"所以我才不能游泳。我在学校不能脱掉上衣,否则会被问东问西。烟头烫的。"

"她烫的你?"

"没错,疯女人,我小时候烫的。我现在都不知道她在哪儿,可能在坐牢。别告诉别人。我觉得可以信任你,Pākehā[1]。"

我想Pākehā是指白人。我很高兴他信任我。

"我能告诉谁呢?无论如何,她听起来和我妈妈一样!"我说道,很高兴我们有这个共同点,疯狂又危险的母亲。

"是吗?我记得你说她死了?"

我有几个月没想到过她了。兰吉是我最好的朋友,我唯一的朋友。他告诉了我一个秘密。我可以告诉他,不是吗?

"我想我是希望她死。我们不得不离开爱尔兰,因为她在爸爸的事情上撒了谎。"

我把整个故事告诉了兰吉,他打开两罐啤酒。我从自己那罐里猛喝了一大口,我本以为喝起来会像苹果汁,结果难喝得要死,像我想象中老年人的

---

[1] "帕克哈"(Pākehā)是新西兰毛利语(Te Reo Māori)中对非毛利人(尤指欧洲裔白人)的称呼,带有文化敏感性。

脚丫子味儿。我把那口液体吐到草地上。

兰吉笑话我:"不是吧?你从来没喝过啤酒?"

我摇摇头,但旋即又尝了一口。"干杯,兄弟!"他说。我不想再喝啤酒了,于是把剩下的五罐都留给了他。

"这事在我听来不对,"当我告诉他和妈妈一起过周末时发生的事时他说,"你不应该踢你妈妈,特别是她怀孕的时候。"

我耸耸肩:"爸爸说我可以。"

"这事在我听来不对。"他重复道,我感到不舒服。我后悔告诉他任何事情。

"我姨妈乔治娅说,打女人永远是不对的。"

我想起他年迈的姨妈,整天打扫别人家的房子,晚上还在酒吧工作。我怀疑爸爸不会认同乔治娅姨妈的观点。为什么兰吉觉得女人如此伟大?他姨妈是个苦工。他妈妈是个暴力狂。我换了个话题,很快我们就兴奋地聊起了橄榄球,因为今年冬天,狮队巡回赛又要来新西兰了。自从认识了兰吉,我开始对橄榄球产生了更大的兴趣。他本来很想为校队效力,但其他孩子肯定会找他麻烦,不值当。

我们进入了温泉,水很浅。最深的地方也只到我的脖子。兰吉加入了我,我们飞快地游来游去。"真舒服。"他说。上岸后,周围的岩石被太阳烤得发烫。

"我们得凉快一下,"我说,"我们去冷湖吧。"

"不了,史蒂夫,我就待在这儿。"兰吉说。他显然热得难受,浑身汗如雨下。

"来吧,"我说,"待在这儿你会被烤熟的。"

"我不会游泳,能去吗?"他的声音因为啤酒而略显含糊。

兰吉向我展示那些伤疤,让我觉得自己很特别。我们是最好的朋友。

"没错,"我说,"你不会游泳,而我不会喝啤酒。我们扯平了,但至少我尝试了。"

他跟着我来到悬崖边的冷水湖。我顺着几块岩石爬下去,滑入水中。他跟在我后面,坐在边缘,将脚悬在湖水中。"天啊,感觉真好。"他说。

"跳进来!"我鼓励他,"你可以抓住边上的草。"

"水有多深?"

"我不知道,比我深。"我潜入水中,游了一会儿,然后看到并听到兰吉进入水中掀起的水花,离我太近了。我游开了。

我不太确定接下来发生了什么。也许是啤酒让他鼓起勇气,他试图从岩石的安全处游出来跟我会合,但我担心他离我太近,于是我就往更远处游。然后我注意到他有麻烦了。在离我不到三码远的地方,水已经没过他的头顶,他开始惊慌。我能从水下看到他。他的头伸向水面,但无法破水而出。我浮出水面,试图对他喊叫,并指引他往仅仅六英尺远的岩石那边游,但他再也没能浮出水面。如果他能让自己的身体水平横移,就能碰到岩石,并重获安全,但他的眼睛紧紧闭着。我想帮他。我想引导他去安全的地方。抓住他的胳膊就能轻而易举领他过去,但触碰他可能意味着我的死亡,意味着我痛苦的溃烂,我太害怕了。周围没人能帮忙。他拼命扑腾,呛进去更多水,而非吸入他无法触及的空气。我浮上来又潜下去,用尽全力放声大叫,寻求帮助,而他的肺里灌满了水。我眼睁睁看着我的朋友溺亡了。

后来,我想到了能够救他的种种办法。我可以从附近的树上折根树枝递给他。我可以用我的毛巾把他拉上来。我不知道溺水持续了多久。仿佛数年。仿佛数秒。仿佛地狱。

第三十三章
萨莉

6月29日,唐纳德姨父去世了。克里斯蒂娜姨妈邀请我去都柏林参加葬礼。我们一直在保持联络,我向她汇报近况,我的治疗,我的新朋友,新西兰,卖房子等等。她和妈妈太像了,简直就像是妈妈又回到了我的生活中。但我不认识唐纳德,也不是特别想去他的葬礼。

显然,人生最初那几年我都被囚禁在都柏林,妈妈还活着的时候,我去过那里一两次,最近几个月也去看过克里斯蒂娜姨妈几次,但十几岁和妈妈一起去时,它的规模,它的喧嚣与乌泱泱的人群完全将我击溃。我看了很多以城市为背景的节目,尽管和伦敦或纽约相比,都柏林不过是个小城市,但它的规模还是吓到了我。我无法想象搭乘小车或公交穿行其中。

蒂娜和安吉拉都说我应该去参加葬礼,我应该出于善意前往,毕竟克里斯蒂娜姨妈为我做了那么多。安吉拉建议我应该找个朋友一起去。蒂娜认为这是个完美的机会,可以实践所有我一直为之努力的东西,触碰、同理心、耐心、人际策略、自控等等。

我邀请苏与我同行。她主动提出开车。她正在享受属于老师的漫长暑期,去都柏林过一夜正是她所需要的。她说她会送我到教堂,然后她去见表亲。葬礼次日,她会来克里斯蒂娜姨妈家接我,我们可以去邓德拉姆进行之前聊过的购物狂欢。她说我们可以在那里吃午饭,然后直接上高速回家。我可以戴耳塞防噪声,我们可以一大早去购物中心,趁着人还没有那么多。

星期一早上,葬礼当天,苏早早来我家接我。我穿着参加葬礼的衣服,和我在爸爸葬礼上穿的那套一样。

"萨莉,请不要介意,但这顶红色亮片帽……不太合适。"苏说。

"什么?可是爸爸说我要在特别场合戴这顶帽子。"

"我想他可能指的是节日场合,比如婚礼或庆祝派对。这顶帽子不适合葬礼。"

"但在爸爸的葬礼上,有几个人说他们特别喜欢这顶帽子。大家都在骗我吗?为什么他们要骗我?"

"没有人想让丧主难过。因为焚烧的事,大家或许很高兴有这顶帽子分散注意力。据我所知,真正了解你的人没有几个,其他人没资格说什么。"

我感觉脖子上泛起一阵红晕:"你觉得人们在嘲笑我吗?"

"没有,但确实有点奇怪。"

"我本来就有点奇怪。"

"明天购物我们挑选衣服时得上心些。"

"上心些?"

"是的。"她说。

苏陪我进了教堂。我们稍微迟了些。一多半人都已经到了。她建议我不要看任何人,直接走到前排,站到克里斯蒂娜姨妈身旁。然后她就离开了,说第二天早上会来克里斯蒂娜姨妈家接我。为了应对这些陌生人,我吃了一片药。安吉拉提醒我,这种情况下,我绝不能做任何让克里斯蒂娜姨妈难过的事。我最好克制。最近她只在极少数情况下才给我药。

克里斯蒂娜姨妈以热情的拥抱迎接我，我也回抱了她。她把我介绍给唐纳德的姐姐洛林。克里斯蒂娜姨妈和洛林都在哭。棺材放在祭坛上，上面有唐纳德的照片。他是个下颌宽厚的老人。我没有回头去看身后所有的人，只去听牧师在含含糊糊的祷告之中，讲述唐纳德的生平。

当牧师说他喜欢弹爵士钢琴时，我稍微振作了点。克里斯蒂娜姨妈从没提过他弹钢琴，但他们家有钢琴。我弹过。

然后我又走神了。洛林穿着看起来就很昂贵的黑色外套，浑身僵硬。克里斯蒂娜姨妈反复用手帕擤鼻子，一度差点被眼泪呛住。我照着电视上看到的，把手放到她手上，她紧紧抓住了它。我便随她抓着。

仪式结束，牧师说下葬后，所有前来吊唁的人都受邀回到克里斯蒂娜姨妈家。克里斯蒂娜姨妈、洛林和我跟随棺材，沿着中央过道走向门口，殡仪人员将棺材抬上等候的灵车。我始终低头看地。人太多了。在外面，克里斯蒂娜姨妈和洛林被其他悼念者团团围住。我感到窒息，退回到教堂门口，惊讶地看到马克在那里，穿着黑色西装，打了领带。

"嗨，萨莉。"

"你在这里做什么？"我问。

"阿努巴告诉我你要来参加葬礼。我想你可能需要一些支持。"

"可是……你怎么……你请假了吗？苏开车带我来的。"

"你该叫上我的。"

"为什么？"

"我不知道……我——我想在这里陪你。"

在这片陌生人的汪洋之中，我困惑但感激。克里斯蒂娜姨妈叫我过去，要把我介绍给一些人。马克抓住了我的手："你要我陪你去吗？"

"是的，拜托了。"

我把马克介绍给克里斯蒂娜姨妈，但在试图表示慰问的混乱人群中，没办法好好解释。

"你想让我葬礼后去你家找你吗？"马克说，当时我正被克里斯蒂娜姨妈和洛林推搡上车去墓地。我给了他地址，他说一小时后见。他是开车过来的。

去墓地的人寥寥无几，所以对我而言还能应付。在返回克里斯蒂娜姨妈家的灵车上，她问起我的朋友是谁。

"那是马克。他在几个月前搬到卡里克希迪。我邀请他回你家了,我希望这样没问题吧?"

"没问题。你们是……在交往吗?"

"不,不是,他只是朋友。"

洛林嗤之以鼻:"他肯定是个非常好的朋友,才能一路开车到这里来,参加一个他可能从未听说过的人的葬礼。"

洛林不喜欢我,我能感觉到。我不知道为什么。我试图站在她的角度思考。对她来说,我是谁?是她弟媳家收养的外甥女,同她已故的哥哥没有关系。她可能知道我的背景,知道我试图火化爸爸的事。

"洛林,我知道你认为我不属于这里。我不太了解唐纳德,但克里斯蒂娜姨妈邀请我来,我的治疗师也不断告诉我应当尝试同更多人交往。"

"哦……我不是这个意思……对不起。仪式挺不错,是不是?"

"我不知道唐纳德姨父会弹钢琴。"

由此洛林的话多了起来,谈起他们年轻时,唐纳德在索霍的爵士俱乐部弹钢琴的那段时光。她也是个寡妇,住在萨塞克斯的一个小村庄里。她有一个女儿,因为女儿的女儿刚刚生了孩子,所以没能来参加葬礼。

"所以，你是个曾祖母？"

"是的，活得够长就能看到曾孙，这是一项特权。我希望孙女能先结婚，但这不像我们那时候了，是吧，克里斯蒂娜？"

克里斯蒂娜姨妈说她希望能和唐纳德有个孩子，洛林为自己的迟钝而道歉。

"我一直都很迟钝，"我说，"我控制不了。这是因为我的成长环境。"

洛林望向窗外，而克里斯蒂娜姨妈把手放在我的手臂上。我猜没人愿意讨论我的成长环境。

回到家后，我帮忙摆放邻居和朋友们送来的三明治、苹果派以及香肠卷。那些去过墓地的人进来了，其他人也很快加入。我很高兴看到马克。

"你还好吗？"他问。

"现在你在这里，我好多了。"

我正式将他介绍给克里斯蒂娜姨妈和洛林。

"我相信萨莉很感激有个朋友在这里。那么，你们俩是怎么认识的？"克里斯蒂娜姨妈问。

"他把车停下，试图让我上车。"

"什么？"

"那是个误会,"马克连忙说,"不过我刚刚搬到卡里克希迪,萨莉是我的第一个朋友。你是她妈妈的姐姐,对吧?"

克里斯蒂娜姨妈谈了一些简的事。马克对唐纳德的去世表示哀悼。

"所以,你和简很亲密吗?她收养萨莉的时候,你肯定是她巨大的支撑。"

"哦,是的。"她说道,有点心不在焉。她问我是否确定每个人都有茶或咖啡,并让我把三明治分发下去。我吞下了我的紧张。这里没人认识我。他们都没见过我。我端着茶和咖啡壶走来走去,始终低着头,然后端上盛放食物的大浅盘。我看到马克仍忙着和克里斯蒂娜姨妈攀谈。

随着下午的流逝,我走进餐厅,开始弹钢琴。我选了一些莫扎特的奏鸣曲,不是太悲伤也不是太欢快。人们进进出出,称赞我的演奏。

不一会儿,马克进来了,有点不安:"我要走了。你想让我送你回卡里克希迪吗?"

"不用了,谢谢,我今晚住在这里,明天早上和苏一起去购物。"

他显得很失望。"好吧。村里见。过几天我再给你打电话。"

"谢谢你,马克。"

"有新西兰的消息吗?"

"没有。"

他俯身亲了亲我的脸颊:"保重,萨莉。"

我感觉还好。我又回去重新装满托盘,给人们提供酒水、茶、咖啡。

最后,只剩下洛林、克里斯蒂娜姨妈和我。我们清理了满屋的盘子、玻璃杯、纸杯、茶托和餐巾纸,她们谈论起唐纳德。

我很累。这一天并不像我担心的那样煎熬,但药片耗尽了我的精力。

"明天早上我要和你谈谈,萨莉,在你走之前。"克里斯蒂娜姨妈说,"谢谢你今天在这里。你帮了大忙,是不是,洛林?"

洛林点点头。

"你不介意住小房间吧,萨莉?我让洛林住主客房。"

我确实介意。新卧室总是让我不安。

"你很快就会拥有一整栋全新的房子,不是吗?"洛林说,这观点倒是合理。

我去了那间铺着凹凸不平床垫的屋子睡觉,但睡得很好。

我像往常一样早早醒来,下楼时发现克里斯蒂娜姨妈已经坐在了厨房的桌边。在我泡茶时,她示意我过去坐下。

"这个马克,你了解他多少?"

我解释说我们是通过玛莎成为朋友的。

"你了解他的背景吗?"

"他离过婚,和一个年轻的女人有外遇,但没成。"

"我明白了。你没邀请他来参加葬礼?"

"对不起。我没有邀请他。他自己出现在了教堂。"

"他是……很抱歉问这个问题,但你和他到底是什么关系?"

"他是个朋友。他是梅尔文园区的会计,就是那个肉类加工厂。"

"你确定他不想比朋友更进一步吗?"

"哦是的,我已经告诉他没这个可能。因为性和亲密关系诸如此类的原因。再说了,他说他喜欢我的朋友阿努巴。他们一起工作,但他是她的上司,所以有点复杂。"

"萨莉，他问了我很多关于你的问题，关于你小时候的事，关于你被囚禁那段时间，简是如何描述的。这很奇怪，而且，我必须得说，在我丈夫的葬礼上问这些不合适。"

"对不起。但我其实挺喜欢别人做些不合时宜的事的。"我笑了。克里斯蒂娜姨妈没有笑。

"他姓什么？"

"巴特勒。"

"你信任他吗？"

"是的。蒂娜说我应该更信任别人，而不是假设每个人都是捕食者。"

"他不请自来，出现在葬礼上，你不觉得很奇怪吗？"

"好吧，是我邀请他来家里的。"

"但没有邀请他去教堂？"

"没有，他是从阿努巴那里听说的。他说他在网上查了详情。他不想让我一个人。他知道我在陌生人中有多煎熬。"

"马克·巴特勒。"她写下他的名字，"会计。来卡里克希迪之前他住在哪里？"

"我想是都柏林？"

"你不知道在哪个区?"

"不知道。你为什么问我这些问题?"

她随即明朗起来,冲我微笑:"可能没什么。他可能比你以为的更喜欢你。"

我很惊讶。

"顺便说一句,萨莉,"她说,"你弹钢琴弹得太好了,大家都很感动。你弹得非常出色,而且不用看乐谱!"

"它让我平静。"

"它昨天让我们——我和洛林——也平静下来。你很周到。"

"也许,我其实是为自己弹的?"

"接受一下赞美吧,"她说,"如果唐纳德在这儿,他会弹拉格泰姆。"

"我想你会更愿意他来弹,而不是我。"

她泪盈于睫。我笨拙地按照蒂娜的建议去拥抱她。她紧紧抱了我一下,然后松开。我不介意。

我迫不及待想告诉蒂娜,我以优异的成绩成功通过了这次社交测试。

第三十四章
彼得，1982 年

兰吉溺水后，我收拾好所有东西，回家等爸爸。为什么我们没有电话？我知道兰吉没有电话，但我们又不穷。我们应该有电话。我知道乔治娅姨妈要很晚才能到家。我躺在床上，止不住地颤抖。

我一定是睡着了，因为接下来我便听到了爸爸的声音。"谁想来些炸鱼薯条？"这是我们星期五的夜宵，爸爸喜欢用新西兰口音说。

我从房间里出来，裹着毯子，立刻失声痛哭。

"出什么事了？"

我把整件事告诉了他，从我和兰吉成为朋友开始讲起，他经常来家里看电视，我帮他做功课，一直讲到他溺水。

爸爸怒气冲冲地瞪着我："我告诉过你什么？我不是告诉你离他远点吗？"接下来他又问："你带了

什么去湖边？"我告诉他带了毛巾和兰吉放啤酒罐的冷藏箱。"你喝酒了？"现在他大声嚷嚷起来,"你留下了什么东西吗？任何东西？"

"爸爸,你得报警,叫救护车,你得开车进城告诉他的乔治娅姨妈。她在"猪和哨"俱乐部工作。"

"回答问题。你留下了什么东西吗？"

"没有。"

"别像个女孩子一样哭哭啼啼。我们绝对不会做任何事。听到我的话了吗？你想被指控淹死你的'朋友'吗？"他说"朋友"这个词时带着讽刺。

"可是,爸爸,如果他碰到我,我会死的。不是他就是我！我不知道该怎么办。"

此刻他的声音柔和下来："我知道,但警察会有不同看法。他们相信那个婊子丹妮丝,对不对？他们不可信。而且你的病太罕见,大多数人甚至不相信它存在。如果他们把你拘留起来,不出几小时就能杀了你。"

"可是,爸爸——"

"够了。拿些盘子来。我们的炸鱼薯条都要凉了。"

我盯着他,没有动。

"现在！"他怒吼。

我机械地走到碗柜旁，取出盘子、刀叉，从水槽旁的橱柜里拿来盐和醋，放到了厨房的桌子上。

他打开报纸，直接翻到电视节目那一页："周五下午你通常会看什么？"

我看着报纸，挑出习惯看的节目。

"好。如果有人问，你就说你今天待在屋里，因为太热了。你看了这些节目。你注意到兰吉在午饭时间回到家，然后再也没见过他。好吗？那些空啤酒罐在哪里？"

"我们把它们留在了湖边。他的T恤还在那里。"

"好。意外溺亡，因为那个蠢小子喝醉了。"

"乔治娅姨妈怎么办？"

"她怎么办？她会搬走，因为她不会开车。这对我们有利。我会买下她的房子。邻居住得太近很危险。那只是一间陋室。我甚至可能付给她高于实际价值的钱——也可能不会，那样显得不对劲。"

我不明白他在说什么。我试图让他明白。

"爸爸，我的朋友死了。我唯一的朋友。永远。"

他伸出手，握住我的手："我知道现在很难，但你还有我。你永远都有我。"

我的泪水和盘子上的醋混在一起。他不明白。

大约晚上九点我照常上床睡觉。天还亮着，但我期待着睡眠能带来忘却。有时乔治娅姨妈会在晚上九点半左右被另一个酒吧的员工送回家，最晚十一点。尽管我筋疲力尽，但无法入眠。

晚上十点十五分，前门响起了试探性的敲门声。我听到爸爸走到门廊。

"很抱歉打扰你，先生，但我家孩子还没回来，我想知道史蒂夫有没有见过他？"

"我儿子史蒂文已经睡了，这是他的睡觉时间。"

"哦，我知道他是个好孩子，但你介意我和他说几句话吗？"

"你想让我在这个时间叫醒我儿子？"

"是的，我只是有点担心，兰吉不太可能一个人出去。"

"兰吉？"

"是的，那是我家孩子的名字。他和史蒂夫是朋友。"

"史蒂文和兰吉不是朋友。史蒂文常常抱怨你儿子不请自来。他鼓励我儿子喝啤酒。史蒂文是个内敛的孩子，很容易受胁迫。等兰吉回家以后，请告诉他不要再打扰史蒂文了。"

我简直不敢相信自己听到的。爸爸怎么能如此残忍？他明知道兰吉已经死了，却还让兰吉的姨妈以为他是欺负我的坏人。

乔治娅姨妈匆匆小跑回家。

我从房间出来，火冒三丈："爸爸！"

"小点声。"

"你为什么对她说那些话？"

"那些就是我相信的事。他对你有不好的影响。总算摆脱掉了。她得过几天才会采取行动。她这种人不会去报警的。等尸体出现时，他们可能会到这里来询问，但你要坚持那个故事，明白吗？现在，回去睡觉。"

我照他说的做了，但我不喜欢这样。他不了解兰吉。他甚至从未和兰吉说过话。他撒谎了。

第二天早上，乔治娅姨妈像往常一样被一辆小巴接走。她在我们的门口放了一张字条，请求我们如果兰吉出现，就打电话给她的老板。她以为我们有电话。

那个周六晚上，她从酒吧下班后，又来敲了门，问爸爸我们是否见过兰吉，然后问能不能借用一下我们的电话。

这一次爸爸假装热心："对不起，女士，但我问过史蒂文了，他昨天根本没见到兰吉，虽然他确实听到午饭时他的卡车开进了你的车道。听说你家孩子不见了他很难过。我们会留意他的，但恐怕我们没有电话。你想打给谁？"

"警察！兰吉已经失踪超过一天了。这不像他。他甚至没有留张便条。"

"昨天孩子们不是放暑假了吗？他是不是和朋友一起去露营了？"

"没开卡车？没有行李？他没有朋友。他认为你家史蒂夫就是他的朋友。他一直说起他。"

"好吧，很遗憾史蒂文并不这么认为。晚安，女士。"

爸爸一直在乔治娅姨妈面前叫我史蒂文，尽管他也叫我史蒂夫，偶尔叫我史蒂维。我不记得他上次叫我彼得是什么时候了。"史蒂文"这个称呼像是要把我和兰吉隔开，仿佛他平时叫我的名字反倒见不得人似的。

爸爸又来到我的房间："她明天可能会报警。记住我们的说法。待在家里。她星期天不上班，对吗？不要被她看到。"

第二天一大早,她又猛敲我们家门。

"对不起打扰你了,阿姆斯特朗先生,但能不能麻烦你好心开车送我进城?我不会开车,我需要报案,我的孩子失踪了。"

爸爸扮演了好邻居的角色。他让我待在家里,他则带着乔治娅姨妈去了警察局。三个小时后他们回来了。我透过窗户看见她满脸泪痕。她用父亲的手帕擦着眼睛。

爸爸告诉我,当警察从名字上看出兰吉是个混血毛利男孩时,就告诉她,他可能是和某个帮派一起走了,不务正业,很可能是为了躲避即将到来的考试。乔治娅姨妈给他们看了老师的便条,是他留在厨房桌上的,以此来证明兰吉不是帮派成员。他是个孤独的孩子,她说。警察质问他的母亲在哪里,为什么是姨妈来报失踪。当她不得不透露兰吉母亲的名字西莉亚·帕拉塔时,警察们交换着眼色。爸爸认为她可能是妓女,因为警察笑意轻蔑。他们说兰吉·帕拉塔最后肯定会自己现身。爸爸说他们没有认真对待这件事。他们甚至没有做笔录,也没询问外貌特征。

爸爸讲这些时眉飞色舞。我厌恶他,也厌恶自己。

我想告诉乔治娅姨妈兰吉已经死了,让她别再怀抱希望,别再等他回家。他永远也不会回家了。

不到一周,兰吉肿胀的尸体在湖的另一端被发现,那里靠近城镇。我从未受到质询。《每日邮报》报道了这起悲剧性的溺水事件。乔治娅姨妈来来去去,不再看我的眼睛。有辆警车送她回过两次家,一次是12月18日,第二天又一次。我在自己的卧室,能听到她在深夜号啕大哭,我想安慰她,想忏悔并解释这是意外,当时的情况不是他死就是我亡,我必须选择自己的命,而他曾是我最好的朋友。

我们家圣诞节那天气氛很怪。爸爸假装一切正常。我们在门廊上吃饭,用可口可乐庆祝。爸爸给我买了一台唱片机,我给他买了一本关于毛利文化的书。几天后我在垃圾桶里发现了它。

第三十五章
萨莉

唐纳德姨父葬礼过后的购物之旅并不算太成功。当苏把车停进巨大的地下车库,我们走进那座刺眼亮堂、令人眩晕的像是洞穴般高耸的建筑时,霓虹灯牌与背景音乐扑面而来——对于周二早晨而言,这里的顾客实在太多了。虽然我在电视里见过购物中心,但实际规模还是超出了预期。

"我不喜欢这里,苏。我能回车里等你吗?"

"但我们是专程来给你置办新衣服的!"

"我不喜欢这里。"

"来,握住我的手,"她说,"我有个主意。我们就去一家选品范围广的店。你可以直接去试衣间,我给你选一堆衣服来试。"

最近我发现,拥抱或握住朋友的手能获得些许安慰。我任凭苏把我带进了一家叫Zara的店铺。她和一个店员说话时，我强忍着哆嗦站在原地，人们疯狂翻动着衣架，随机挑着商品，然后又随手把它们丢在挂杆上，并不重新挂回去，从叠放得整整齐齐的毛衣堆中间拉出一件又扔回去。我曾想过在服装店工作，但现在光是咬紧牙关就让我下颌发酸，这种混乱场面我根本受不了。

苏带着一个年轻漂亮的店员回来。他们把我领去了一个宽敞的试衣间，两边都有全身镜。我乖乖地坐着等。不到十分钟，苏就抱着满怀的衣服回来了。我谢了她，开始试穿毛衣、裤裙、夹克、靴子、首饰、马甲、衬衫、大衣、T恤、长裙、短裙、运动鞋、牛仔裤、开衫。苏每隔几分钟就会来看看我，给我喜欢但不合身的衣服换尺码，并把我不喜欢的退回去。试衣间里的衣服数量是我家衣柜的六倍。店员径直将其中的一些拿去了收银台。如此之多的选择令我眼花缭乱，丝绸、棉布、麂皮、牛仔布、闪光和毛皮。我喜欢在镜中看到的一切。各种不同版本的我。

我买了所有喜欢的衣物。递上银行卡时，苏兴奋地转圈圈："还得带你去个地方"她说。

我筋疲力尽，而且购物袋很沉。

我们在顶层下了电梯,苏带我去了一家美容院:"头发、指甲、面部护理、睫毛、眉毛、化妆——我认为你应该做全套。"

我们站在门外。我停下来问:"为什么?"

"别误解我的意思,你很漂亮,但你不想看看自己换个发型后的样子吗?几绺金发或者吹个卷发?我都不知道你松开头发是什么样子。它很长吗?面部护理很放松。这是宠爱自己的方式。"

"不了,谢谢,苏。我不介意换衣服,但我不想改变我的头型。"

"你不好奇吗?"

"不。"

"哦,萨莉,拜托?让他们给你做个发型。如果你不喜欢,可以马上扎起来。犒赏一下自己。"

我能感觉到自己开始焦虑。我提高了音量:"我说了不。"

苏红了脸。她很生气:"我给我们俩都预订了服务。我去做面部护理,做睫毛。你想在车里等吗?"

"是的,谢谢。"

她把车钥匙扔给我:"电梯1层。停车场A区。"她推开美容院的门,消失在磨砂玻璃后面。

我实在想不通这次哪里做错了。我们计划这次购物之旅时，从没提过要做头发、化妆和漂眉毛。只说了买衣服。苏说这是"犒赏"？如果我并不想要，也从来没人问过我，那怎么会是犒赏呢？她觉得我的头发很糟吗？我的眉毛颜色不对吗？我喜欢它们。蒂娜说我俊美又优雅。苏刚刚说我很漂亮。我知道我有点胖，但我不在乎。我为什么要改变外表呢？

苏回到车里时，我已经准备好了说辞，但在开始前，我注意到了她的睫毛。"哇，"我说，"太好看了！"

"你本来可以——"

"听着，苏，对不起，但我想我们误解了对方。我喜欢你的睫毛，很高兴它让你感觉良好，但我不一样。所有这些衣服的改变对我来说已经足够了。我喜欢我头发的样子。我不想改变我的脸、指甲或头发。希望你能理解。你能提出来，真的很善良，但我和你不一样。我们永远也无法一样。"

"没关系，"她说，但语气表明有关系，"我猜你也不想在这里吃午饭？"

我咬紧牙齿，有那么一刻后悔自己不再装聋作哑。当人们以为我听不见时,就没有误解。

"如果可以,我不想在这里吃。这附近有更安静、不那么闪瞎眼的地方吗?"

"我知道一个地方。"她说,然后倒车离开了停车位。

五分钟后,我们就坐在了城市农场阿尔弗雷德之家里的咖啡馆里。这里很亮堂,但充满自然光,没有闪光和霓虹灯。其他顾客要么是老人,要么是推婴儿车带小孩的母亲。我选了一张靠后的桌子。

苏依旧绷着脸。我不确定要如何修复关系,我可不想再失去一个朋友,尽管德士古的卡罗琳并不算重大损失。

我们默不作声地吃了一两分钟,然后苏大声叹了口气。"你说得对,"她说,"我不理解,这样责怪你不公平。我想我错在期望你愿意改变并尝试。有时我发现,很难搞懂你,很难走进你的头脑。"

"一样的。"我热切地点头,我们一起笑了,是自发的笑,因为我们知道试图"成为"对方是愚蠢且无意义的。

我们聊了我们买的一样的衣服,并畅想着我的每套衣服所适配的场合。

"那条迷你裙和亮片上衣是用来调情的。"

"苏,你知道我不会那样做。"

"你必须打开自己,接受这种可能性!马克显然对你有兴趣。"

"好吧,我已经和他说清楚了,不会发生任何事。"

"尽管如此,他还是从卡里克希迪开车往返都柏林,只是为了让你在葬礼上不会难受吗?拜托!他喜欢你。"

我已经向苏坦诚过我坚信自己是无性恋者了,所以就没再接话。

"接触治疗进行得怎么样?"

"很好。我现在可以给出并接受拥抱了。大部分时间握手也没问题,不过我希望人们不要在刚擤完鼻子后马上握手。"

"但去年这个时候,你肯定还觉得这些不可能。你的治疗师有没有和你谈过自慰?"

"她提到过。蒂娜希望我每晚花十分钟看看全身镜中的自己,然后下周,我想我应该开始抚摸身体的各个部位,只要我觉得舒服。"

"你是无性恋可真遗憾。"

"不,并不遗憾。我在电视上看过性爱场面。那些呻吟和尖叫真的很讨厌。你有没有注意到，在喜剧片里，女人总是尖叫，男人则发出哼哼唧唧的声音，而在浪漫爱情片里，女人呻吟，男人则呼吸急促。哪一种才是对的？"

"哦天，这问题我可回答不来，但我可以保证这事儿没有对错之分。情到浓时顺其自然就好。"

"我这辈子都不会有那么一天的，苏。"

"可怜的马克。"

"他对别人感兴趣。"

"真遗憾。"

"对我来说不遗憾。"

苏又笑了。我很好奇马克和阿努巴进展如何。我没见过他们在一起，阿努巴很少在我们见面时提到他。

我付了午餐钱，回家路上我们停下来加油并买了巧克力，也是我付的钱。苏放了一些流行音乐，并教我唱了阿黛尔和霍齐尔的一些歌。我想之后或许可以在钢琴上弹出这些曲调。虽然比不上巴赫，但也悦耳动听。"你的歌声很好听。"苏说。

"十几岁时，妈妈鼓励我唱歌，但现在已经生疏了。"

"你可以报个班或者加入合唱团?"

"老实说,在治疗、瑜伽和学着抚摸自己之间打转,我已经够忙的了。"

"罗斯康芒有个很棒的合唱团。这是另一种与人结识的方式。你会害怕在别人面前唱歌吗?"

"不,我不觉得。唱歌比谈论自己容易得多。"

"跟蒂娜提一下,我敢打赌她会鼓励你。"

"也许吧。"

苏伸出手,用力握住了我的:"你的未来激动人心。"

我回握她的手,我们短暂地对视而笑,然后她又将目光转回到前方的路上。

房产中介打来电话。"好消息,"他说,"对你的房产感兴趣的人很多,或者说正如我所料,很多人对你的地皮很感兴趣。目前有三个主要竞标者,开发商摩根住宅想建五十栋联排别墅,即将迁入梅尔文园区的制药厂想要为他们的高管和员工进行低密度住房开发,还有一家德国超市也很感兴趣。你有一英亩的临街空地。我这辈子还没在卡里克希迪见过那么多人对地产感兴趣!"

299

"那很好。"我说。

"很好？简直太棒了。"他说。

"对。"

"抱歉我可能表现得有些越界，但我认为你还没明白你能赚多少钱。"

那栋小屋正在建造中。我唯一想要的就是有足够的钱让它尽善尽美。

"但我该怎么用它？"

"钱吗？你可以做任何事。创业？投资股票？你的未来是有保障的。我们自己也有一些投资机会，可能会让你感兴趣。"

"我能选择哪家公司买这块地吗？"

"什么？"

"我觉得在这里建一家德国超市不是好主意。还有住房开发？它们都有花园吗？"

他顿了一下。

"通常，我们卖给出价最高的人。这就是运作方式。"

他报出了一些数字，坦率地说，令我震惊。不管是谁买下这块地，房子肯定会被拆掉。

"我想和潜在买家谈谈。"

"为什么？我是房产中介。这是律师和我之间的事，我们来安排，这样你就不用和他们谈了。"

"但我如果想谈呢？这合法吗？"

"戴蒙德小姐，我不知道该对你说什么。这不违法，但是……你看，为什么不考虑一下？你不应该拖延。这些都是认真的竞标者。"

"我会考虑的。能不能把所有买家的详细信息发到我邮箱？我会尽快回复你。"

他深深叹了口气。

安吉拉说："你说得对。德国超市会让家乐破产。"我想到了家乐的劳拉，她现在开始进姜根、辛辣香料粉、咖喱叶和胡芦巴籽，她不辞辛劳地帮助新加入我们村的群体。她才刚申请了扩建商店的规划许可。

"不过，"安吉拉说，"不选最高价确实是有点疯狂，但如果你能坚守住道德准则，当然应该坚守它。我佩服你。"

恼羞成怒的房产中介要求利益相关的三家向我推介他们的开发计划。最后一个开发商是最好的。摩根住宅公司打算在私人住宅旁建一批社会保障房。

他们还设计了一个中央绿地，里面会有儿童游乐场。梅尔文园区的许多员工收入都不高，正在施工的制药厂的情况可能也类似。

当我告诉房产中介我要卖给摩根住宅时，他并没有那么失望。价格仍然比我想象中高出许多。我为我们的邻居——农民格尔·麦卡锡感到难过，相比之下，他的出价很低，他买那块地是为了放牛，但我成功为他跟开发商谈判，让他以象征性的价格获得了后面的地皮，他对此很感激。不用负责那块地，也让摩根住宅如释重负。奔流在我崭新小屋下方的那条小溪也同样流经那块地，摩根住宅本来必须得以某种方式把它填埋。这条小溪对他们毫无用处，但对格尔·麦卡锡来说却大有裨益。

娜丁忙着小屋的事。她给我发了很多邮件，内容包括色彩搭配、瓷砖、厨房设备、卧室套件、衣柜配件、地板材料、三件套家具组、百叶窗和窗帘、搁架单元、门窗等等。我又一次被这么多选择弄得眼花缭乱，最后我让她去做选择了。她们的房子很漂亮，我相信她的品位胜过我自己。我终于要搬家了。

第三十六章
彼得，1983 年

乔治娅姨妈搬进了城里。她不会开车，所以不再住得这么远。原本是兰吉一直负责采购所有生活用品。他经常接送她去不同地方工作。爸爸以极低的价格买下了她的小屋和那片地。发现兰吉尸体的几周后，她在房子里度过的最后一天，我看到她拿着一把斧头走向棚屋一侧，那些母鸡一只接一只地安静下来。她在我家门廊上留下两只拔了毛的鸡，感谢爸爸帮助她报警并买下了她的房产，她在字条上这样写。

自从搬到罗托鲁阿，我和爸爸一起去小超市的次数屈指可数，但更常去图书馆和书店。夏天时，我会戴上棒球帽，穿上长长的宽松衬衫，袖子一直盖到手上，避免与人接触。我从不穿短裤。我告诉爸爸我年纪到了，可以开车了，但他说他没有耐心教我。我后悔没有让兰吉教。我知道他肯定会教我的。

乔治娅姨妈搬走几周后,爸爸提议去罗托鲁阿湖附近的一个野生动物公园。那是1983年1月,天气依然温暖,正值假期。爸爸说我们应该好好利用这个机会。尽管发生了悲剧,我还是渴望再次外出,见见人。

我们尽可能往远了开,开到罗托鲁阿湖北部。有几家人在湖边露营。爸爸似乎对进入森林或探索野生动物毫无兴趣。像我一样,他是在观察人。最终,我们走上一条森林小径。有个瘦小的金发姑娘正在爬树。爸爸停下来观望。我们驻足了一会儿,很是钦佩。她爬到树顶,然后往下张望,有点儿困惑。

爸爸对她喊道:"你还好吗?"

"我觉得我下不来了。这里有只负鼠,就在我边上,我害怕。"她说。我们能看到那只肥胖的小生物离她的脸只有两码远,跟她在同一根树枝上,正在飞快陷入熟睡。

我再次看向她,很沮丧,我帮不了她。最简单的方法就是爬上去,拉住她的手,拉着她从一根树枝转移到另一根树枝上。负鼠虽然无害,但它们是祸害。受到惊扰就会嘶嘶嘶地叫，还会吐口水，并且有异常锋利的尖爪。兰吉曾说过，人人都讨厌它们。

"你为什么不跳下来呢？我可以接住你。"爸爸说。

"我害怕。"她重复道，带着哭腔。

"好吧，那我们只能把你留在上面了。"爸爸说着迈开步子，似乎要走开。

她开始哽咽。

"爸爸，我们不能丢下她。"

"我想也是，"他说，"你的家人在哪？"他对她喊道。

"他们在湖的另一边。妈妈让我六点前都别回去。"

"嗯，好像不太公平。我上去接你怎么样？"

爸爸攀缘而上，出人意料地敏捷；尽管有时步伐不太稳，但还是毫不费力地爬到她身边。他拉住她的手，从一根树枝转移到另一根树枝上，如果我可以那么做，我也会的。负鼠没有醒来。

最终，她从离地几英尺的高度跳了下来，落在我面前。

"这是我儿子,史蒂夫。你叫什么名字,小姑娘?"爸爸问她。

"琳迪·韦斯顿。嗨,史蒂夫。"她有点害羞,脸上糊满泪水,她抬起小臂擦眼泪。

"我是阿姆斯特朗先生,但你可以叫我詹姆斯,如果你愿意的话。"

"嗨,琳迪。"我说。

"你们从哪儿来?"她问。

"我原本是但尼丁人,但在爱尔兰住了很多年。"这是我们的故事。

爸爸走在前面,我和琳迪聊着天。我很紧张,尽管毫无紧张的理由,至少当时没有。

"我的邻居是从爱尔兰来的,但别问我是爱尔兰的什么地方。她说话和你一样。"

我一时不知道该说点什么。

"你现在是住在这附近还是在度假?"

"没有,我们不是度假,我们就住在罗托鲁阿。"

"你不在我的学校念书?"

"没有,我哪个学校都不上。我在家自学,不过我觉得就快学完了。所有科目的教材我都学到了七年级,现在爸爸让我学我喜欢的东西。"

"你都不用上学竟然还学习?"

"他当然学,"爸爸转身回来,加入我们,说道,"他现在学的是植物学和市场园艺,对吧,儿子?"

"是的,我想种蔬菜来卖。我们那里的土壤很好。"

"可能是因为这里的雨,"她说,"这里总下雨。"

"爱尔兰也经常下雨。"爸爸说。

"你有兄弟姐妹吗?我有两个哥哥,他们总是打架。他们一个十七岁,一个十八岁。"

"没有,我是独生子。你几岁?"我问。

"十四。"

"真的吗?"爸爸问,我看到他的脸色凛然一变:"我以为你要更小一点。"

"真的,十四岁。你几岁?"她问我。

"十五。"我说,她看着我。

"我喜欢你的头发。妈妈不让哥哥们留长发。"

我觉得自己脸红了。

"可怜的史蒂夫有一种罕见病,"爸爸打断道,"他不能碰其他人,除非是血缘亲属。"

我马上就知道爸爸是在警告琳迪不要试图碰我。直到他说出来,我才想到这一点。她歪头看向爸爸,仿佛他有点奇怪。

307

"真的吗？我从来没听说过这种病。"她转向我，"那你想找女朋友该怎么办？"

"我想我交不了女朋友。"

"真的吗？永远？"

"是的，他不能。"爸爸斩钉截铁。

"真是太奇怪了。我从没听过这样的事。"

"大多数人都没听说过。这很罕见。"

"叫什么，这种病？我要问问我爸爸，他是医生。"

"坏死性人类传染病，"爸爸说，"我确信你爸爸对此肯定知之甚多，但我打赌他一个病例都没见过。患病的概率是六百万分之一。我只能从德国医学期刊上找到一些相关信息翻译过来。"

"哇，也太惨了。可是，你可以到处走动，看起来完全正常。那宠物呢？你能养狗或猫吗？"

"我不想拿史蒂夫冒险。他是个珍贵的男孩子。"

"这是我听过最悲惨的事了。"

从这个陌生女孩口中听到这句话，让我也徒增悲伤。我从没想过别人会怎么看我。或许兰吉也曾为我感到遗憾？

我们跟着爸爸的路线图，已经走到森林深处。

"天哪，我得回去找家人了，我要迟到了。"她看了看表。

"好吧，这条路会把我们带回停车的地方——如果你愿意，我们可以送你到湖的另一边。就在拐角处。"

"那可太好了，非常感谢，阿姆斯特——詹姆斯。你知道吗，我妈妈不喜欢我叫大人的名字。你觉得这是为什么呢？"

"也许她有点老派？"

"我要告诉她你这么说了她。"

我们都笑了。琳迪就像是一股清新的空气。

回到车上后，爸爸把座位往前移了移，好让琳迪坐进后排。我们驱车离开，琳迪亲近地同我们谈天说地。她小心地坐在爸爸后面，谨防不小心碰到我。我很感激她的体贴。然后我们上了主路。

琳迪说："我确定走错方向了，詹姆斯。你应该在先前那个地方左转。你要让我在这里下车吗？"

"我觉得你应该和我们一起回家吃晚饭。你觉得怎么样，史蒂夫？"爸爸说着加快了车速。

"我很想去，但最好先告诉我爸妈吧？如果我不告诉他们就跟两个陌生人走了，他们肯定会大发脾气。"

爸爸一言不发，突然转了个弯，离开主路，驶上通往我们家的小径。

"詹姆斯，阿姆斯特朗先生，你在做什么？"

"别担心，琳迪，我们会在一个小时后送你回去，好吗？"

琳迪沉默了。我转过身对她微笑。"会很好玩的。"我说道，尽管心里想着，如果是我让爸爸等上一小时，他肯定会暴跳如雷——不过我从来没有离开他单独去过任何地方。

到家以后，爸爸并没有往门廊的方向走，而是将手放在琳迪的肩膀上，引着她朝谷仓去了。她避开他的触碰。"我不喜欢这样。我想回家。我想要妈妈。"她开始哭。

"爸爸，也许我们应该送她回去。她不开心。这对她不公平。"

爸爸把她推搡到谷仓门口，打开门，将她推了进去，然后重新拉上了门，转动挂锁上的钥匙，我之前没见过这把锁。

"你想要个朋友。我给你找了一个。现在别再抱怨了！"

她在砸门，我能听到，但很微弱。我们在这个谷仓里做的最后一件事，就是在"蛋盒"内衬上又加了一层石膏板，包括门上。就算她在尖叫，我也什么都没听见。

第三十七章
萨莉

房子卖出一周后,我收到一位律师的消息,得知康纳·吉尔利的妹妹玛格丽特在两个月前去世了。这些年来,玛格丽特似乎一直保持着低调。她的死亡,以及她同康纳·吉尔利的关系没有出现在任何公开报道中。她的律师联系到我,告知玛格丽特·吉尔利将她的房子遗赠给我。一栋位于都柏林高档地区的大型独栋住宅。这正是我和母亲曾被囚禁的房子。那是我的自然继承。

文书工作处理得很快,我立即将房子挂牌出售。没有人知道我是卖方。杰夫·巴灵顿负责处理法律事宜。我没有告诉任何人,除了蒂娜。这一次,我不再关心房子由谁买下这一道德问题,我只希望这栋房子被拆除。我接受了第一个报价,那是一笔非常可观的数额。我该如何处理这笔钱呢?

卡里克希迪的房子成功出手的消息传出去后，我决定还是要办一场派对。所有朋友都鼓励我这么做。去年的这个时候，谁能想到我会有这么多朋友呢？蒂娜也说这是个好主意。我可以请每个人带一道菜来分享，而作为回报，我可以把不再需要的家具或家居用品送给他们。我只想保留我的钢琴，我的床，或许还有爸爸的办公桌。

派对定在9月14日星期六的下午。客人名单很长：安吉拉和娜丁、克里斯蒂娜姨妈（她会留下来过夜）、马克、斯黛拉和她的丈夫基兰、肯尼斯和苏、阿努巴、玛莎和乌多、家乐超市的劳拉、费尔南达和罗德里戈、咖啡馆的瓦莱丽和格尔·麦卡锡，以及他们所有人的孩子。总共有十六个成年人和七个孩子。

出于礼貌，我还邀请了律师杰夫·巴灵顿，但他婉拒了，蒂娜也说如果能将我们的关系保持在专业范围内是最好的。

我给孩子们租了一顶带天幕的帐篷和一个充气城堡。我还雇了一名保安，是名女性。我在电话里和她聊过了，也在网上查过她。她高大健壮，身上遍布文身。当我告诉苏和玛莎时，她们惊呆了，但我提醒她们，我妈妈就是光天化日之下被人从花园里绑架走的。此外，尽管我努力不去想，可康纳·吉尔利依然在某处的想法始终在我脑海中挥之不去。他知道我住在哪里。我不想冒险让他或任何像他一样的人从我的花园里绑架孩子。

娜丁不仅心甘情愿设计了我的新家，还在派对前一天带来了彩旗和灯饰，挂在了树木之间。她帮忙清空了橱柜里所有我不想带到新家的东西。我们在所有要送人的物品上贴了黄色便笺。客人们可以把自己想要的拿走。娜丁建议我们先试试葡萄酒，确保味道没问题。她是个很好的伙伴，一直在聊小屋的事。我将在十月中旬搬进去。"还有一些收尾工作要做，"她说，"但那将成为你的家。"

派对前一晚我睡得很好，实在出乎预料。我口干舌燥地醒来，头有点痛。我想我们不该试喝红酒、白酒和桃红葡萄酒。我挣扎着下了床。

苏早早过来帮忙，带来了好几罐豆子沙拉、调味米饭和肉馅卷饼。有两个人开着卡车进来，花了半小时在娜丁指定的位置充起了巨大的城堡。他们很友好，祝我们玩得开心。星期一他们会来收走它。

当卡车消失在通往大路的小道上时，苏看看我，又看看城堡。她踢掉鞋子,喊道:"来吧!"便全速冲向城堡,跳了进去,几乎反弹到了最顶端。好像确实很有意思。我脱掉运动鞋,跑向城堡,很快我们就手拉手跳上跳下,撞着柔软的墙壁和彼此,哈哈大笑。

十分钟后,我们仰面躺着,气喘吁吁。"哦,我的天,"她说,"你能一直拥有它直到星期一?我家儿子明天还能再来玩吗?拜托了?"

"我想所有的孩子都应该在它消失前玩个痛快。"

她对我笑了。

我向她展示了天幕内部,里面堆放了大量盘子、餐巾、餐具和杯子,一切准备就绪。

"派对绝对会很棒!"

"希望如此。"

苏回家接肯尼斯和孩子们,在两点前赶了回来。

我选择了一条时髦的丝绸短裙,背后系了个蝴蝶结。它的领口是心形的。我在Zara试穿时,苏说我的腿需要涂一些棕褐色的油。我没有抹任何虚假的棕褐色,我的腿就是原本的颜色,我很满意。裙子很舒服。我的身体很舒服。瑜伽使我更加灵活。我现在可以伸展和弯曲,一声不吭,身子也不会嘎吱作响。

我喜欢今天自己在镜中的样子。短裙的裙裾轻快摆动,向外张开。我将头发梳开,让它垂下来,想要看看是什么样。这极大地改变了我的脸型。我不喜欢头发垂在肩上的感觉,随即又扭起来,盘成日常的发髻。我喜欢自己的脸。我喜欢朝自己微笑时,眼角的细小皱纹。我很美。

下午一点四十五分,在等待时,为了让自己平静,我弹起了钢琴。我记起了苏之前播放的阿黛尔的歌,便兀自唱起来,起初声音很轻,随后越来越大声,试图匹配她那强大的嗓音。前门响起了敲门声。我去迎接保安莉娜。我给了她客人名单,并要她确保闲杂人等一律不能从她那里通过。

"你就是那个女孩,玛丽·诺顿,对吗?一开始我不明白,但后来在网上查到了你。"

"是的,但请叫我萨莉。我不愿讨论过去。"

"好的,没问题,你希望我在哪里?"

我把我希望她站岗的位置指给了她,让她在那里指挥车辆开到小路尽头,不过大多数人会从村里步行过来,因为天气很好。

"要特别留意老男人,拜托了。"

"他们一直没抓到他。我读到过。但你不认为他在爱尔兰吧,对吗?"

"我真的不知道。如果发生任何奇怪的事,我希望你猛吹这支哨子。"我给了她一支口哨报警器,这是几个月前托比被邮寄过来后,克里斯蒂娜姨妈给我的。我睡觉时把它放在床边。离房子一百码远就不可能听到哨声了,但有可能吓跑入侵者。

罗德里戈和费尔南达最先到的。

"哇哦,"费尔南达说,"你看起来棒极了!"罗德里戈点头赞同。

"谢谢!我今天也觉得自己很美。费尔南达,你看起来——"我顿住了。

罗德里戈咧开嘴笑了:"算你走运,费尔南达怀孕了。"他们笑起来。我祝贺了他们,并接过一大盘蓬松的芝士面包卷。

我带他们穿过房子,指出所有他们可能想带回家的物品。

接着是瓦莱丽,她从房子一侧走来,带了一大袋甜点,是今早在咖啡馆特意烘焙的。"我甚至不知道这里有栋房子,我可是在这个村子里住一辈子了。"

"好吧，它不会在这里存在太久了。"

"我听说了！太让人激动了。顺便说一下，你看起来超级火辣。这条裙子真漂亮！介意我拿瓶啤酒吗？从村子走过来太渴了。"

"就在那里。如果你需要的话，帐篷里有杯子。"

我为她打开酒瓶，她直接拿着瓶子大口大口喝。爸爸不赞同别人喝酒不用杯子，但现在我知道那是他为人老派。我试图想象他现在会怎么看我，穿短裙，办派对。

格尔·麦卡锡带了一袋苹果和土豆来："你可以把它们作为伴手礼送人。"他说。

随后人们陆陆续续抵达，花园里很快充满欢声笑语。孩子们跑向充气城堡。也许晚一点，我会换上牛仔裤再去玩一次。

马克和阿努巴分别抵达。我观察到他们似乎没有互相靠近，或表现出哪怕一丁点对彼此感兴趣的样子。阿贝比抱着我，坐在我膝头，把她做的纸皇冠戴在我头上。每个人都说我看起来很漂亮，斯黛拉让我穿着裙子转一圈，大家纷纷鼓掌。食物多得吃不完，我知道我会请大家带一些回去。

玛莎有一台小音箱，她接到手机上，音乐瞬间弥漫开来，并不都是我喜欢的，但有人开始跳舞。人们起哄让费尔南达和罗德里戈跳桑巴，但他们坦言，虽然是巴西人，可他们不会跳。斯黛拉和基兰上前，主动给他们做示范。苏和肯尼斯也带着孩子加入，绕着彼此旋转，大喊大叫，咯咯大笑。今天他们的喧闹没有烦到我。

看到我被这么多人围绕，克里斯蒂娜姨妈惊讶极了："他们都是从哪里来的？"她问。

"他们是我的朋友。"我宣布。

"哦，亲爱的，太棒了。我太为你感到骄傲了。"她的眼中满是泪水，我知道她在想唐纳德。我递给她一张餐巾纸。"谢谢，就是……我本不打算来的。我感觉庆祝是不对的……那件事才过去没多久，而且我比其他人年纪都要大。"

马克出现在我们身边。"克里斯蒂娜，见到你真好。到这边的阴凉下面坐坐。我可以为你准备一盘食物，还是你想自己过来看看？"

"谢谢你，马克。"我说道。克里斯蒂娜姨妈答应让他带自己去帐篷的餐饮区。我觉得马克对她照顾有加，很善意。那次葬礼后，她对马克似乎有些疑虑，但随后我听到他们在帐篷里笑起来。他为她安排了椅子和桌子，和她坐在一起，为她斟满酒杯。太阳高挂在天空。我慢慢地喝酒，尽量多兑水。这似乎是完美的一天。

而后，一种平静降临，很符合我的心境。罗德里戈点燃了户外的柠檬草蜡烛。天气依旧和煦，但黄昏是咬人的昆虫开始活动的时刻。

马克找到我，帮我把杯子收拾进厨房。

"在你问之前，"我说，"新西兰那边没有进一步发现。我想康纳·吉尔利已经不在那里了，或者根本就不在那儿，也许他只是从那里寄包裹来混淆我。"

"浑蛋。无论他去了哪里，他都能自由自在地绑架另一个孩子。"

"我努力不去想这些。我希望你别再谈论他了。"

"好吧。对不起。"

"对了，如果你喜欢阿努巴，你得在她身上更使劲一些。"

"什么？"

"你不是告诉我你喜欢她吗？"

他脸红了："我想是的。但是……我和她在一起工作，这有点难。"

我不理解浪漫关系，便不再继续这个话题。

我听到外面传来响亮的笑声，当我出去时，看到安吉拉和娜丁正尝试在充气城堡上玩。苏向我眨眼："萨莉！我就知道会发生这种事！"

安吉拉回来了，喘着气。"天哪，我应该更清醒一点，你知道我看到过多少喝醉酒的成年人在充气城堡上受伤吗？"她拍了拍我的背，"派对太棒了，萨莉。我从来没想过会有今天。这是简期待你应该拥有的生活，朋友和快乐！"

这就是幸福的感觉吗？在今天，大笑和微笑都易如反掌。

直到我听到那声尖锐的哨音。

第三十八章
彼得，1985 年

爸爸一直把琳迪锁在谷仓里，就像他曾把母亲锁在附楼里一样。她的脚踝被锁链拴到墙上。之后的几周，电视新闻一直在报道她的失踪，但是没人提及目睹她上了我们的车。我猜爸爸有意把车停在了主停车场外面一点，这样就算有人看到，我们也像是寻寻常常的一家人。琳迪并非被迫上车。没有尖叫或哭喊。我们都很普通。爸爸那天还特意让我把帽子留在家，这样我们看起来就更不引人注意了。

警方的理论是她掉进了湖里，但潜水员显然没有找到尸体。接下来的几周，我为我们所做的事担心得要命。爸爸一直随身携带谷仓钥匙。他告诉我，如果我们放她走，我俩都会进监狱。他提醒我，如果被逮捕，我是无法活下来的，因为警察会粗暴地对待我。我会在极度痛苦中死去。他表现得好像绑架这个女孩是帮了我一个大忙,是给我找了个朋友。但为什么是个女孩子?

最初几周过后,每天他一回家,我就去看琳迪。他打开门,然后把我锁在里面和她待上一两个小时。一开始特别可怕,因为她过于歇斯底里,痛苦至极。第一年她多次尝试逃跑。她朝我们俩泼开水。爸爸被严重烫伤,但我及时躲开了。之后爸爸切断了她炉子上的煤气,她因此一个月没有热食吃,那可是寒冷的冬天。但每次爸爸把东西放得更远让她够不着,或是发现了新隧道并堵上时,我都会试图让她活得更轻松些。我在攒钱给她买电视。我经常看她喜欢的肥皂剧,这样就能告诉她剧中人物的情况。我装了新的电灯,让那地方亮堂些。我给她凡士林来缓解脚踝上锁链的摩擦。

有时爸爸会让她出去,到房子后面,但每次她都试图逃跑,尽管锁链的一端就在爸爸手中。我希望她能学会接受,她的家就在这里,和我们在一起。两年后再放走她为时已晚。她无法摆脱我们了。她也恨我,直到她意识到我并不像爸爸那样痛恨女孩子。她恳求我放她走,我问了爸爸几次,但他每次都很生气,我便学会了不再提起这件事。

越长大，我就越感到孤独。琳迪肯定也是一样的感觉吧？我当时通过市场园艺农业赚了些钱。爸爸和我推平了兰吉的房子，耕种了土地。我种了蔬菜和水果：土豆、胡萝卜、银甜菜、四季豆、蚕豆、防风草、草莓、卷心菜和生菜。我把蔬菜卖给镇上那家小型克莱本超市的经理凯伊。尽可能种植多种作物是最好的。这意味着如果某一种作物因为某种原因种植失败，我总还有其他东西可卖。我想拥有属于自己的钱，而且这让我在爸爸工作时有事可忙。

爸爸终于松口教我开车。我学得很快，没过多久便拿到了驾照。我不得不向考官解释为什么我要在夏天戴手套，尽管他对我的病充满疑惑，但还是深表理解。他坐在考试车上，紧贴着副驾驶的门，以免碰到我。我顺利通过了考试。拿到驾照后，爸爸似乎很高兴我能独立了。之后，我们便很少一起出门。周末我帮他跑腿。我经常为我们三个人购物。偶尔我送他去牙科诊所，之后再接他回来。我想买些爸爸不知道的东西。给琳迪的东西。

决定重新粉刷卧室时，我发现了那只旧的泰迪熊。我又想起了丹妮丝和那个小女孩。多年前和她共度那两个晚上时,我还那么小。为什么她会有托比,一个玩具熊?如果她嫁给了爸爸,除了一只破旧的熊,她还带了什么来?爸爸一直说她没有家人。

我试图回忆她多大年纪。在我见到她时,她肯定是个成年人,一个怀孕的成年人,但我出生时她多大?她和爸爸真的结婚了吗?她在精神病院不是会更好吗?爸爸似乎瞧不起她。他没给过她新衣服,给的食物也不多,明显不喜欢她,但他会和她做爱。她真的愿意吗?我母亲似乎也恨他。如果她不想和他做爱,那他强迫她了吗?我不愿去想这些。爸爸在很多方面都是好人,但琳迪的事又该怎么说。

我给琳迪买了一些基本的生活用品,让她可以度日,还从图书馆借书给她。爸爸坚持不给她书写或绘画材料,没有钢笔、铅笔或蜡笔。不过我会给她买礼物,一些巧克力或者二手商店的衣服,不错的肥皂和洗发水,新毛巾。爸爸说对她好没有意义,因为我永远不能碰她。我知道。但她越是脆弱害怕,我就越喜欢她。我埋藏了对她的生理欲望。我想知道爸爸是否和琳迪发生了关系。我不敢问她,因为害怕听到她给出的回答。有天早上,我看到爸爸脸上有抓痕。他说给琳迪送完早餐回来的路上,被荆棘丛绊倒了。那是谎言,因为琳迪自己做早餐。还有一次,我看到他耳朵里有干涸的血迹。为什么我花了这么长时间才意识到父亲是个恋童癖?

有那么一次,晚上我去看琳迪,她特别低迷。我把那包杂货放在她能够到的地方,然后退到角落,开始聊今天的事。她的T恤前面有血。当她默默收拾东西时,我注意到她有一颗门牙不见了。

琳迪被迫向我道出实情,这些话唤起了我童年时期的记忆。那是1985年的3月。我没有提她的牙,也没有提血迹,我试图假装自己没注意到。她等我坐到屋里唯一的那把椅子上,然后她席地而坐,就在我面前,抬起头看着我的脸。"史蒂夫,他说如果我告诉你,他就杀了我,但你爸爸并不是为了让我成为你的朋友而把我关在这里的。你十七岁了,不可能那么天真。你爸爸是个强奸犯。自从我来到这里,他每周都强奸我两次。如果我反抗,他就惩罚我。"她卷起袖子给我看手腕上的瘀青。

我让她闭嘴。

"你以为我的牙齿是自己掉的吗?"她说道,我想起了母亲的牙龈。琳迪只是说出了我长期怀疑的事。我已经想明白了，她看得出来。

"你知道的，史蒂夫，你一直都知道。如果不是因为你的病，你也会强奸我。"

这让我万分恐惧。"我发誓，我永远不会伤害你，我什么都不知道。"

"我不相信你。你现在都知道了。你打算怎么办？"

我无法看向她，也想不出该说些什么。我像往常一样锁上门，无视了她的眼泪和绝望。

我的母亲就是另一个琳迪。我回想起她对我说过的种种。他绑架她时，她只有十一岁。我想起了我的小妹妹玛丽。她们后来怎么样了？我曾在母亲怀孕时踢过她。我的亲生母亲。琳迪说的都是实话。

我看过足够多的电视节目，不光是电视剧，还有真人秀，能看到女性可以聪明而有趣，甜美而善良。我偶尔在镇上遇见过她们，凯伊的妻子和妹妹。她们是波利尼西亚人。爸爸曾贬低过她们。

我以前从未对抗过父亲。我从来没有这么做的必要。我一直生活在否认中。他对我总是温和、善良且一直保护我。但我们也有过几次争执。比如，我曾恳求他安装电话，但他拒绝了，声称那是浪费钱。

我说他固执。

我再也无法忽视琳迪的处境。我彻夜难眠，内心辗转。第二天早上，我没和爸爸一起吃早餐。我待在菜园里。那天晚上轮到我做晚餐。当我听到他的车子沿路开过来时，胃里的那个死结绷得更紧了。我把猪排烤焦了，土豆也煮过了头。我把盘子放在他面前，自己坐到桌子另一头。我看着他从壶中往杯子里倒水。我太紧张了，胃里难受得吃不下东西。

"你还好吗？你脸色有点不太好。"他关切地说。

"我在想我的母亲，还有你是如何强奸她的。"我哽咽着说出这些话。

他的餐刀咣当一声掉在桌上。

"我十七岁了，爸爸。你让她怀孕的时候，她多大？她比琳迪大还是小？"

他抬起拳头，狠狠砸了一下桌子，桌上的东西全都弹了起来。他的水杯倒了。"我不允许这种——"

"你绑架了她。你把她从家人身边带走，把她囚禁在我的房间隔壁。你饿她，打她，惩罚她，还强奸她。你正在殴打和强奸琳迪，打掉她的牙齿。你是用拔牙钳还是钳子？"

水杯在桌上滚动，滚向一边。

"那个满嘴谎话的小贱人！你一个字都不能信——"

"她什么都没告诉我。是我自己想明白的。我想我一直都知道，只是不愿相信这是真的。你说的话我一个字都不能信，爸爸。你从爱尔兰逃走，把我也拖下水，现在我成了绑架琳迪的共犯。"杯子里的水滴到地板上。

他冲我咆哮道："那你想让我怎么办？放她走？你觉得你会怎么样？谁会像我这样保护你？就像你说的，你是共犯。"他将自己的椅子从桌边推开，站起来面对我。倒下的杯子从桌边滚落，碎在我们脚下的木地板上。一想到要被关进监狱，我就很恐惧，想到要被孤零零地抛下，我就很恐惧，想到极度痛苦地死去，我就很恐惧。但我想我懂得是非对错。

"爸爸，你必须放过她。你是个恋童癖，这就是事实。"

"那你每天晚上和她在一起都干些什么，嗯？聊天，读书？"

"是的！你在暗示什么？你知道我碰不了她。"

他脸上的血色瞬间褪去。他双手撑住桌子。他摇晃着头，仿佛耳朵里进了水。

"如果我进监狱,你也得进。你已经不小了,可以进成人监狱。你知道在那里,他们会对你做什么吗?"

这些年来,我读过许多监狱题材的书。《巴比龙》还生动地停留在我脑海中。

我冲出厨房,扯下挂钩上的车钥匙。爸爸追了出来,叫嚷道:"除了自杀,你什么都做不了,你这蠢货!"

那天晚上我开着车出去,开了好几个小时,但我又能去哪里,又能告诉谁呢?

第三十九章
萨莉

听到哨声的瞬间,我感觉自己要吐了。他来了。我交代了乌多和娜丁,一旦听到哨声就去协助保安莉娜,他们双双绕过房子冲了上去。除了在充气城堡上玩得不亦乐乎的孩子们,所有人都停了下来,猜测着发生了什么。我立刻清点了所有在玩的孩子。他们都在。我松了口气,但闲聊渐渐息止。我让大家待在原地别动。我穿过房子,顺手从壁炉旁拿了一根拨火棍。我的内心燃起了熊熊怒火。终于。

我打开前门,听到一个女人的尖叫声。"那个怪胎谋杀了她的父亲,你们竟然毫不在意!"莉娜用摔跤中的夹头式锁住了她,但我看不到她的脸。乌多朝我喊道:"没事,是那个之前在德士古工作过的种族主义疯子。她不肯离开。"是卡罗琳。

"你不属于这里。你为什么不回自己的国家去?"

她冲乌多嚷嚷。

莉娜正把她往路上推。"我妻子是医生,"娜丁说,"我们真应该把你送去精神病院。"

"女同性恋!——"

莉娜用手捂住卡罗琳的嘴。

"我要报警吗,戴蒙德小姐?"

手中的火钳似乎有了生命。我以为那会是康纳·吉尔利,因此焦躁不安,满腔怒火,我不知道该拿这怒火怎么办。我举起拨火棍朝卡罗琳冲过去。娜丁拦腰截住了我。"萨莉!你在干什么?"

乌多从我手中夺过拨火棍。

莉娜将卡罗琳拉到我够不到的地方。她松开了卡罗琳的嘴,但仍死死抓住她的脖子和肩膀。

"你们都看到了!她要用那根拨火棍攻击我。这是袭击未遂。你们都是证人。如果有人要报警,那应该是我!"卡罗琳尖叫道。

"我什么也没看到。"娜丁说,然后转向乌多和莉娜,"你们看到萨莉试图攻击任何人了吗?"

"绝对没有。"乌多说,莉娜用力摇头。

"你是在想象,看见没?"娜丁说,"你应该被送去精神病院。现在,你是要滚蛋还是我们叫警察来?"

此刻所有人都在撒谎。我的脑袋开始嗡嗡作响。

卡罗琳沿着小路往回跑，尖叫着骗子和怪胎，乌多和莉娜则目送她离开。

娜丁把我带进爸爸的办公室，我在门外贴了"私人"标签。"在这儿等着，"她说，"我去找安吉拉。"

安吉拉手头的包里似乎总有合适的药片。"吃了这个，告诉我发生了什么。"她递给我一杯水。

"你知道我为什么雇莉娜。听到哨声时，我以为是他。我怒火升腾，无法控制自己的愤怒。我准备杀了他，即使那只是卡罗琳，我……"

"你得告诉蒂娜这件事。你必须学会管理这种愤怒，萨莉。现在，待在这里直到你冷静下来，然后再回到派对上。那边的人什么都没听到。在他们看来，是卡罗琳试图闯入派对。他们都很高兴她被赶走了。没有人喜欢她。她显然有点神经错乱。"

"像我一样？"

"一点也不像你。花点时间做你的呼吸练习。吃了那片药以后不要再喝酒了，好吗？"

"好。"我深吸一口气，"安吉拉，要是我真的杀了她怎么办？"

"你没有。没必要小题大做。要我留下来陪你吗？"

333

"不，我会好的。谢谢。"

我在那儿待了十五分钟才出来，外面的派对依旧热闹，但我之前所感受到的喜悦已经消失殆尽。我浑身麻木。我拿了些吃的，在克里斯蒂娜姨妈身旁坐了一会儿。

"我听说不速之客的事了，"她说，"她脸皮可真厚！她就是之前找你麻烦的那个人？"

"是的，她因为我丢了工作。"

"听起来是她活该。"

我感到乏味。了无生趣。

"你累了吗？天啊，已经七点半了。你觉得派对应该什么时候结束？"

"我不想终结大家的乐趣。"

"派对真是太棒了，萨莉，真成功。我见了很多你的朋友。看来你在这里很受欢迎。"

我在想，如果大家知道我差点用拨火棍攻击了卡罗琳，他们还会不会喜欢我。我在想乌多和娜丁现在是否对我有了不同看法。乌多正在看我。我不想让他告诉玛莎我做了什么。最终，他走向我："你还好吗？刚才真是激烈。"

"对不起。"

"你真的吓到她了。你当时很凶。也有点吓到我了。"

"我雇了保安以防我亲生父亲出现。她吹哨的时候,我以为一定是他。"

"但你看到了并不是他,对吧?"

"我知道,但我太生气了。我不知道该怎么处理这种愤怒。"

他沉默了片刻。

"感谢上帝有你在,乌多。我可能会伤到她。"

他笑了起来。

"这并不好笑。你知道我在看治疗师吗?我仍然有童年遗留下的问题。"

"听着,都过去了。你没有伤到任何人。而且谁知道卡罗琳会干什么?她也很吓人。她肯定是宿醉了一场。"

"她喝醉了吗?"

"醉得厉害。莉娜赶不走她,所以才吹了哨子。她不会再来打扰你了。我想她肯定会非常羞愧。"

"我也很羞愧。"

"听着,虽然你吓到了我们,但事情已经过去了。"

放松点。"

安吉拉给我的药开始起作用,我渐渐放松了不少。

回到花园,格尔·麦卡锡从一个看着很古老的箱子里取出一台手风琴,开始演奏一些传统老歌。瓦莱丽、安吉拉、娜丁、斯黛拉和基兰(他把孩子留给了他的兄弟)以及劳拉聚在一起,我们用椅子和毯子围成了一个圈。

就在这时,克里斯蒂娜姨妈拍了拍我的肩膀。"萨莉,我不想让你担心,但我觉得你爸爸的办公室里有人。我听到里面有动静。有人在挪动家具。但门上有'私人'标识。有什么客人不见了吗?"我环顾四周,默默清点了一下。

"马克。"

"我们去看看他在做什么。"

我和克里斯蒂娜姨妈找了个借口离开。我们悄悄穿过走廊,然后我猛地推开了门。马克正坐在桌前,打着手电阅读爸爸旧日的文件。

"马克!"克里斯蒂娜姨妈呵斥道,"你在干什么?"

他扔下文件,纸张撒落一地。这些文件是打算存档的。警察有原件,这些都是复印件。

"之前你就想看这些文件。为什么?"我质问道。

他径直从我们身旁冲了过去,将我往桌子那边推了一把,然后从前门离开了。

"我不喜欢这样,萨莉。我一点都不喜欢。他对你的过去太感兴趣了。他今天没说什么,但在唐纳德的葬礼上,他一直缠着我问当年发生了什么。"

"他说他对这个案件很着迷。"

"他也对我说了同样的话,"克里斯蒂娜姨妈说,"当时我很确定他是个记者,我在谷歌上查了他,他的背景全是会计方面的。但这太疯狂了,他竟然翻看汤姆以前的文件。他怎么敢?他在找什么?"

我拿起电话打给他。直接跳转到了语音信箱。我留下了一条愤怒的留言,质问他觉得自己在做什么。

我宣布派对结束了。我的一些客人已经喝醉。斯黛拉搂住我,宣称我是她最好的朋友。我告诉她苏是我最好的朋友,她觉得这很搞笑。娜丁和安吉拉都有点晃晃悠悠。清醒的基兰说他会送她们回家。其他人都想步行回去。他们再次为这精彩的一天而感谢我。

瓦莱丽和劳拉一起离开，留下了我和克里斯蒂娜姨妈两个人。

"我觉得你不应该再跟马克接触了。如果他留下了道歉信息，那还行，但不要回应他。我明天会告诉安吉拉。"克里斯蒂娜姨妈说。

"为什么是安吉拉？"

"他的行为太古怪了。他总是盯着你，谈论你，我知道你告诉过我，他对那个亚洲女孩阿努巴很感兴趣？但他今天甚至都不曾尝试和她说话。他迷上你了，萨莉。而且不太健康。安吉拉是你在村里的非官方监护人。她需要知道。"

我的情绪开始激动。我向克里斯蒂娜姨妈坦白了先前的事，卡罗琳做了什么，以及我试图攻击她。

"我无法想象你内心埋藏了多么强烈的愤怒。但你很幸运，有人在那里阻止你。你的经历太特殊了，萨莉，即使你不记得，也知道他做了什么。这太可怕了。尽管如此，卡罗琳不一样。"

"可怜的乌多和娜丁。还有莉娜。我甚至都没想到卡罗琳的话会对他们产生影响。我明天就打电话给他们道歉。"

"乖孩子。"

"克里斯蒂娜姨妈?"

"怎么了?"

"我是个女人,不是孩子。"

"对不起,那是因为我从你还是小女孩时就认识你了。"

"当时我是什么样子?你第一次见我时?"

"说实话?沉默。简和汤姆对待你的方式仿佛什么都没发生过。第一年他们没让你上学。你总睡觉。简和汤姆为此争论过。她认为你不应该使用镇静剂。如果你不介意我这么说,汤姆有些傲慢,总是坚持自己更有资格。你不喜欢我和唐纳德一起去看你。这让他很伤心,你知道吗?他这辈子从来没有伤害过任何人,但你却总是躲着他。简是唯一能揽着你或拥抱你的人,即便如此,你还是有点挣扎,不过我想这对六岁的孩子来说并不罕见。"

"我从来没有问过我妈妈吗?我真正的妈妈?"

"没有,汤姆决心让你忘记她的存在。"

"他成功了。"

"也许这样最好?我们永远不得而知了。"

我的头垂到了胸前。

"我们去睡觉吧。我们都累坏了。明天孩子们还要回来玩呢。"

孩子们在十二点准时到达。我说过他们可以从十二点待到三点。乌多自愿守在房子前面,我欣然接受。我提醒他也不要让马克进来。我说我们吵架了,我不想见他。乌多没有再问任何问题。我试图为卡罗琳对他的种族歧视道歉,但他说我不需要道歉。

我为孩子们做了些柠檬水,还拿出了剩下的蛋糕。安吉拉来了,承认她宿醉了。

"你没有宿醉药吗?"

"它们并不能消除尴尬。我唱歌了。在大家面前。在病人面前。我在充气城堡上玩,无视我自己的严正警告,在我这把年纪。"

"我注意到了。"我大笑。

"娜丁还在床上。她比我还糟。"

克里斯蒂娜姨妈和我告诉了她马克的事情。

"哦上帝,他到底有什么毛病?萨莉,他第一次出现在卡里克希迪是什么时候?"

"差不多二月或三月吧?我第一次见到他时,他试图让我上他的车,但之后他为此道了歉。而且他非常有礼貌,关心人。但他总是问康纳·吉尔利的调查进展，以及我对童年的记忆。我不止一次要求他停止。他之前也提出过要看那些文件。"

"也许他是那种真实犯罪迷？"

"你觉得他有可能是故意在这里找工作，从而接近萨莉吗？"

"很有可能。"

"他住在哪里？"

"跟苏和肯尼斯住同一栋公寓楼。"

"他的家人呢？"

"他有一个前妻，伊莱恩。他从来没提过父母或兄弟姐妹。原籍是都柏林。"

"你在网上查过他吗？"

"查过，"克里斯蒂娜姨妈说，"没发现什么可疑的。在不同的会计师事务所工作过，但似乎比现在的职位更高。零星有一些照片，都是十五年前的老照片，包括他的前妻伊莱恩·贝蒂。"

"学校呢？"

"我没找到任何二十年前的信息。"

"他有领英档案吗？"

我对领英很熟悉。找工作的时候我注册了。他们给我发烦人的通知，都是一些我根本不可能做或者不感兴趣的工作。

"有，但上面没有提到他的学校。"

我有些困惑："他上哪所学校有什么关系？"

"我不知道，"安吉拉说，"但我得挖一下。"

"还有一件事，"我说，"很久以前我问过他是不是对我有兴趣，他说他对阿努巴感兴趣，但昨天阿努巴告诉我，他在工作时几乎完全无视她。"

"欲擒故纵？"

"我不认为他们彼此喜欢。"

"真的很奇怪。"

苏来接她的孩子们，于是加入了我们在客厅的谈话。她问我是否知道马克要去度假。

"为什么？"

"我看到他往车里塞行李箱和箱子。我问他要去哪儿，他嘟囔说赶时间，然后开车走了。"

"我有一种不好的感觉。"克里斯蒂娜姨妈说。

苏想知道发生了什么事。安吉拉冷静地解释说我们有点担心他，他的行为一直捉摸不定。"我相信会有合理解释的。"苏说，"他对我们总是很好，但今天早上确实有点古怪。"她出去召唤孩子们。

安吉拉建议我们不动声色。万一马克只是个真实犯罪迷，没必要引起骚动或中伤他。他的行为并不违法。

他们一起离开了。我一个人在家里感觉怪怪的。我迫不及待想搬出去。卡罗琳，接着是马克，他们引起的不愉快让我感到不安全。

第二天早晨发生的事情吓坏了我。

我没睡好。我在睡衣外面套上了长袍，下楼去厨房烧水泡茶。早餐后，我在房子里转了一圈，记录哪个物品上都贴着谁的邮递便笺，以便安排取件。我听到前门的邮箱响了，便出去收信。有个信封，寄给玛丽·诺顿，是我出生时的名字。信封上是新西兰邮戳。我双手颤抖地打开它。

是一张生日贺卡。封面是几只毛茸茸的小猫咪，适合小孩子的那种。

今天是你真正的生日，玛丽。四十五岁，9月15日。不确定这封信是否能在正确的日期送达，但我认为你应该知道，这很重要。

信晚了一天。我给安吉拉打电话，但电话直接转到了语音信箱。这是紧急情况。我打给了霍华德警探。她说不要碰卡片，她会派人过来。

五分钟后门铃响了。我躲在客厅里，透过窗户偷看是不是警察。我看到是来收充气城堡的人。他们绕到房子后面，把城堡收拾妥当。我没出去见他们。他们开着卡车走了。他们不需要见我。我已经预付了费用。

半小时后，门铃又响了。我听到了安吉拉的声音。"萨莉，是我！"

我让她进来，还没等我给她看那张卡片，她就说："萨莉，马克·巴特勒并不是他自称的那个人。"

第四十章
彼得，1985年

与父亲对峙之后，我整夜漫无目的地开车，开了好几个小时，而后意识到，除非冒生命危险，否则我对琳迪的处境无能为力。最终我回了家，在早餐时间抵达。父亲对我的归来只字未提。他清楚我没有能投奔的人，没地方可去，也知道我的病会阻止我以任何方式寻求帮助。

第二天晚上我去看琳迪，告诉了她对峙的事。

"所以现在你都知道了，为什么没去找警察呢？"她声音高亢，歇斯底里，"你现在就可以放我走，是什么阻止了你？"

我试图解释说我无能为力，对我而言风险太大。我告诉她父亲暗示我也和她发生过关系，这很荒谬，因为我有病。她沉默了一会儿，然后说："你得的这种病，坏死性还是什么的，倒是挺方便的，不是吗？"

"什么意思?对我来说这不方便。我压根就没有生活可言。"

"他骗了你,所有这一切……"

几个月前,我曾让父亲找一些关于我这个病的最新研究论文。他带回家的是一些打印件,上面的照片有畸形死尸,还有躺在医院病床上的人,被绷带绑成木乃伊,关在隔离病房。上面提到过一家德国诊所的研究,但由于这种疾病的罕见性,进展缓慢且资金不足。没有治愈的希望。

"我打赌你什么病都没有。他用这种病来隔绝你和外人接触。你从来没上过学。你这辈子从来没有过母亲,是不是?她发生了什么?"

我不想告诉她母亲的事:"我不知道。"

"所以你这辈子都只有你爸爸。你知道这有多疯狂吗?摘掉那愚蠢的手套,过来摸摸我,就摸摸我的手或手臂。"她在锁链允许的范围内,尽可能伸出手臂。我往后缩。

"他不会对我撒谎的。"

"他连你母亲在哪里都没告诉你。你现在也知道他对我做了什么。我从未听说过这种病。至少这很可疑。"

"别再说了！"我对她大喊。

"你必须放我走！我们都得逃跑。"我把她锁在里面时，她尖叫着。

我想着我错过的所有生活，如果琳迪说的是真的。然后我想到了兰吉。如果我没有坏死性人类传染病，那我本可以轻松救下他。如果我没有坏死性人类传染病，我就要为他的死而负责。

那天晚上，我什么都没告诉父亲。在前一天翻旧账之后，他表现得好像什么都没发生过。他做饭，我摆桌子。最后，当我们在桌边坐下时，他开始说话。

"彼得，"他说，这是离开伦敦后他第一次叫我这个名字，"你有你的病，我有我的病。"

"什么？"我不高兴地搭话。

"请让我把话说完。我没什么可自豪的。我知道痴迷年轻女孩是一种病，但这是我无法控制的疾病。就像你的病一样。我们生来如此——"

"你可以控制。"我打断了他，我不准备让他把自己描绘成受害者，"你选择了在我母亲小时候把她从花园里带走，你选择了从湖边绑架琳迪，更可恶的是，你还假装是为了我而做的。"

347

我没有质疑父亲关于我疾病的说法。我决定自己去研究这件事。

"我病了,彼得,你指望我能对此做什么?"

"你应该去找警察自首。告诉他们你是谁,你在爱尔兰做了什么。"

"那你会怎样?"

"我会自己看着办。我的妹妹呢?"

"谁?"

"那个在爱尔兰出生的婴儿,在那个房间里!"我提高了音量。

"她对我没用,彼得。我想要一个儿子,但不想要女儿,我并不残忍。我本可以从丹妮丝那里带走那个孩子,但这样会伤害她。"

"你不觉得她已经被伤害了吗?被锁在暖气片上,天知道多少年了。你告诉我踢她,打她,而我还太小,不明事理。你清楚她永远不会反击,因为她爱我。"

"我爱你。"他说,我看得到他眼中噙着泪。他把手放到我的手臂上,我任它留在那里,我太渴望人类的触碰了。小时候我们总是很亲密的肢体接触,可我一步入青春期,这种亲密就显得不那么合适了。

我从电视上学到,长大以后的男孩不会和父亲手拉手走路,也不会紧紧相拥。纵然非常怀念那种触碰,我还是避免了同父亲的肢体接触。在那一刻,我对他感到抱歉。但这种抱歉不足以让我在接下来的一周不去图书馆。

在家里,我和父亲达成了一种默契。他不知道我每天送他到办公室后会去做什么。他以为我在耕地。我们不谈论琳迪。他把钥匙留在了厨房的桌子上。我可以在他工作期间去看琳迪,但我发现我很难面对她。除了送些食物和生活用品外,我几乎不去见她。

在图书馆,我要求阅览所有医学期刊,但他们只有自己的《新西兰医学期刊》。我翻阅了过去五年的每一期。没有提及我的病。我觉得也许是新西兰太小。父亲说过这种病极其罕见。图书馆同意订购《英国医学期刊》《新英格兰医学杂志》和《美国医学协会杂志》的往期刊物。这些期刊都是《新西兰医学期刊》里引用过的。我记得"气泡男孩",他是全世界唯一患有重度综合免疫缺陷症的孩子吗?我的病有多不同?父亲又是怎样在爱尔兰这样一个小国给我确诊的?

自从我开始去商店,去图书馆,去贩卖蔬菜,我在完成所有交易时都戴着有耳罩的帽子和手套，衣服也多穿好几层，以保护自己，尽管在盛夏时节这样很不舒服，而其他男孩都穿短裤和背心。我故意把头发留长，遮盖脖子。我计划留胡子，但胡须仍然稀疏。我知道同我打交道的人觉得我很古怪，但父亲告诉我没必要向别人解释自己，因为没人会理解。尽管我小心翼翼，还是被人撞到过很多次，每次都很惶恐，但从来没有过皮肤接触。父亲负责一切口腔上的问题，所以我的牙齿很好。我有复发性扁桃体炎，但父亲总能用抗生素给我治好。我从来没去看过医生。也许是时候去看一下了。

第四十一章
萨莉

"所以,马克·巴特勒是谁?"安吉拉让我坐到厨房的桌子边时,我问她。

"等你喝了茶再说吧。"她说着按开了水壶。

门铃响了。我急忙和安吉拉去开门,看到一个年轻警察,身上的制服有点过大了。

"我是欧文·瑞利警官,来取一份证据。"他说。

"就在那儿,卡片和信封。"我说着指向了贴着玛莎便笺的桌子。我快速向安吉拉更新了生日贺卡的情况。警察用镊子夹起卡片,放入证据袋中。

"我们应该告诉他马克·巴特勒的事吗?"我问她。瑞利警官疑惑地看着我们。

"我觉得这和警官的调查无关。"安吉拉说,"让他继续工作吧。"

"如果有任何异常情况,你们应该告诉我。"他说。

"这是家里的私事。"安吉拉说。没能让他共享秘密,他显得有点恼火。

我也同样恼火。我关上瑞利警官那边的门,转身面向安吉拉,我说:"告诉我!"

她把我带回厨房,将我推到椅子上,然后继续给茶壶加水。

"上帝啊,安吉拉,我不是孩子了。你到底知道些什么?"

她把两个马克杯放到桌子上,在我对面坐下。

"对不起,我不是想吓唬你。如果我觉得他有危险,肯定会告诉那个警察,但可能完全无关。"

"怎么回事?"我从来不知道安吉拉怎么能这么惹人讨厌。她的眼睛几乎都要蹦出来了。

"好吧,我从哪里开始呢?"

"直接开始!"我尽量不嚷嚷。

"我在脸书上找到了伊莱恩·贝蒂。"

我刻意没有加入任何社交网站。蒂娜建议说这些对我的心理健康不好。我想要现实生活中的朋友,而且现在我的名字众所周知,可能会吸引窥探者,以及,其中可能包括我的亲生父亲。

"马克的前妻?"

"是的，我给她发了一条私信，问能不能和她聊聊马克。我原以为她不会回复或会视若无睹，结果她一个小时内就回复了。我们交换了电话号码，所以我给她打了电话。她很担心马克。"她戏剧性地停顿了一下。

"马克·巴特勒是个麻烦的家伙。结婚前他通过单务契约改了姓氏，理由很充分。"

"他原来的名字是什么？"我问。

"马克·诺顿。"

"那是我的姓氏，或者说，是我生母的姓氏。"

"萨莉，他是你舅舅。"

我很高兴我是坐着的，但仍然紧紧抓着桌子。

"丹妮丝被绑架时他才四岁。他非常喜欢丹妮丝。这摧毁了他的家庭。"安吉拉说。

"等一下，什么？我没在任何记录里看到过他的名字。在录音里，丹妮丝从来没提到过他——至少，我认为没提过？"

"也许她无法将自己与童年，与康纳·吉尔利之前的生活关联起来？她在十一岁时被绑架，二十五岁时被解救。她被囚禁的时间要长过自由的时间。她甚至有可能不记得马克了。接着一年后，丹妮丝在医院去世……"

"她自杀了。"

"是的。根据伊莱恩的说法，他的父母都崩溃了。他的父亲开始酗酒，母亲几乎什么都不管了。他的整个童年时期及之后的青春期，都在追寻线索。丹妮丝的失踪支配了他们的生活。在他十六岁那年，他的父母已经放弃了找寻她，他无法原谅他们。然后，在他十八岁时，丹妮丝被找到了，和你一起。而他无法见她。你知道的，那时她不愿意身边有任何成年男性，包括她的父亲。你的爸爸——汤姆——是她唯一见到的男人。"

"他的妻子告诉了你这些？"

"是的，他们是在都柏林的大学里认识的。人们一听到他的姓，就想知道他是否和如今声名在外的丹妮丝及玛丽·诺顿有关。他的父母搬到了法国，他的姐姐去世了。他是个可怜人，酗酒成瘾，但伊莱恩觉得自己可以拯救他。改名字是她的主意，这样他就能逃脱人们不断的追问。他们结婚时很年轻，二十二岁，她以为一旦他们安定下来，组建家庭，她就可以修复他，他们就可以过上正常的生活。但他仍旧沉迷于寻找绑架姐姐的犯人，并对自己的父母满腔怨愤，因为他们竟然允许你被别人收养。他和其他所有人一样，被告知你已经在英国被收养了。"

"我要给他打电话。为什么他一个字都不告诉我呢？"我说。

"不，等一下，我们得好好考虑一下。伊莱恩说他拒绝要孩子，因为他害怕历史重演，怕他的孩子可能会像丹妮丝一样被绑架，遭受虐待。这就是终结了他们十四年婚姻的原因。他的执迷。就她所知，马克并没有外遇。"

"他对我撒了谎。"

"他和伊莱恩仍旧关系良好。她强迫他去进行心理咨询，让他尝试去找新的兴趣爱好。他确实稳定了一段时间。伊莱恩已经再婚，和新的丈夫及儿子一起快乐地生活，但在你父亲去世后，当你成为头条新闻，被曝光为那个囚禁中出生的婴儿——"

"你让我听起来像动物园里的动物。"

"对不起，我应该更小心地选择词汇。但是，萨莉，就是在那时，马克再次开始执迷。伊莱恩说他去了汤姆的葬礼。然后，他无视她的劝告，开始在卡里克希迪找工作。他急于和你建立联系。伊莱恩甚至联系了他在法国的父母，发现他的母亲已经去世了。他的父亲，你的外祖父，对你的消息分外震惊，但他觉得你对父亲做的事证明了你和康纳·吉尔利一样危险。他打电话给马克，告诉他不要靠近你，但马克不肯罢休。他的父亲恳请伊莱恩干预。"

"还是毫无道理。他为什么不告诉我他是谁？"

"我不知道。但是，萨莉，你得想清楚他想要什么。他只是想认识你吗，还是想找出更多发生在他姐姐身上的事，因而试图阅读你父亲的档案？或者他是在寻觅能够找出康纳·吉尔利的线索？他太厉害了，要了我们所有人。"

"如果这些他全都想要呢？如果他是丹妮丝的哥哥，我的舅舅——"这个词从我嘴巴里说出来有点奇怪，"如果是这样，我觉得他有权查看这些档案。"

"他会因为发现里面没提到他而受伤。"

"也许吧。但他有权知道真相，不是吗？我要打电话给他，面对面问他这一切。"

"伊莱恩很担心他。他也没有接她的电话。我今天早上给梅尔文园区打了电话，他请病假了。"

"蒂娜和我聊到本能和直觉。我觉得他是真的很关心我，但有些时候他会变得很激进，这让我很紧张。作为医生，你怎么看？"

"我无法以医生的身份告诉你——首先,他从来都不是我的病人,其次,就算他是,我也无法告诉你。但作为第三方观察者,并且在过去的二十四小时里与伊莱恩进行了长时间的对话,我觉得至少他需要专业的帮助。他没有犯任何罪。如果非要说点什么,我为他感到难过。"

"我会发短信给他。他可能不会接我电话。"

我发了一条信息给他:我知道你是我舅舅了。我们得谈谈。请给我打电话。

"安吉拉,我不想再待在这个房子里了。我觉得不安全。娜丁说我下个月可以搬进小屋。我不能早点搬进去吗?"

第四十二章
彼得，1985年

坏死性人类传染病并不存在。我在奥克兰看的医生希望我去做个心理评估。

"你百分百确定没有这种病？"

"你从哪里听说的？"医生问我，"你父母在外面吗？"

"这是一种罕见病，有可能是你没听说过？"

"你相信你不能触碰其他人类？说真的，你的父母在哪里？"

"他们在停车。"

"是他们告诉你——"

"那'气泡男孩'呢？"我打断了她。

"那个得克萨斯州的可怜男孩？我觉得他有自身免疫性疾病。在我看来你的皮肤很好。你愿意脱下帽子和手套，或许也可以脱掉外套、毛衣和衬衫，让我仔细看看吗?"

"不!"

"我保证不会碰你。我会戴上手术手套,以确保万无一失。"

我紧张得无以复加。摘下帽子时,我的长发垂下来。摘下手套时,我汗津津的手露了出来。我把背心脱掉,她绕着我走了一圈。"我没看到任何脓肿、病变、伤口。哪里都没有瘢痕。你介意我用听诊器检查一下你的心跳吗?"

她把一个冰冷的金属圆盘按压在我胸口,听了一下:"有点快,我猜是因为你有点紧张,但完全在正常范围内。"

我坚持说:"也许真的是你没听说过,它可能被称为NHC?"

"相信我,在医学院,越怪异的疾病,我们越感兴趣。如果这种病,坏死性传染病真的存在,人人都会知道。"

"彼得,"她继续说,喊的是我以前的名字,我是用这个名字预约的,"你看过精神科医生吗?"

"你的意思是,如果我触碰另一个人的皮肤是不会死的?"

"我的意思是,什么事都不会发生。你要不要试试?"她脱下了手套。

"万一你错了怎么办?"

"我们要不要等等你父母?"她指了指窗外空了一半车位的停车场。

"我从出生起就有这个病。"我说。

"你刚才说你的地址是什么?"她问。

在接诊员那里登记时,我提供了一个奥克兰的虚假地址。贝格斯特罗姆医生拿起面前的表格。我慌忙穿上衣服,戴上帽子和手套。"我要去找我爸妈了。"我说着便向门口退去。她试图阻拦我,从桌子旁一跃而起。

"请等一下。"她说,"我确实认为你需要帮助,但不是那种——"她伸出手,用没戴手套的手摸了摸我的脸。我强忍着没叫出声,夺门而出,穿过候诊室,沿着街道一路狂奔,迷失了方向,花了十分钟才找到车子。

我立刻在后视镜中检查我的脸,以为会看到熔化的皮肤。我能感觉到它在烧灼,但镜子里一切正常。我在车子里枯坐了三十分钟,又惊又惧,但渐渐意识到烧灼感只是大脑给我的预设。事实上根本就没有任何感觉。我捏了一下自己的皮肤，看看有没有因为她的触摸而麻木，但我能感觉到痛。她赤裸的手没有对我的脸产生任何影响。我简直不敢相信。

我开车去了市中心，脑袋里一片混乱，停下来的时候甚至不知道自己身在何处。那是一条小巷，虽然天寒地冻，但我还是脱下了帽子和手套。我把它们留在了车里。我走上一条热闹的街，进了惠特库尔斯书店。柜台后面的男人抬起头，对我微笑。"你好啊！"他说。我说不出话来。我走到奈欧·马许的书架前，给琳迪挑了一本书，然后转向柜台。那人问："外面很冷吗？"我摇摇头，仍旧无法说话，伸出颤抖的手，手里捏着二十元钞票。他从我手中接过钱，没有碰到我，转而去操作收银机。给我找零时，他把零钱放在我摊开的手掌里，同样没有碰到我的手。我把零钱放进口袋，然后握住了他的手。

"非常感谢。"我说。

他似乎很讶异，而我则潸然泪下，他搂了搂我的肩。"你还好吗，小伙子？发生什么事了吗？"我的手在他的触碰下有些刺痛，但没有烧灼，没有变色，只有这个男人的手留下的温暖印迹。我真想把头埋进这个陌生人的肩膀，但我转身离开了商店。

我开车回到罗托鲁阿,我不断加速,心中的怒火也跟着熊熊燃烧。我到达镇里时正好是要去牙科诊所接爸爸的时间。

他在窗户旁挥手,然后走了出来,锁上了门。他坐到副驾,将公文包扔到后座。我在他系好安全带前就发车了。

"怎么这么着急?"他问。

"再告诉我一遍坏死性人类传染病的事。"我竭力压制着声音里的冷漠。

"还挺巧,既然你提起来了,今天我正好给墨尔本的一个免疫学家打了电话,询问研究的新进展。目前恐怕还没有治疗方案,但我想你现在也习惯了,史蒂夫。"

"是吗?那个免疫学家叫什么名字?我可能也想亲自和他谈谈。"

"我觉得你最好把医学方面的事情留给我处理。"

"他叫什么名字?"

"肖恩·凯利医生。"

"爱尔兰名字。有意思。他在哪家医院工作?"

"圣查尔斯医院。"

"好吧。那是综合医院还是专门研究免疫疾病的医院?"

他摸了摸胡子,我瞥了他一眼,看到他正直视我的眼睛。"那是一家专科医院。现在所有的资金都投入到了对一种新型同性恋疾病,也就是艾滋病的研究中。"

没有一点犹豫,但爸爸是个撒谎专家。

"那我到底是什么时候确诊的?我是说,如果我出生在那个附楼里,那你怎么知道我得了这个病?"

"是不是那个小婊子——"

我把视线从路上移开,盯着他:"别这么叫她。"

"哦,看在上帝的分上,史蒂夫,你不能相信琳迪·韦斯顿对你说的任何话。她是坏人。"

"我什么病都没有,这件事上你也撒了谎。"

"好吧,如果你愿意冒这个险——"

"那兰吉呢?我离他只有三英尺远。我本来可以轻轻松松把他拉回岸边,但为了救自己,我让他淹死了。"

"他是个混血儿,对你影响不好。他让你喝酒,在——"

"他聪明又善良。他是我的朋友!"我忍不住大叫。

"看路!"

我们已经偏离了那条回家的小路,驶上了一座缓缓抬升的小山坡。我试图纠正方向盘,但用力过猛,车子转到了对面,冲向陡峭的悬崖。我慌了,踩下了油门而不是刹车。引擎仿佛整整尖叫了一分钟,然后我们冲入空中。我永远不会忘记我们翻滚时发出的声音。后来,警察说我们只坠落了十五英尺,但那感觉就像是从垂直的悬崖滚落,撞上了沿途的每一块岩石,我的头在车顶和挡风玻璃之间来回弹,直至玻璃碎裂。

我以前从来没听过爸爸尖叫。那声音太奇怪了。我张开了嘴,仿佛身处噩梦,发不出声音。鲜血模糊了我的视野,从坠落到停下来的过程中,我能听到金属扭曲和骨头断裂的声音。车子倾覆。我用颤抖的手擦去眼上的血迹。我这边的车门已经掉了。爸爸那边的车门揳入地里,泥土从碎裂的挡风玻璃进入,覆盖在我们身上。我解开了缠绕在膝盖上的安全带,摔到车顶上,然后爬了出去。当我试图站起来时,右脚踝传来一阵剧烈的疼痛。我回头看了眼爸爸。他还在尖叫。他的衬衫血迹斑斑。我看见变形的车体将他挤压在门上。他所卡的位置让他碰不到门。他的右臂断了。汽油的味道充斥着鼻腔，我注意到车尾的灌木丛中冒出一团火焰。

"着火了。"我说，声音颤抖。

爸爸朝我扑来。"救我出去！"他的头被车顶压得偏向一侧。其实我完全可以轻松解开他的安全带，我确信还有足够的时间，我本可以把他拉出来。但我没有那么做。我用胳膊肘撑着身体，拖着那条无法动弹的腿，艰难地往坡上爬，边爬边痛苦地呻吟着。爸爸再次尖叫，乞求道："不要把我留在这儿！彼得！求你了！"紧接着又怒不可遏，"我是你爸爸。救我出去！"当我慢慢爬上路堤时，听到了火焰吞噬一切的声音，也听到了爸爸的尖叫。我没有回头。

黑暗中，我在路边的担架上醒来，急救人员正抬起我的右脚。另一个人赤手托着我的头。我非常震惊，但我不确定是因为他触碰了我，还是因为脚踝的疼痛。我的衬衫和夹克被撕扯成条，扔在草地边上。我的裤子也被剪开了。我不敢看我的脚。急救员用温柔而悲伤的声音和我说着话："你叫什么名字，小伙子？"

我叫什么名字？我筋疲力尽，连开口说话的力气也没有。其中一人说:"我觉得他不会有事的。没有咯血,也没有捂着肚子,所以可能没有内伤。你觉得那是他爸爸吗?"

我尽可能抬起头说:"是的,那是我爸爸。"

在医院里,所有人都触碰了我,护士、医生、警察、社会工作者、牧师。在头两天药物带来的朦胧之中,每一次触碰都令我无比喜悦。我和每个人握手,流泪,对发生的一切疯狂之事放声大笑。他们立刻给我的脚踝做了手术。它骨折了,医生说是干净利落的骨折。六周的石膏加上拐杖,我就能康复如初。

每次有护士或者女医生触碰我脖子以下的部位时,我都会勃起。她们大都注意到了,并且毫不在意,有人亲切地告诉我,无须尴尬,这是完全正常的反应,尤其在我这个年龄。我逐渐感到自己不再那么像个怪物。

我的发际线处贯穿了一道撕裂伤,是因为撞到了后视镜。我的头上缝了九针,让我看起来有点像弗兰肯斯坦的怪物。餐食中规中矩,和我跟爸爸做的一样有益健康。我和四个年纪大我很多的男人共用一间病房。自从七岁时的那两个晚上之后,我从未和任何人共用过房间。这些男人满怀同情地和我交谈。有个护士告诉我,她已经拒绝了一个当地记者,那人想询问爸爸临死前的情况。当我解释说我没有其他还在世的亲人时,他们都显得忧心忡忡。他们称我为孤儿。

医院里的每个人都为我感到难过,我要的一切都得到了满足,包括理发和新衣服。

警方判定爸爸的死是意外。我说我为了避开一只狗而急转弯。在罗托鲁阿,随处都能看到狗,这并非天方夜谭,所以完全可信。警察很友善。他们给了我一个袋子,他们能够从车里和爸爸烧焦的尸体上找到的东西都在里面了:他破碎的手表和熔化的表带,他的假婚戒,一大串钥匙和一个装有税务表单及当天报纸的公文包,是从车里甩出来的。

《罗托鲁阿每日邮报》为我筹款。罗托鲁阿的人民相当慷慨。我接受了当地记者吉尔·尼古拉斯的采访。社工告诉我,虽然理论上我的年纪已经可以独立生活,但她强烈建议我先和朋友们一起生活一段时间。我拒绝了这个提议,坚持说我已经独立生活多年,自己做饭、购物、用自己种的蔬菜赚钱。她对我没上过学、没在当地医生那里登记过感到惊讶。她安排了一位律师打电话到医院,讨论我爸爸的遗产问题。等我康复得差不多后,便可以去办公室拜访他,但在此期间,罗托鲁阿的慈善捐赠将支撑我的生活。我可以换一辆车,这是我最为迫切的需求。

事故发生十天后,我拄着双拐出院,医生建议我尽量休息。每天上午十一点会有社区护士上门探视。社工开车把我从医院送回家,途中顺便买了些吃的用的。

她巡视了房子,确认没有楼梯。一切都被布置得很方便。她没兴趣调查仓库,但确实绕着我的菜地走了一圈。她再次询问我是否想打电话给任何人。我请她帮忙安装电话,她对我们竟然没有电话表示惊讶和担忧。她说她会"紧急处理"此事。她不大情愿地将我独自一人留在了家里。早晨护士会过来。社工拍了拍我的手臂告诉我,我是个勇敢的男孩。我在她的触碰下容光焕发。

我很想念琳迪,我知道她能喝到水。她的食物可能已经吃完,但我现在回家了,她会没事的。她再也不用面对爸爸了。她是因为他才想离开。以后只有我们两个人了。她会乐意和我在一起的。

社工一走,我就从后门的门栓上取下钥匙,将装有杂货的袋子挂在拐杖上,蹒跚着走向仓库。

第四十三章
萨莉

我在九月的最后一周搬进了小屋。所有建筑架构上的工作已经完成。我有了可以使用的浴室和厨房,但还没有地毯和窗帘。墙壁已经抹了腻子,但还没有粉刷。露台区域尚未完工,走廊的地砖还没有铺好。大部分家具还没送到,我用床单临时做了个窗帘,并把旧沙发和厨房的桌椅从老房子里搬了过来。我的朋友们本来也不想要这些东西。我还买了一些便宜的小地毯,随手铺在地上,权当临时过渡。

娜丁把所有承包商都介绍给了我,他们正在完成各种各样的工作。一整天都有人来来往往,让我不太自在。所以我尽量待在外面。

我非常想念我的钢琴,但由于工人还在施工,有灰尘,所以我无法把它安置到小屋里来,因此我去都柏林和克里斯蒂娜姨妈一起住了整整一周,每天弹她的琴。

她听了马克·巴特勒（马克·诺顿）的事后震惊不已。不过，她隐约记得妈妈告诉过她，丹妮丝有一个弟弟。"简比汤姆更了解丹妮丝的家人。我记得她说过那个弟弟已经长大了，丹妮丝最后一次看见他的时候，他才四岁，所以丹妮丝不可能认出他是那个小男孩的。"

爸爸为什么要扔掉妈妈的档案？克里斯蒂娜姨妈叹了口气："你爸爸并不完美，萨莉。"我开始逐渐理解这一点。十几岁时我总是很固执，但妈妈常常强迫我做我不愿做的事。现在，经过近两年的治疗，我已经可以理解妈妈当年的想法是在试图让我融入社会，她鼓励我参加俱乐部，去校园舞会和派对。爸爸反驳她，让我做自己想做的事，时刻进行记录。我想起曾经无意中听到过的一次争吵，妈妈对爸爸大吼："她不是你的案例研究，她是我们的女儿。"

与此同时，蒂娜和我专注于愤怒管理。当我告诉她我对卡罗琳的那份压倒性愤怒时，她帮助我意识到，我正在承受从生母那里学到的愤怒。这愤怒可能来源于她的档案，尤其是那些录音带，以及被尘封的记忆。

"萨莉，你常常对我说，你无法将她视为你的母亲，但你一定亲眼看见过一些事，或者至少也目睹过最极端的情感及身体虐待的后果。每当你或你在乎的人与事受到威胁时"——她指的是我袭击安吉拉的那次，当时她从我这里带走了托比——"你就想发泄出来，就像丹妮丝可能做的那样。愤怒是一种次级情绪。愤怒可能由恐惧或任何使我们感到脆弱或无助的情绪引发。但现在你是成年人了，你没有被锁在房间里。你可以使用不同的力量。你可以使用你的声音，你可以选择离开。你拥有这两样最重要的工具。记住，你不是被锁在房间里的小孩。暴力从来都不是最恰当的回应。"

我有很多需要思考的事情。

马克始终没有回我的短信，安吉拉帮我联系上了伊莱恩，她也没有他的消息。

"我很担心他，"她告诉我，"但他以前也这样过，压力过大时就消失几周，然后再出现，满口道歉，并承诺永远不再这样。这是他的模式。我想你是我的前外甥女？"

她很友好，提出想要和我见面。

"我看还是算了。我们并没有真正的关系,你和我。"

"好吧,如果你是这样想的话。"

"这样很奇怪,不是吗?我们需要做的只是交换信息。我们可以通过电话进行这件事。你不是我的家人。"

"我想也是。"

"马克是我的舅舅,他本应告诉我的。"

"我完全同意。"

苏问我派对后是否发生了什么事。肯尼斯告诉她,马克成了梅尔文园区的谈资。显然,他正因压力而休假,人也不在公寓。大家对发生了什么充满猜测。我告诉了她,因为她是我最好的朋友。苏的震惊程度和安吉拉、克里斯蒂娜姨妈以及我一样。

"阿努巴认为他对你很疯狂。他常常谈论你,总是问问题。直到有一天,她终于让他说得受不了了,因为他在猜测你小时候可能经历过什么。她说那让人毛骨悚然,但其他人都认为他是对你有意思,因为他为'小孤儿安妮'的故事着迷。天啊,这太奇怪了,萨莉,没人知道他现在在哪里吗?"

"没有。"我顿了一下,"我讨厌那部电影。明天的太阳不会出来,在卡里克希迪不会。至少冬天不会。"苏笑了。

"你笑什么？"

"我觉得你无须对音乐剧里的歌词那么认真。[1]"

建筑工人离开小屋前，我让锁匠在所有的门窗上都装了锁栓。然后他们离开了，十月的第一周，我终于拥有了独属于自己的美丽空间和梦中浴室。屋内线条流畅笔直。我几乎不敢相信这美丽的家是属于我的。小溪在玻璃嵌板下方流经室内，并在后院的假山中浮现出来。每一个来访的人都赞美它，仿佛这是我的功劳。我把娜丁的名片给了他们。当钢琴搬进小屋后，我终于有了家的感觉。我觉得安全了，但同时也有些悲伤和恐惧。

虽然我很担心马克，但我更担心的是"S"。卡片究竟是从哪里寄出的，警察们找不出任何线索，只知道它是通过奥克兰的邮政总局处理的，就像所有其他来自新西兰的国际邮件一样。这让我害怕。康纳·吉尔利仍旧逍遥法外。

---

1 "小孤儿安妮"（Little Orphan Annie）是20世纪美国经典连环漫画（1924年起连载）及衍生音乐剧、电影中的标志性角色。在百老汇音乐剧《安妮》（1977年首演）中，主题曲《明天》（*Tomorrow*）以"太阳明天会出来"（The sun'll come out tomorrow）的乐观歌词广为人知。

第四十四章
彼得，1989 年

我花了一段时间才从父亲的去世中走出来。我感觉到那虚构的疾病所带来的重压正在离我而去。我想念他，我恨他，我爱他，但我无法原谅他。没有人可以让我发泄对那些失去岁月的愤怒——那些我本可以去上学的年华，那些本不必让身体在帽子和手套中受罪的岁月，那些属于友谊、社交、运动和派对的时光，尤其是我因轻信父亲的话而失去兰吉的那几十年。

尽管如此，我还是怀念那种陪伴、关心和体贴。

《每日邮报》的吉尔鼓励我写一封公开信，感谢当地人的慷慨，还想再要一张我在家中的照片。我同意写信，但拒绝了再拍照片。多年藏踪匿迹的习惯并没有在一夜消失；逃匿和躲藏的感觉从未离开过我。我想回到匿名状态，因此我从一个小有名气的本地名人变成了一个隐士。我终于有了电话，但没人可以打。

处理父亲遗产的善后工作令人不堪重负，我被指派了一名社工和一名律师，为我处理一切。我并不孤单，但人人都认为我孤单。钱都被转入了我的银行账户。我并不富裕，还需要努力工作来支付账单，但我完全拥有了这栋房子。

人们纷纷问我为什么没有上学，我如实回答，父亲认定我患有一种疾病，社交可能会让我面临风险。我必须参加相当于新西兰国家教育评鉴证书的考试。我取得了相当高的分数，我想相关部门很惊诧，他们按规定给我颁发了证书。社工还帮我完成了税务局登记，详细解释了纳税义务。她甚至说服税务部门不再追缴我之前的收入。挂拐杖的那几周格外艰难，往返理疗诊所和超市采购都得靠社工和社区护士接送。每次在超市装满购物车时，他们都会对我惊人的食量评价一二。他们并没有意识到我是在为两个人采购。

事故发生十天后，当我第一次打开谷仓大门时，琳迪已经饿得半疯了。她正就着包装吃奶酪，往嘴里塞土豆片，同时对我大呼小叫，斥责我竟然留她一个人在这里这么久。我站在那里，等着她注意到我的短发、头上的缝合线和我腋下的拐杖。等她终于发现后，她跌坐回床上瞪着我问："发生了什么？他在哪里？"

我告诉了她车祸的事，导致事故的争吵，以及我如何任由父亲死去。我满含泪水，她的眼睛也闪烁着泪光。我讲完后，她仰起头，头发垂落在肩上，漂亮的脸庞朝向天花板。即便缺了一颗牙，她依然很可爱。"都结束了，"她说，"我可以回家了。"然后她狐疑地看着我："警察在哪里？他们为什么还没来？"

我盯着她看。我从来没想过爸爸去世后，她可能会想离开。她是我仅剩的一切了。

"你是我的，琳迪。我会继续保护你。"我发誓永远不会强暴她，不会伤害她。我告诉她，我任由爸爸死去就是为了让他无法再伤害她，那是事实。我希望我们成为朋友，如果我放她走，这愿望就永远无法实现了。她将脸转向墙壁，号啕大哭，我从来没听她那样哭过。"琳迪，"我温柔地说，"这样是最好的。现在由我做主了。我会照顾你。"

"滚开,史蒂夫!"她用尽全力尖叫。她恨我。如果她真的逃走,就会告诉他们我究竟是谁,在哪里能找到我。我成为绑架琳迪的共犯已经两年之久,所以我继续囚禁她有两个充分理由:我爱她;我不想进监狱。第一个理由对我来说更为重要。

爸爸从前的一个病人给了我一辆旧车。最终,牙科诊所出售,遗产存入了我的银行账户,我可以摆脱社工、律师和护士。我重获独立了。

到了1989年,我二十一岁,开始注意到镇上的女孩们有时会偷瞄我。我以前从不过分在意自己的外貌。伤疤已经褪成了一条细细的白线。除非靠得很近,否则根本注意不到,而没有人会靠我那么近。我饮食良好,定期锻炼。我加入了一个健身房,一直举重和卧推。我在镇上租了一间小店,成了果蔬商。我仍然给小超市供货,也给周围城镇的折扣商场供货。我研究了其他供应商的定价,把自己的价格设置得更低。我和一些人建立了点头之交,有健身房及所供商店的伙计,还有几个客户。如今我可以拥有友情了,可我却不想要了。我不想让任何人同我过于熟稔,因为我有琳迪。她是我的秘密。她不是我的女朋友,目前还不是,但我知道她最终会是的。我做好了等待的准备。

  我对她很好。我看完的报纸都会拿给她。我给她换了正经的床和彩电。不像父亲只买生活必需品,我会买她最爱的舒兹伯利饼干和棉花糖夹心饼给她当周末的点心。我还为她买了一台插电的暖器让她过冬用,因为她总是抱怨冷。每当我离开镇子外出时,都会给她买新衣服、人字拖、女性杂志和口红。尺码经过了反复试错,但我最终搞定了。当她索要卫生巾和棉条时,我震惊于爸爸从未提供过这些。从那以后,我每年批量购买两次,这样她就不用再开口要求,并且永远也用不完。我给她买了钟和日历,好让她知道日期和时间。我还给她买了唱片机和收音机。我做的一切都是为了让她开心。然而,她从没开心过。"你为什么要留下我?如果你不想上床,那你想要什么?我永远都不会成为你的'朋友'。"她说,声音里带着轻蔑,"在我眼里,你永远不过就是个看着我的狱警罢了。如果你还有什么别的痴心妄想,你就是个大傻子。"

第四十五章
萨莉

我终于收到了马克的短信:请不要联系我前妻。不关伊莱恩的事。

我非常愤怒。我只和伊莱恩说过两次话。我也从来没见过她,尽管她曾提出来过。

我立刻回复了短信:行。你到底想从我这里得到什么,马克?这是我最想不通的。然后转念一想,我又发了一条短信:对了,你离开我那天,我又收到了"S"寄来的另一张卡片。那可能是你吗?你是在和我玩心理游戏吗?

片刻后我的电话响了。

"马克?"

"卡片上写了什么?"

"呃,你好啊。"

"我需要知道上面写了什么。"

"我需要知道为什么我的舅舅会出现在卡里克希迪,假装是我的朋友,然后一声不吭就消失了。"

"我确实想告诉你的,真的,但我只是需要确认一下。我本来是要告诉你的。我打算在派对之后告诉你和克里斯蒂娜姨妈。我以为你会像她一样,像丹妮丝。"他的声音嘶哑了。

"马克?"电话里有一阵闷哼声,然后他的声音里带着哭腔。

"我以为你会像她,但你像他。"

"你在说什么?"

"萨莉,你的暴力和好斗。"

"什么?我知道。我正在处理这方面的事。马克,我需要见你。我很受伤、困惑且愤怒。"

"我害怕你的愤怒。"

"我也是。请回来,我们谈谈。"

我花了好大力气才说服他,而且他不愿意到村子里来,所以我安排了周末在芬利庄园见他,是罗斯康芒镇外的一家乡村酒店。

芬利庄园位于香农河畔,改建自一座美丽的城堡。步入金碧辉煌的大理石大厅时,在一堆香槟色长绒沙发之间,我率先注意到的是一架无人看管的三角钢琴。

马克从沙发上站起来,向我招手。我走向他,宛如初次见面。当我们面对面站着时,我向他伸出手臂。他接受了这个拥抱。我心中充满了陌生的感情,当我退后时,发现他正在拿手帕擦眼睛。"你是我舅舅。"我说。

我们坐下来,他已经点好了下午茶,所以蛋糕台很快就被送上了桌。最终,他说:"我看到你了,从客厅的窗户。暴力。你在派对上,对卡罗琳……然后你就像什么都没发生一样重新出现了。"

他看到了我攻击卡罗琳。

"哦,马克,你根本不了解。我被恐惧压垮了。我担心康纳·吉尔利会出现。蒂娜告诉我,我的恐惧是不理性的,但当时我的大脑并不知道自己不理性。"他只是盯着我。

"丹妮丝也是那样的,"我说,"暴力。"

"我姐姐是最温柔的人。她绝不会动手——"

"在我的生父和她之间的事结束之后,她就是会动手。都写在我爸爸的笔记里。"

"请……告诉我她的事。我父亲对她绝口不

提,母亲临终时一直呼唤她的名字……你一定记得什么。"

我再次解释我对丹妮丝没有记忆,但通过录音采访和爸爸的书面报告,我对她印象不错。

"这些原本是要封存的,马克,但发现你是谁后,我就保留下来了。你有权查看并听取所有资料。"

他谈到的第一件事是托比。"那是我的熊。丹妮丝被绑架时,我四岁。我总是跟在她身边。她会和我玩游戏。有时她会把托比藏到前面花园的灌木丛里。我想你会想要这些。我修复并且复制了原件。"他拿出一个信封递给我。里面只有四张黑白照片。一张是个小女孩,穿着圣餐服,戴着面纱,双手合十,双目望天。是个漂亮姑娘,眼睛大大的,两颊有雀斑。另一张是她稍稍长大了一些,牵着一个小孩子的手,那是马克,他则抱着一只小熊,虽然熊很新,但一眼就能认出是托比。她的发色变暗了。然后是她的肖像照,可爱的面庞笑靥如花。我见过这张照片,但只是从网上的报纸档案里看过。最后一张是全家福。马克是个婴儿,丹妮丝皱着眉头。父亲的手搭在她的肩上。母亲面朝怀中的新生儿,笑得很灿烂。

我记得爸爸文件中的照片。成年后的丹妮丝,憔悴衰弱，几乎没有牙齿，单薄，头发无光，愤怒。拼命抓着我。马克也必须看到那些照片。

"这张照片，"我指着那张肖像照，"这是在她被绑架前不久拍的，对吧？"

马克点了点头，眼中泛着泪光。

我想到了阿贝比、马杜卡、苏的孩子们和阿努巴的孩子们。他们的弱小，他们的无辜。我再次怒火中烧，但看向马克时，我控制住了自己。丹妮丝的弟弟。真希望我也有个手足。有人和我分享这些感受。希望有人像他想念丹妮丝一样想念我。

"我不明白，"我说，"你还那么小。你怎么会想念一个认识并不久的人？"

"她主宰了我的全部人生。我最早的记忆是母亲的哭泣，家门口闪烁的蓝色警灯，警察上门。在超市、购物中心、全国各地的度假时，我们从未停止寻找。直到我十六岁时，再也无处可找。我们的餐厅成了一个圣坛。简直就是个祭坛，中间有个银框照片，旁边放着长明不熄的蜡烛。"

"哦，马克。"我想象着身为马克是什么感觉。我设身处地地想象自己是他："你不愤怒吗？"我问。我想换作是我，肯定会愤怒。

"有一天,我放学回家,看到妈妈吹灭了圣坛上的蜡烛。她想放弃了。"他将脸埋进手心,继续说,"我试图重新点燃蜡烛,但爸爸阻止了我。第二天圣坛就拆掉了,照片藏进抽屉。他们停止谈论丹妮丝,停止谈论一切。我们的家寂静无声,我不知道哪种状况才更糟。"

我感到了由衷的悲伤。

"十八岁离家去上大学时,我有生以来头一次觉得自己能呼吸了。我在一个加油站工作,在拉斯敏斯租了一间狭小昏暗的公寓,我过了六个月正常的生活。我和不知道我是谁的家伙交朋友,有了女朋友,频繁打斯诺克。我终于摆脱了一切。然后……她被找到了。"

我任由沉默降临在我们之间,因为我知道接下来的故事,或者说,我自认为知道。但有一个问题令我困扰。

"是匿名举报,对吧?"

"我想我知道答案。是在一个真实犯罪网站上看到的。有个被关进蒙乔伊监狱的家伙声称是他给警察打的电话,告诉了他们丹妮丝·诺顿被拘禁的地方。他在试图入室盗窃时发现了她。"

"什么？什么时候？"

"在基利尼郡的那座房子，你被囚禁的地方。他显然是在向监狱里的同伴炫耀，但他太蠢了，完全没有意识到可以利用这一点为自己争取减刑。不过消息就这样传开了。"

"他还活着吗？我想和他谈谈。"

"不，他在2011年去世了。我愤怒的是，这么多年来，狱警和警察都知道这些事，却从未想过我们可能想和他谈谈。几年前，我想办法通过他妹妹证实了这一点。"

"所以，你说她被找到了？但我们是一起被找到的。"

"我知道，对不起。我父母的兴趣在丹妮丝身上。他们不是不关心你，只是他们无法把你看作丹妮丝的孩子。而对我来说……这是……"马克再次用手蒙住眼睛，"我一辈子都活在这个幽灵的阴影下，而我才刚刚找到自己的生活。姐姐被解救的消息遍布媒体。我再次来到聚光灯下。我的新朋友都想知道关于她的事以及发生的一切。我有时候甚至希望我们从未找到过她，因为从那以后，情况变得更糟了。"

"你是什么意思？"

"我不能探视她,没人告诉我为什么。我以为丹妮丝能给警察提供证词,然后她就能回家了,但后来……就是你。"

"我是她的女儿。"

"但你也是他的女儿。"

我闭上了眼睛。

"我不是想……你看,试着站在我父母的立场上。"

我试了,但这次不起作用。我是个孩子。一个受害者。还是他们的外孙女。

"我希望父母接你回家,抚养你。我提出搬回家协助他们,但他们说你有诸多发育问题。我很抱歉。"

"那你父亲现在怎么想?你告诉他已经找到我了吗?"

马克摇了摇头。"他看到了你对汤姆·戴蒙德做的事。这就够了。他不想了解更多。我试图告诉他我已经联系上你了,你很好又善良……"

"我吗?"

"但紧接着我就看到你攻击了卡罗琳,在你家外面。"

"我当时很愤怒,马克。大多数时候,我可以把愤怒藏起来，但有时，当我感觉受到威胁或脆弱时，怒火就会喷涌而出。我正在为此努力，和蒂娜一起，我向你保证。"

"萨莉，你失控了。"

"我知道。我吓到了自己。很抱歉。但你知道我那天为什么雇了保安，对吗？我担心他可能会出现。康纳·吉尔利。我的花园里有孩子。他知道我住在哪儿。"我思索了片刻，"马克，你有没有想过，我的同情心缺乏有可能是遗传自你们家？你的父母怎么能抛弃我呢？"

他看起来很痛苦："我不知道。"

当我告诉他，在爸爸的文件或丹妮丝的录音中完全没有他的记录时，他也很难过。

"你确定吗？我的名字从来没出现过？从来没有？"

"她没有提到你。很抱歉。"

"我必须听那些录音。"

"回卡里克希迪吧，"我说，"我相信他们还没有把你从工厂里替换掉。"

"我请了病假，但我觉得我可能永远也回不去了。"

387

"马克,你的生活在这里,这里有你的朋友。你还有……外甥女。我也想听听亲生母亲的事。你觉得你爸爸现在能理解了吗?他可能会喜欢我。他是我的外祖父。"

"我不确定。他已经很老了。快九十了。我觉得他承受不了这样的剧变。"

我的存在对我的外祖父而言是个负担,这让我气恼。

"我觉得我们应该一起去看我的治疗师。你和我是同一代人。你可以把我当作你的姐妹?"

"像丹妮丝那样?"

这次我很坚决:"不,不像丹妮丝,不像玛丽·诺顿,就像萨莉·戴蒙德。就是现在的我。你要三明治吗?"

马克笑了。我不知道为什么,但这打破了我们之间的紧张气氛。

"我会回到村里。我会告诉办公室我周一回来。"

"我会向我们的朋友做解释。现在大多数人都已经知道你是我舅舅。他们确实惊讶,但也很同情你。他们会欢迎你回去的。"

我问了他阿努巴的事。他承认是为了让我放松才说自己对她感兴趣。我表达了我的不满。他说他仍然爱着他的前妻。

"我觉得伊莱恩也关心你。"

"她是为我感到遗憾，萨莉。"

"可她曾支持过你。你很年轻就结婚了，不是吗？"

"太年轻了。我太渴望与丹妮丝毫无瓜葛的家庭关系了。"

"你改了名字。"

"那是伊莱恩的主意。她最好的主意。"

"她现在不是已经再婚了吗？她有一个儿子？"他点点头。

终于，我们站了起来，拥抱的时长比我的舒适区要多两秒钟。马克感觉到了："对不起，萨莉，我为一切感到抱歉。"

"我很抱歉你以如此可怕的方式失去了你的姐姐。"

"但我找到了一个外甥女和一个朋友。"

"绝对的。"我微笑。

他离开了，我却徘徊不去，一直盯着那架巨大的钢琴。我们坐在那里时，没有人弹奏它。我慢吞

389

吞地走向钢琴,拉出那张覆盖着天鹅绒的琴凳。我翻开琴盖,把手放在键盘上。我弹奏了许多柔和的曲子,都是些管弦乐,来安抚我的情绪。我闭上眼睛,沉浸在音乐中。

弹完《月光奏鸣曲》时,我感觉肩膀被人轻轻拍了一下。一个身着西装、名牌上写着"卢卡斯经理"的男子站在我身后。我应该先征得他的许可再弹的。

"打扰一下,女士,我们很享受你的演奏,显然你是一位专业人士。"他说。的确有一阵掌声响起。我望向大厅,许多人在鼓掌并向我点头。"我不知道你情况如何,希望你不会感到冒犯,但我想知道你是否可以或者说有兴趣做一份小小的兼职?"

第四十六章
彼得，1996 年

在爸爸去世后的五年里，琳迪试图逃跑的次数明显增多。虽然此前琳迪放弃过，但现在她又开始策划逃跑了。

我给了她一些书写用品，是她过去常常向父亲乞求的。她说她想要铅笔、蜡笔、钢笔，任何可以用来写的东西。

"你打算写什么？"爸爸曾讥讽地问过。

"我想写故事。"她说。

她告诉我，她迫切想要写下关于家人、朋友和家的记忆，因为她害怕自己会忘记。当我替她问爸爸时，他说她忘记过去反而更好，这样她会更容易接受当下。爸爸去世后，我身体一恢复，就给她买了一套水彩笔，一个素描本，一些圆珠笔和笔记本。我告诉她我永远都不会看，我尊重她的隐私。她可以随心所欲地画画或写字，想干什么都行。

同一周，我去了图书馆，归还她借阅的书。她喜欢女人写的书。我不是爱读书的人。我已经不再喜欢少年时代的冒险故事了。现在我所有的书都是非虚构书籍，关于作物轮作入门、DIY、市场营销、创业，偶尔还看些伟人传记。去图书馆的路上，我出于怀疑翻阅了这些书，发现她在书页边缘和空白页上留下了信息，包括她的名字、我的名字和我父亲的名字，详细描述了他对她做的事、她被绑架的日期，还杂乱无章地形容了从湖边到我们家的路线。

我不得不为图书馆买替换的书，并解释说是不小心损坏了。我从未告诉琳迪我发现了什么，但之后的日子里，她的情绪确实有所改善。她的笑容变多了，我们一起看电视时也会哈哈大笑。随着时间的推移，没人来解救她，我能看出她的困惑和愤怒在与日俱增。她对我很暴躁。我毫无反应。我等着一切恢复如常，最终的确恢复了。此后，我时不时从旧货店随机买一些书给她，告诉她这有利于建立她自己的藏书室。她瞪了我一眼，她明白了。

我把爸爸的链子换成了一根柔软但结实的绳子。她花了两天时间用面包刀给割断了。我责备自己竟然没有预料到。那天晚上,我进入房间时,她等在门后而不是房间的另一端。她拿着刀扑向我,但我的反应很快,立刻侧身躲开,因此她只刺伤了我的大腿而非腹部。我把她拖回床上,她像个报丧女妖一样尖叫。她以为我要强暴她。我不是爸爸,但我还是不得不重新装上链子。我用泡沫裹住镣铐。我还允许她每周将镣铐从一条腿换到另一条腿,因为多年来镣铐始终拴在同一条腿上,她跛得很厉害。

还有一次,她试图朝我泼开水,但我总是小心谨慎,避开她的攻击。她也曾试图毒死我,往我的食物里加漂白剂或者洗涤剂(有时她会给我做饭),但味道很明显。我解释给她听,这样做有多么愚蠢。如果我死了,她也会死。没有人会来找她,因为大家都以为她已经死了。她将孤零零地死于饥饿。我试图保护她免受自己的伤害。她已经思维混乱了。

过去几年间,我给谷仓做了一些调整。我在外墙增加了一层绝缘材料、石膏板和瓦楞铁皮。三年前,我发现琳迪在冰箱后面的内墙上挖了个洞。她扯出了大量用来隔音的蛋箱。我当场抓住了她。我没有惩罚琳迪。我抱着她,直到她的哭泣平息,便放开了她。我不是爸爸。

没有声音能传出去，琳迪也不可能听到外面的世界。那是她最后一次尝试逃跑。她放弃了。我们建立了不那么剑拔弩张的关系。她不再问我为什么要把她留下，以及什么时候会放了她。她停止了对我的反抗。大多数时候，我们都是在谷仓里一起吃晚餐。有时她和我并肩坐在我买的沙发上，但我们没有身体接触。我告诉她所有的事，我在爱尔兰的童年，我的母亲，我的妹妹，我们逃往新西兰的经历。她会表示同情，然后问："也许会有小偷试图闯进这里？"真希望我没把一切都告诉她。

夏天我经常让她到外面去，冬天则次数少一点。我让她享受阳光、新鲜空气并锻炼身体。我甚至带她去温泉和房子后面的湖。我们住在那儿的那些年里，从来没见过其他人。我不敢给她买泳衣，但她有短裤、背心和T恤。她抱怨说她不能绑着铁链游泳，但我帮她托住链子的重量，她就能游了。我尽量不去看她从水中钻出来时的身体，但不可能不注意到她流畅的曲线，以及胸部乳头的凸显。之后我们躺在岩石上，一起野餐。尽管如此，我还是没碰她。

然后在1990年的一个隆冬夜晚，我们并肩坐在沙发上看一部恐怖电影，当持斧的凶手逼近时，她把头埋在了我的肩膀上。我本能地搂住她,温柔地抱紧她。她抬起头来看着我,我俯视她那完美的脸庞。她往前探,轻轻吻了我的嘴唇。我回吻了她。那是我的初吻。当她俯身向前,来到我面前时,没有阻止我的手顺着她的后背攀缘。她没有阻止我握住她的脖子。她用脸轻轻摩挲我的肩膀,再一次吻了我的嘴,她的舌头找到了我的舌头,我感觉自己硬了。

她也注意到了,立刻从我身边退开,"我们……我不能……"她说,"你父亲……"

"我和他完全不同。"

"我知道你不同。我从未吻过他。我是说……他强迫我,那不是像……这样。"

我们再次吻了起来,非常热烈。我们的嘴唇完美契合。然后我挪开了。

"晚安,琳迪。"

"可是——"

"我爱你。"锁门时,我说。

虽然用了六年之久,但是到了1996年,我确信她爱上我了。我对此有百分之九十九的把握。1992年我们正式发生关系时,我二十五岁,她二十四岁。

她因我父亲受到了严重的精神创伤,所以我让她来设定节奏,尽管如冰川期般漫长,但她慢慢了解了我不能也不会伤害她,我也不可能放她走。她全身心地信任我。我也全身心信任她。在室内时,我会摘下链子。但每次离开,我还是会锁门。去温泉时,我用绳子代替了铁链。她似乎不再介意了。我多多少少觉得,如果我放了她,她也不会逃跑,但我不能确定。

不工作的时候,我们时时刻刻都在一起。我几乎已经搬进了谷仓和她一起住,只去房子里换衣服、洗澡,偶尔在那边做饭,然后把饭菜带给琳迪。我考虑过把她带进房子的可能性,但风险太大。偶尔会有锅炉维修工或机修工过来,还有一个锲而不舍的债主。

生意糟糕透了。原来的小超市被一家大型连锁超市取代,他们所有的蔬菜都来自设立在别处的中央供应商。我不得不放弃商铺的租约。我现在唯一的零售渠道就是周末市集。我和当地医院达成协议,供应他们需要的所有水果和蔬菜,但不是大医院,为了拿下合同,我给了巨大的折扣,几乎没有收益可言。琳迪也在帮忙。她在杂志上看到一个商品目录广告，我从中订购了毛线给她，她就用这些毛线织围巾和帽子。她给围巾的尾端加上流苏和三角，给帽子加上护耳，就像我以前戴的那种。我把它们拿到摊位上，和我的农产品一起卖。寒冬腊月，我通过她的织物赚到的钱比农产品要多。

我坚持避孕，可琳迪迫切想要个孩子。但这会带来很多麻烦，如今我勉强够支付我们的账单。我们负担不起孩子。再说，我该怎么处理孩子？带到房子里，和我一起长大，就像我当初一样，或是把孩子留在谷仓里和琳迪一起？那里没有空间容纳我们三个人。如果她喜欢孩子超过我该怎么办？我坚持使用安全套，最终她妥协了。我从未强迫她或给她压力。我没有骗她服用避孕药。我曾考虑过，但没有获取途径，而且我希望我们的关系坦白且诚实。

过了几年，当她在1996年初告诉我她怀孕时，我震惊至极。她有两个月没来月经。我不曾注意到。这是我唯一一次对她生气。我怀疑她是否用针刺破了安全套，或是保存了用过的安全套并以某种方式让自己受孕。她发誓说没有。"安全套肯定破了，会发生这样的事的，我读到过。"

"我们养不起孩子，琳迪，你知道的。"

"我可以处处减少开支。我可以开始织其他东西。毛衣,背心。我会把速度提升一倍。我保证,我们能解决的,史蒂夫,真的可以。"她的乞求是徒劳的。孩子已经存在了,我不可能在阻止孩子到来的同时不伤害她。

接下来的几个月,看着琳迪的肚子逐渐隆起,看着她的兴奋与日俱增,我极度苦闷,苦思冥想要如何应对。她很清楚自己无法去产科医院,但她将我作为参照。"你的母亲自己生了两次。如果她能做到,我也能做到。"我开车去奥克兰买了怀孕和分娩的相关书籍。我们俩从头到尾读了一遍。我还订购了产科的医学教科书。

我最大的恐惧是琳迪会在分娩中死去。我竭力装出对此欢欣鼓舞的模样,我想琳迪也在竭力相信我。她不断猜测,今天确信是女孩,明天又确信是男孩。她聊着将来我们可以一起带孩子去温泉,我们会教他或她唱什么儿歌。每时每刻,我胸口的苦痛都在变本加厉。

那是1996年的8月底,琳迪开始分娩。羊水在她洗澡时恰到好处地破裂。我尽可能长时间陪在她身边,因为我怕她独自应对时会出意外。当我走进谷仓时，发现她正蹲在床上，用四肢支撑，我很清楚正在发生什么。我试图忘却二十二年前母亲在那个阴暗房间里临盆的记忆。那时我还太小，无法理解发生了什么。

现在，我做好了准备。我准备了一个急救包，等待着。我用消毒液给所有物品消毒；琳迪在一次次阵痛中喘息不止，我在床上铺上塑料布。阵痛间歇期，她翻身仰卧，但发现那样更痛。似乎没有哪个姿势能让她舒服。最后，她侧身躺下，直到下一波痛苦来袭，浑身大汗淋漓。"这很正常，对吧，史蒂夫？这一切都是正常的对吧？"我试图向她保证，都正常。

七小时后，深冬的暮色降临，琳迪最后一次用力，同时尖叫了一声，这和我以前听到过的叫声都不一样。宝宝的头被挤了出来。我将手深入她体内，设法环住它小小的肩膀，宝宝剩下的部分扑通一声落到塑料布上。完美无瑕的女孩。她被一层近乎紫色的黏液包裹着。我对此有心理准备，或者说我以为有，但没有什么能真正让你对现实做好准备。

琳迪因疼痛、恐惧和喜悦而神志不清，她伸手去抱孩子。"她在呼吸吗？她在呼吸吗？"

我无法判断。宝宝在我怀里蠕动，颤抖。我想把她擦干净，但琳迪贪婪地将手伸向女儿。我把小女孩儿放到琳迪胸口的那一刻，她小小的嘴巴张开来，像小猫咪一样尖叫起来。我被惊奇与敬畏震撼。我用消过毒的剪刀剪断了脐带。琳迪和我都哭了。她因更多的阵痛而颤抖，直至最后一次用力，胎盘排了出来。我给她泡了茶，开始清理一地的血迹。我帮琳迪冲了个澡，我们一起在大大的盆里洗了女儿。我也擦洗了琳迪，仔仔细细。她精疲力竭。

我一直等到琳迪和宝宝双双睡着，才将小女孩儿从她母亲的怀里抱出来，蹑手蹑脚离开谷仓，轻轻锁上了门。已经过了午夜。我把她带进房子，用我从奥克兰旧货店买来的毛毯紧紧裹住，放在我铺了厚厚一层旧报纸的板条箱里。我把板条箱带进车里，安放在副驾驶的脚踏板上，从来没人坐过副驾。然后我驱车前往奥克兰。她一路都没有动弹。

第三部

"我永远也无法对她百分百诚实。"

第四十七章
萨莉

村子里的一切都恢复了正常。我拥有了一份非常适合我的工作。周末，我会开车去芬利庄园弹钢琴。有时工作日也去，如果有婚礼的话。我还可以在休息时享受无限量茶、咖啡和精致的三明治与甜点。再没有比这更好的工作了。

到了十一月中旬，我银行账户的存款已经超过二百万欧元了，是出售康纳·吉尔利的房子所得。要不是因为税务员，本来会有三百万。杰夫·巴灵顿建议我去寻求理财建议，看看如何以最佳方式投资这笔钱，但这笔钱让我感觉很肮脏。我匿名向斯黛拉的无家可归者慈善机构和克里斯蒂娜姨妈曾参与过的年轻人心理健康慈善机构进行了大额捐赠，然后把剩余的钱存在银行，打算想好如何处理它们再说。

马克发现自己很难重新融入村子。尽管我做了保证，可玛莎和安吉拉仍对他抱有疑虑。再次治疗时，我把马克一同带了过去，蒂娜无比震惊，但我解释后，她表示会帮助我们俩。第一次治疗期间马克哭了很多次。这让我很痛苦，我们都同意，目前这段时间，马克和我应该分别去看蒂娜，然后再进行家庭治疗。

马克显然很痛苦，特别是当我把所有文件交给他，他第一次从照片里看到他那孱弱、没牙的姐姐时。蒂娜告诉我要对他诚实，但要给他时间来接纳自己的感受。她警告我，他可能会生气。但我明白，也理解。他很喜欢我的新家，很快就成了最常来访的客人。

生活一直很顺利，直到房子售出后的第二天，也就是11月28日，我接到沙利文太太从邮局打来的电话。

"萨莉。"她说，她仍然习惯大声对我说话。她始终没明白我并不是耳背，"阿斯隆的分拣办公室有一封寄给玛丽·诺顿的信，地址是你之前的住址。他们把信留给了我。我要给你送过去吗？"

我立刻穿上外套，转过街角去了邮局。我用镊子接过沙利文太太手中的信。"这有可能是证据，"

我说,"警察可能需要你的指纹。"

她被逗笑了:"哦,萨莉,你可真有意思。我们现在是在玩什么?《CSI卡里克希迪》?"

当她意识到我没有笑时,便开始大声解释道:"这是一档电视节目,萨莉,关于法医的。"

"谢谢你,沙利文太太,我知道。"

这次我没有面带微笑,径直离开了。信上的字迹很熟悉。是"S"。上面贴着爱尔兰的邮票。回到家后,我给马克打了电话。虽然当时是下午四点,但他说他会立刻过来。

我们一起看着那信封。它比其他信都要厚。我犹豫要不要先报警,但我俩谁都等不及了。马克从工厂带来一些医用手套。他小心地打开了信封,我拿出信件。一个小盒子和信一起掉了出来,同时掉出来的还有另一个大一点的盒子,上面贴了"DNA检测盒"的标签。

亲爱的玛丽:

我出生时的名字是彼得·吉尔利,虽然我从来没有在爱尔兰或其他地方做过出生登记,但我是在爱尔兰出生的。我的母亲是丹妮丝·诺顿,我的父亲是康纳·吉尔利。我是你的哥哥。我早你七年在基利尼郡的那栋房子里出生。我们的父亲在我学会使用厕所后,立即把我带走了。他不允许我见她,也不能见你,尽管我的卧室就在你们隔壁,在父亲为我们建的扩建房里。

随着年龄的增长,我获准出入房子的其他部分。你和母亲始终被锁着。早年,我从未见过其他人,除了报纸上的人,还有后来在电视上看到的人。

我对母亲没有记忆,直到七岁那年,我和她一起在那个房间里度过了一个可怕的周末。我现在才意识到当时的她遭受了严重的虐待和暴行。她当时怀着你,让我害怕。在此我不详述,因为我不想让你难过。我知道你在我离开房间的第二天就出生了,然后我再也没能见过你,除了那一次,父亲逃跑的那一天,他带着我一起。你还记得吗?那时你肯定有五岁了。

我不明白为什么没有人来找我。我知道你我被分开了,但我相信母亲是想念我的,至少在你出生前。她会不会只是忘记了我?

在伦敦,我们的父亲想办法给我俩搞来了假护照,我们搬去了新西兰。在那里我的生活很艰难。

我接受了家庭教育，即便在那之后，他还是继续让我与世隔绝了很久。对我们俩来说，好消息是他已经在多年前去世了。他对我们不再构成威胁。

然而，我并没有感受到摆脱他的自由。我的人生已经备受摧残，毁于一旦。只是因为这个互联网时代，我才能获取关于你或他或母亲的消息。我最终了解到母亲已经去世。两年前，你处理养父遗体后登上头条，我开始调查你后来的经历，以及你现在的处境。之前的报道会让人误以为你是在英格兰被收养的。

报纸随后证实了你并没有谋杀戴蒙德医生。得知了你的"与众不同"时，我意识到你很可能和我一样。这就是为什么我把托比寄给你。我认为他可能会在如此困难的时刻给你带来一些安慰。

给你寄那只泰迪熊时，我完全没想到它会导致警方在新西兰搜捕我们的父亲。我不够深思熟虑，但很显然，你肯定认为是他寄给你的，为了折磨你。警方追查到了我这里，并询问了我，但我撒了谎，否认了一切。我是个懦夫。我很抱歉，但我不想被卷入公众丑闻。我给警方展示了父亲的假护照。我想他们不曾进行过多调查，因为他们没有再来找我。

而且，再怎么说，他们并不是在找一个带着儿子的男人。我不理解。他们似乎没有意识到我们的父亲有个儿子？

今年，我意识到你很可能不知道自己的生日，所以给你寄了生日贺卡，但我不知道要如何或者是否应该向你透露我的身份。我希望我的存在只是一个惊喜，而不是惊吓。抑或，你也许一直知道我？

我联系你的主要原因是我的生活中别无他人了。我从来没有过朋友或同事，但现在我发现了一个或许能够理解我的妹妹。你觉得有可能吗？

我目前在都柏林的一家酒店。我买了一部预付费手机，尽管我不习惯打电话，但如果你愿意和我聊聊，我会努力一下。

我对你唯一的请求就是不要引起媒体或警方的注意。我无法忍受别人看我，我对噪声过敏，讨厌骚动和关注。似乎没有人知道我的存在，我很乐意保持这种状态。因此，我附上了我的唾液样本和一份DNA检测盒，你可以用来确认我的身份。你可以先寄出检测，等有结果再给我打电话。我保证不去你的村子，除非受到邀请。

如果你不想给我打电话，我也能理解。我请了三个月的假，我现在在新西兰国家银行做网络安全主管。我有一张回新西兰的机票，最多只能在这里待九十天。如果行不通，或者你不想见我，我可以回去继续过我孤独的生活。我想，如果像我这样早已习惯了孤独，生活可能也糟不到哪儿去了。

史蒂文·阿姆斯特朗
086 5559225

"哇哦，"马克下意识地感叹，我开始揪头发。马克足够了解我，他把我领到钢琴边。我的手自动弹起了巴赫的《C小调第二号组曲》。

"茶还是酒？"马克问。

"茶。"我说。蒂娜建议过，压力大的时候转向酒精并不是一个好主意。

我刚把手指从键盘上移开，它们就开始颤抖，直到马克把热茶杯塞到我手里。

"哇哦，"他再次感叹，"我们要报警吗？"

"不要，"我说，"我有个哥哥。"

"我们还不能确认。他可能是任何人，可能只是在试探。"马克说。

"但为什么呢?为什么有人会这么做?他能从中得到什么?"

"我不知道。除非他是个记者?"

我举起那个小盒子,打开了它。里面装了个密封袋,袋子里有一个装有黏稠液体的塑料管——是他的唾液。大一点的盒子里装有供我使用的整套测试盒。上面没有名字,只有编号。

我举起DNA检测信息手册。"想搞清楚很简单。你觉得不可信吗,马克?我相信他。他说了除非我邀请,否则他不会来。马克,他如果不确定我想见他,为什么要大老远从新西兰过来?"

"我们怎么知道他之前真的在新西兰?这个家伙可能是——"

"托比。是他寄来的托比。"

"但是丹妮丝从来没有提过他,除非……"马克突然睁大眼睛。

"什么?"

"有一个地方,在录音采访里,她提到了'我的男孩'。"

"我好像不记得了。"

"没错,我一直在反复听那些录音。我希望那是在指我，但说不通。她说了一些诸如不能放开你，因为'他带走了我的男孩'。你的父亲就这件事问了她，但她闭口不谈。录音里充满了静电的声音。我以为她是在说托比。"

现在我想起来了。我也以为她是在说托比。对此，书面文件里没有任何记录。爸爸也漏掉了。

"哦天啊，"我说，在脑袋里算了起来，"她生他的时候才十二岁。"

"你说得对。见鬼。"

"我有个哥哥——"

"但他听起来问题很严重，他可能很危险。"

"你描述的恰恰是两年前的我。"

"好吧。好吧。但是我也要做个DNA测试，以确保万无一失。如果你是我的外甥女，那么他就是我的外甥。"

"马克！"我说。

"什么？"

"康纳·吉尔利已经死了！"

"别急着下结论，萨莉。根据DNA的检测说明，我们可能得等一个月，如果结果证明无误，你就和这个人通电话，好吗？在那之前不行。你必须答应我。

411

我现在是以舅舅的身份说的,好吗?"

我往杯子里倒了更多茶。最初的震惊过后,我简直兴高采烈。康纳·吉尔利,这个笼罩在我整个人生中的恶魔,死了。而我有一个哥哥,一个听上去和我很像的人。一个或许能够完全理解我的人。

等待的过程简直就是煎熬。马克给自己订购的检测盒一到,我们就立马寄出了样本。马克在网上完成了所有操作。他用首字母而非姓氏来标记了我们的样本。"谁知道外面还有些什么亲戚,萨莉你说呢?康纳·吉尔利可能还有其他孩子。我们也不知道彼得是什么样的人。我们得保护自己的隐私。"我被标记为SD,马克是MB,彼得是PG。

两天后,马克找到了提及"我的男孩"的那段音频。这些录音是在数字时代之前制作的。爸爸在询问丹妮丝对玛丽(我)的极端依恋。

汤姆:丹妮丝,我注意到你一直都在看着小玛丽。你知道你现在安全了,对吧?没有人会再伤害你了。

丹妮丝:(无法听清)

汤姆：抱歉，丹妮丝？

丹妮丝：我还是害怕。

汤姆：你怕什么？

丹妮丝：他会带走她。

汤姆：丹妮丝，他不在这里。你永远不会再见到他了。

丹妮丝：他带走了我的男孩。

汤姆：什么？

丹妮丝：不重要了。我不想要他。

汤姆：（语气中带有愠怒）丹妮丝，你明白如此亲近玛丽会对她的成长不利吗？这孩子需要一点点学会独立。玛丽？

（低声耳语）

丹妮丝：别跟她说话。

汤姆：为什么不能？你认为我会伤害她吗？

简：汤姆，也许——

汤姆：嘘，简。丹妮丝？

（一阵嘶嘶声，随后是沉默，接着录音结束了）

"我想知道她说'我不想要他'是什么意思，"我说，"她为什么不想要他？"

"我们不能确定她在说彼得。"

"她说的还能是谁?她说'他带走了我的男孩'。"

"这很奇怪,不是吗?"

马克对我爸爸很生气:"你认为简猜到了什么吗?"

"我不确定。也许她是在暗示爸爸要对她更有耐心。他提到伤害我的那种说法,丹妮丝可能会理解为一种威胁。"

"他对你也这样吗?不耐烦?"马克问。

"完全不是。他对我和蔼可亲,很纵容。但我猜我一直都很顺从。那盘磁带标记的日期距离我们被解救出来已经过了快一年了。在我看来,他已经筋疲力尽了。他在丹妮丝身上没有取得任何突破。她根本不配合,不是吗?"

"在她经历了那一切之后……你很难理解吗?"马克提高了声音。

"对不起。我忘了你认识她。她是你姐姐。我希望我能记得她。"

"又是一件我们要感谢汤姆·戴蒙德的事情。"马克说道,略显苦涩。

"他是在尽他最大的努力,做了他认为适合我的事。"我受够了别人对我爸爸的恶评。他可能没有做到所有他应该做的事，但他做的每一件事都是出于正当理由。我有足够的时间去设身处地想象如果我是他，我会怎么做。蒂娜让我看清了这一点。我已经原谅了他。"我们无法改变过去。"我对马克说。

"有一件事我无法理解，"他说，"如果彼得一直都知道你和丹妮丝的存在，如果他记得康纳·吉尔利说过的话、做过的事，为什么从来没报过警？害怕公之于众是保护恋童癖的蹩脚借口，尤其是在他死后。"

"我理解，马克。我想我会和他一样。他没有做错任何事。为什么他要跟我们那个变态父亲扯上关系呢？"

我无视了他的怒视。

第四十八章
彼得，2012年

琳迪花了五年时间才原谅我把孩子送走。她曾给孩子起名为旺达。在整个怀孕期间，我都在假意顺着她。我觉得让她抱有这个幻想会更容易些。这让她很开心。

夜半时分，我把装在盒子里的婴儿带到了奥克兰圣帕特里克大教堂门口。天气很冷。我希望她能活下来，于是尽可能把她紧紧裹在毯子里。当我走开时，听到她开始呜咽。我径直穿过荒凉的街道，上车开回了家。

回到家时，琳迪已经歇斯底里到了极点。起初，她以为我把宝宝带去了医院，因为孩子有问题，而我什么都没告诉她。

接下来的几年里，琳迪频繁攻击我，导致我不得不重新给她拷上锁链。她用织针、刀子和剪刀刺我，用糖和沸水的混合物狠狠烫伤了我的手臂，还试图用自制的绳套勒死我。有两次都闹进了医院的急诊。那里的工作人员以为我是和同龄人打架。我任由他们这么想。有个护士长威胁说要报警，但她查看了我的医疗记录，看到我就是那个年少时便成为孤儿的史蒂文·阿姆斯特朗时，心生怜悯，转而给我讲了一通与狐朋狗友为伍的坏处。

琳迪气了很多年。我们又回到了从前的生活状态。我住在房子里，把生活用品放在她的谷仓门内，每周一次。我仍旧每天去看她，闲聊新闻里的故事。她毫无回应。被遗弃在圣帕特里克大教堂的婴儿成了全国新闻，我通过广播和电视追踪了这个故事，直到六个月后，宝宝被收养。我松了口气，希望琳迪现在能接受我们的处境，但她未置一词，这表明我们的关系已经结束了。

我试图触碰她时，遭到了强烈的反抗。她几乎不说完整的句子，开口也只是为了重申被释放的要求。"我永远不会再碰你了，史蒂夫，永远。你还不如放我走，让我去找孩子，或者杀了我。"

她也拒绝再为我的摊位织任何东西，钱变成了更为迫在眉睫的难题。为了生存，我得做点别的什么。

我很聪明。我本该去上大学，成就一番事业。年少时我读了很多书，我本可以成为科学家、医生或者工程师。我之所以没有离开琳迪，是因为我无法离开她。所以，我成了一个园丁，我们挣扎在贫困线上。我还是无法放她走。我抱有一丝希望，终有一天她会原谅我。

我在本地社区中心报名了计算机课程，获得了一些基本技能。然后在一家地产经纪公司找了一份办公室助理的工作。他们喜欢我行事低调，不乱问问题。我也不想在周五下班后和他们一起去喝啤酒。三个月后，他们想提拔我。这意味着更多的收入，但这份工作需要带人参观房子。我不想接受这次升职。我从电视上了解了正常家庭的运作方式。我从未拥有过这样的家庭，也不想在别人的家庭环境中面对这种情形。

所以我换了一份工作。我去了一家癌症慈善机构。这份工作包括给整个丰盛湾地区的企业拨打推销电话，劝他们签订月捐协议。我不擅长这活儿。我太不习惯和人沟通了，经理说我的口吻听起来事不关己。我应该打动他们才是。这份工作是纯佣金制。第一个月后，我发现赚的钱比在地产经纪公司还少。

我不断回招聘机构找寻新的机会。

镇上的一家银行出现一个职位空缺。是全职，需要为他们的新计算机系统整理账户数据。面试官对我的自学能力印象深刻。其中一位记得我父亲去世时的新闻报道；他还给我捐过款。他们像对待小名人一样对待我："你就是那个孩子？"

我承认我喜欢独处，也更愿意一个人工作。他们似乎对这个答案很满意。我申请的岗位正是需要独立完成的工作，经过一些初步培训后就能上手了。面试一周后——1999年的9月，我接受了他们的工作邀请。

他们的计算机系统培训要在惠灵顿进行，是住校课程。来回通勤是不可能的。我只能留琳迪一人在家。出发前一天，我一如往常给她带来杂货袋，当我试着和她说话，告诉她我要离开一周时，她把收音机的音量调到最大，淹没了我的声音。

这培训其实一天就可以完成。其他参与者大都比较年轻，他们似乎学得很慢。这套系统其实很容易上手。培训结束时，他们还给我们发了讲解整个流程的小册子。晚上，我们步行回到低档酒店。女孩们一起去吃晚饭，几乎每天早上都有那么几个带着宿醉出现。我买了三明治,回房间边吃边看电视。我拒绝了她们的邀请。一位课程导师提醒我,我的社交技能需要提升。但她赞扬了我学习的速度。

离家这么久让我感到沮丧。尽管我确信琳迪恨我,但我对她的感情并未削弱。我常常想起我把宝宝放到她胸口时,她脸上的狂喜。她从未那样看过我。但她曾告诉我她爱我。在婴儿到来之前,那对我而言就足够了。我经常想象着放了她然后消失,但我能去哪呢?我没有钱买机票,尽管我一直在更新着护照,保证它在有效期内,以防万一。最初,我留了一些钱以备逃跑之用,但我后来不得不用掉那笔钱来支付账单。琳迪知道我的真实姓名和我的全部历史。她会说出去的。我会在监狱里度过余生。也许,她真的曾爱过我,但她现在肯定不爱了。过去几年中,我多次换过谷仓门锁。我知道她永远也出不去。

周五到来,课程结束,我以最快的速度开车六小时回到了罗托鲁阿。到家时已经午夜了,我直接去了谷仓。

她正躺在床上,看到我立刻坐了起来,"你去哪儿了?"她问。她的脸上泪痕斑斑,声音低沉。

"周日晚上我想告诉你,但你不愿意听。"

她突然哭了起来:"我以为你死了。就像上次你父亲去世时一样,但我……我想你了。"

我朝她走去,伸开双臂拥抱她。她倒进了我的胸前。

接下来的几周,我们谈了很多,远超以往,几乎像是在弥补过去几年的沉默。

"我太生你的气了。我接受了你夺走我的自由。我放弃了逃跑的尝试。我违背本意爱上了你。你总是那么善良,那么体贴,和你父亲截然不同。但后来,我只是想要一个孩子。我没有骗你,我保证。这就是为什么我的怀孕宛如奇迹。我从未向你要求过任何东西,很多年都没要过。一个孩子会让我们成为真正的家庭。一个无条件去爱的存在。"

她的话刺痛了我。"你看,"我说,"婴儿总是会生病。我永远无法带她去医院或看医生。你愿意让你的孩子在这里长大吗?像这样?"我指了指这个没有窗户的房间。

她环顾四周,脸上浮现出困惑的表情,我意识到对她而言,这个谷仓作为家的时间比其他任何地方都要久。她在这里住了十六年,一旦父亲离开,她就觉得这里是安全的了。她已经三十岁了。我尽量让这个没有窗户的房间适宜居住,这个屋子对她来说无比正常。我后悔让她意识到,她的处境有多么不正常。她试图逃跑根本不是为了寻找家,而是为了寻找她的孩子。我知道圈养她是不对的,但她已经意识不到这一点了。

渐渐地,我们重新亲密起来,直到她最终允许我回到她的床上。她不再提要孩子的事,我一赚够钱就去做了结扎——是个相对无痛的门诊手术。我再一次解开了她的铁链,她为此充满感激。我感觉自己像个怪物。这是母亲用来形容父亲的词。我记得。

在工作中,我很快就完成了账户的数字化整理。我写信给总部的IT部门,针对他们所开发的程序提出了一些改进建议,使其更加用户友好。我还自学了其他软件程序的使用,后来,我拒绝了在惠灵顿的银行总部担任IT助理主管的升职机会,开始寻找新工作。我从一家跳到另一家——在一家小型股票经纪公司干了一年,在一家保险公司干了两年——但从未远离罗托鲁阿。2004年,我成了罗托鲁阿荷兰拉博银行的IT专家。这一次,我有了自己的办公室。一切都在好转。

2008年金融危机期间,银行裁员,我接受了降薪,但他们需要我，所以我保住了工作。2009年，在美国发生了一起大规模信用卡欺诈案后，我申请了我们银行网络安全部门的职位，并成功入职。彼时我的收入足以让琳迪和我过上舒适的生活。

随着在职场上的晋升，我进入了面试评委的团队中，我尽可能雇用每一个来自毛利的应聘者。过去的种族歧视如今被视为一种可耻的行为。毛利文化正在被"帕克哈"群体接受。现在，毛利语言已经融入了我们的日常通信，每封邮件都以毛利语 Ngā mihi结尾，意为"此致敬礼"。我常常想起兰吉，想起他的潜力足以胜任我们正在招聘的任何职位。他天生擅长数学，这一点是他在努力学习后才发现的。时代和人们的态度已经朝着更好的方向改变了。

我在谷仓的顶上安了天窗，这样琳迪就能享有自然光了。我在电视上方装上了书架，还升级了她的浴室。她没开口跟我提过要求，但每一份礼物或每一次改善，都会让她开心地笑出来。夏天我们一起去温泉的时候，已经不再需要铁链了。她把手放进我手中，我们并肩而行。我为她柔软的皮肤涂上防晒霜，以免晒伤。我们在草地上做爱。她又开始织东西了。

这一切都在酝酿着某种变化，2011年春天的一个夜晚，我没有锁门。接着，整个周末，我都没有锁门。

"你为什么不锁门？"她问我。

"我相信你。我爱你。你可以进屋。"

"不，没关系，我在这里很开心。"

她难道对房子都不好奇吗？我们去湖边时，从来都不经过房子。从谷仓门口也看不到房子。下个周末，我再次邀请她进屋。我拔掉了从未响起的电话，藏进车里。她试探着走进前门，从一个房间走到另一个房间。"这里有这么多空间。"她说。我猜，相比谷仓，确实如此。我让她留下过夜，但在我的床上她怎么都睡不舒服。最终，她轻轻推了推我，告诉我她要回谷仓。我点头表示同意，假装继续睡觉。在她去谷仓的时候，我透过窗户监视她。我远远地跟着她，直到看见她拉开谷仓的门，消失在里面。她关上了门。我彻夜未眠，盯着门，等着她偷偷溜出来。但她没有。

接下来的一周，我打电话给办公室，告诉他们我病了。每天早上，我都把车开到土路上，停在看不到的隐蔽之处。我步行回到房子对面的灌木丛，用望远镜观察她是否企图逃跑。每天晚上"下班回家"时，都会发现她在心满意足地看着电视，或者编织东西，抑或准备晚餐。她顶多就是在房子外面走动，透过窗户往里看。她甚至没有尝试开门，尽管我留着门。她每天晚上都欢欣鼓舞地迎接我，她那缺了牙的笑容无比灿烂，蓝眼睛闪闪发光。

最终，我说服她偶尔进屋吃晚饭，但她在屋里总是显得很紧张。"是你父亲的鬼魂。"她说。确实，房子里还留着一些他的东西。我不知道为什么我会留着他的眼镜和牙医工具包。我立即把它们扔了。我给笔记本电脑设置了密码，尽管她根本不知道怎么用。我有一部工作用的手机。琳迪在电视上见过，但不知道怎么打开。可我还是藏了起来。

几个月过去了，琳迪可以自由自在地去任何她想去的地方。2011年的圣诞节，她送给我一床手工缝制的被子。我们第一次一起在屋里庆祝圣诞。我买了圣诞树和装饰品，她用金属丝和小彩灯进行了装饰。我还买了一瓶酒。我俩都不习惯喝酒，很快就醉了。这是一种愉快的感觉。我们坐在房前的门廊上，如真正的夫妻般互相碰杯。

我考虑过带琳迪进城是否明智。很快我就打消了这个念头。她从未提过这种要求，而且我俩必须共同商定新的名字和背景故事。琳迪似乎已经忘记了她曾被绑架。我不想提醒她。而且我猜她在别人面前可能会表现得很奇怪。不行，琳迪是我的。我不敢同外界分享她。我比以往任何时候都要快乐。她也是。

次年三月，有一天我下班回家，直接去了谷仓，因为她还是更喜欢待在那儿，但我意识到她应该在房子里。我喊着她的名字，从一个房间到另一个房间。我发现了昏倒在浴室地板上的她。她的脸摸上去湿黏而滚烫。她周围的地板上有几摊呕吐物。

前两晚，她就抱怨过胃痛，我让她准确描述症状。她不舒服的时候我总是这样做。然后我就会去药房，描述同样的症状，把他们兜售的药物带回家。她之前形容那是一种横亘下腹部的轰隆隆的痛。我以为是痛经，她也认同，毕竟经期要到了，不过她说这次的疼痛不太一样。那天早上，她更不舒服了，面色煞白。

下班后，我去了药房，描述了这种痛。药剂师让我按压右腹部，当我并没有表现出进一步的疼痛时，她给了我一些Domerid[1]来缓解恶心，以及对乙酰氨基酚缓解疼痛。"这不是阑尾炎。可能是你吃了什么东西，"她说，"要么就是肠胃炎——最近不少人得。"

惊慌中，我用冷水帮她降低体温，将她唤醒。她痛得尖叫，捂着右腹。"该死！肯定是你的阑尾，我得带你去医院。"我毫不犹豫。我自己带她去会比叫救护车快。当我抱起她时，她又尖叫了一声，呕吐物溅到了我的手肘。

"我害怕。"她勉强开口。

"别怕，他们会治好你的。"

"不，"她说，"我害怕他们。害怕人。"

我把她抱到车上时她又昏了过去。我不再在乎后果如何。我甚至没想到要编个名字或背景故事，抑或等待我的牢狱之灾。我把她放到后座，让她朝左边侧卧。她开始剧烈颤抖，但似乎已经失去了意识。每转一个弯，我都会伸手去摸她。在她发出一种奇怪的咕噜声时，我正接近主干道。她整个身体僵硬了一下，随后变得柔软。我把车停在路边，爬到后座。

---

[1] 一种含有多潘立酮的药物，主要用于缓解恶心和呕吐的症状。

她的眼惊恐地睁大，但整个人一动不动。我把手放在她的心脏上，却感觉不到心跳。我摇晃她，把她紧紧抱在怀里。她嘴里溢出胆汁，但我还是吻了她。"求你了，不要，"我低声说，"求你了，求你了，回来。"

我把她带回家，在浴缸里将她清洗干净。她的皮肤颜色变得斑驳。我清洗并梳理她的头发，小心翼翼地不让她的头落入水中。为她洗净擦干后，我给她穿上了她最喜欢的衣服，绿色棉布短裙，橡胶底靴子和柔软的蓝色毛衣。我轻手轻脚地将她裹进从谷仓拿来的羊皮毯里。我得用消毒剂把车内清理干净，才能再次把她放进去。

大约半夜两点，我开车来到罗托鲁阿湖，将车停在空荡荡的停车场。那是一个格外阴冷的秋夜。我把她带到最靠近森林小径的湖边，那是第一次见到她的地方，一个勇敢的小女孩正在爬树。我展开毛毯，将她僵硬的身体轻轻放入水中。那个区域的湖水可能很深，又或是天黑的缘故，她几乎立刻就消失在了我的视线之中。

第四十九章
彼得，2019 年

2012年琳迪去世后，我悲痛欲绝。我是为她而活的。我请了长期病假。我有很多同事，但他们从未成为我的朋友，即便成了朋友，我又怎能告诉他们我生命中的挚爱，我唯一的爱人已经去世了。我无法向丧亲顾问解释这种强烈的依赖和长久的共存关系。即使我说出真相，又有谁能理解？而且我也不能说出真相。

我没有了洗澡或换衣服的理由。有两次，我为了淹死自己而去到湖边，但一触到湖底，兰吉就在那里，把我推回去。"还不是时候，朋友。"他说，或者我以为他说了。我的良心上背负着三条人命，爸爸、兰吉和琳迪。他们三个人的鬼魂全都跑出来嬉戏，无论是在梦魇之中还是清醒时刻。他们都在恳求我救他们，而我本可以救下他们每个人。

我一点一点地拆掉谷仓。我带走了家具碎片,抛撒在各种偏远地区的路边,遍布北岛。最后只剩下一堆石膏板和瓦楞铁皮,我懒得去处理了。至少这里不再像她的家了。然而,在那座房子里,她的存在感依然挥之不去。

琳迪死后三周,在罗托鲁阿湖发现的无名女尸成了大新闻。媒体报道称她并没有溺水,而是死于阑尾炎,穿戴整齐,在水中的时间不足一个月。他们大肆报道她缺失的门牙。据警方称,这是一个重要的识别特征。报道还提到,发现这具女尸的地方,正是近三十年前一个年轻女孩失踪的那片湖。

我得离开罗托鲁阿。我曾拒绝了惠灵顿和奥克兰的工作邀请,但五个月后,最终回到工作岗位时,我主动申请了这些工作。我和罗托鲁阿之再无纽带。也许一个崭新的开始才是我所需要的。另一次重塑自我。2013年1月,我在惠灵顿被任命为新西兰国家银行的网络安全主管。薪酬和条件都非常优越。

为了做好搬家准备,我拆除了谷仓的剩余部分,并用漂白剂从上到下把房子擦洗了一遍。我几乎没有保留父亲的物品,除了他以前那些伪造的身份证明文件。我已经用假名生活了这么久,但我需要一些备用的东西,以防有人质疑我的身份。

我答应过琳迪永远不看她的笔记本。我撕碎了它们,在午夜的长途迁徙中将碎片撒出了车窗。

我卖掉了罗托鲁阿的房子,在惠灵顿港租了一间海滨公寓,尝试安顿下来。我能听到其他公寓里的人们在交谈、欢笑、一起看电视。我能闻到他们家中饭菜的味道。我每天都能碰到很多人,这令我不适。仅仅过了一个月,我就搬了出去,买了一栋位于南卡罗里路上的小型独栋屋,看不到任何邻居,上班开车需要三十分钟。

工作让我保持忙碌。一如从前,我与同事保持着距离,拒绝了他们的邀请,不参加派对和下班后的酒局。我也不参与饮水机旁的闲聊。

我孤独极了。我尝试过在网上约会,但从未建立过真正的关系。尽管如此,如果她们愿意,我还是会和一些人上床。性是匆忙的,身体上令人满足但情感上很空虚。我对联结的需求永远都无法通过陌生人得到满足。

她去世差不多一年后,2013年1月,DNA测试明确将琳迪同她两个仍在世的兄弟保罗和加里·韦斯顿联系了起来。她的双亲含恨而终，永远都不知道女儿发生了什么。一个迫在眉睫的问题留给了她的哥哥们——这二十九年她到底去了哪里。

我想起了我在爱尔兰的母亲和妹妹。我定期在谷歌上搜索她们。有很多信息。真实犯罪网站将我父亲比作卢肯勋爵，但父亲并没有杀过人。没有直接杀过。丹妮丝·诺顿从父亲家中被救出一年后，去世于精神病院。我的妹妹玛丽·诺顿在英国被收养。康纳·吉尔利逃亡。我四处搜寻对康纳·吉尔利之子的只言片语。丹妮丝没有告诉他们我的事吗？她忘了我吗？她疯了吗？抑或只是害怕？我被洗脑得有多深啊。我的父亲很邪恶，而我至少有一半是邪恶的。我必须与这一半共存。我每月都至少查一次丹妮丝·诺顿案件的新进展，这成了我的习惯。

2017年12月，爱尔兰爆出一条新闻。我的妹妹玛丽·诺顿试图火化她死去的养父。我看到了一张她的照片。在托马斯·戴蒙德的葬礼上，她身穿黑色外套，戴着俏皮的红帽子，高挑强壮。她很像我，她的鼻子、眼睛的形状。托马斯曾是我母亲的精神医师，并在丹妮丝去世后秘密收养了我妹妹。我知道玛丽在哪儿了,她的村子,她的新名字。

我心中燃起了一些希望。我有机会做一些好事。纠正一个错误。我记得从她小小的手指中扯走的那只泰迪熊。我可以把它还给她。我小心翼翼地将它包装在一个旧鞋盒里,匿名寄出,并附上了一张简短的便条。

六个月后,我父亲的真名开始出现在互联网搜索中,紧接着又出现在《新西兰先驱报》的版面上。上面刊登了一张拍摄于爱尔兰的老照片,照片上的父亲没有胡须,没戴眼镜,旁边还放了一张画家绘制的他八十岁左右的模拟肖像。他们为什么现在又开始找他?他们是怎样将失踪的恋童癖康纳·吉尔利和新西兰关联起来的?谁告诉他们他曾出没于此?

然后我意识到——是我。我寄出的托比提醒了他们新西兰这边和那些事的关联。我可真蠢。我是个网络安全专家。我一直能够通过安装隐私软件隐藏我的谷歌搜索历史,我也不会愚蠢到在社交媒体上留下任何痕迹,但我正是那个提醒爱尔兰当局注意新西兰的人。现在警方在找他。一个退休的爱尔兰牙医。没有提到儿子。

在2018年8月，我接到了新西兰警方的电话。他们想要询问我关于父亲詹姆斯·阿姆斯特朗的事。他们来到我家。我假装为他1985年死在一辆燃烧的车内而伤心欲绝，这并不难。他们问我在哪里出生，父亲在哪里出生。经过了三十八年，我的故事编得天衣无缝，他们几乎没有在任何问题上追问我。他们问我对丹妮丝·诺顿这个名字有没有印象。我父亲是否用过其他名字？他在哪里学的牙科？我在爱尔兰时住在何处？父亲对其他孩子有没有什么特殊兴趣？为什么父亲让我在家接受教育？

我描绘出一个严格但溺爱的父亲，自从离开爱尔兰后，一直深深悼念我的母亲。他显然对其他孩子没有兴趣，并坚信新西兰的教育系统不达标。我还出示了他的爱尔兰牙科资格证书，上面的名字康纳·吉尔利被巧妙地替换成了詹姆斯·阿姆斯特朗。

我说，我的父亲是一个古怪但充满爱心的人，也是一名出色的牙医，他的任何一个病人都可以做证。我每天都在怀念他。我为自己虚伪的话热泪盈眶。警探为打扰我而道歉，并表示他们不会再来烦我了。话里话外可以听出来他们也心知肚明这是一场徒劳的追查——毕竟他们想要寻找的那个男人的档案里并没有记录还有一个儿子的存在。

我始终关注着关于我妹妹玛丽·诺顿的消息——如今她正以萨莉·戴蒙德的身份,生活在爱尔兰罗斯康芒郡的卡里克希迪。她让我感到些许温暖。我读到的所有报道都将她描述为学校或村子里的"独行侠"或"怪人"。我找不到任何关于她工作的记录。我能懂她。这就是亲情吗?

官方记录显示她的出生日期是1974年12月13日,但我知道其实更早,是1974年9月15日。我清楚地记得那个日期。随着新西兰警方已经将我父亲排除在调查之外,并且没有证据将我们中任何一人与丹妮丝·诺顿联系起来后,我冒险在九月给妹妹寄了一张生日贺卡。我认为她应该知道自己的生日是什么时候。她永远也猜不出是谁寄的贺卡。

十一月初,我收到了一个播客团队发来的电子邮件,发到了我的工作邮箱。

亲爱的阿姆斯特朗先生:
　　我们是位于基督城的霍尼·马塔制作公司,专注于制作新西兰真实犯罪案件纪录片播客。

现在正在努力寻找1981年至2013年间住在罗托鲁阿的史蒂文（史蒂夫）·阿姆斯特朗。

据悉，您与父亲詹姆斯·阿姆斯特朗曾在1983年琳迪·韦斯顿绑架案案发时期居住于罗托鲁阿。虽然警方已排除您父亲与1966年爱尔兰绑架案的关联，但我们仍希望邀请您以"访谈嘉宾"的身份来参与探讨琳迪·韦斯顿的失踪案，以及她的遗体在2012年4月作为成年女性被发现的事件。请问您是不是那个彼时长期居住在罗托鲁阿的史蒂夫·阿姆斯特朗？

我们得知詹姆斯·阿姆斯特朗在1985年的一场车祸中不幸去世。如果您是他的儿子，我们非常希望能听到您在琳迪失踪案发生时的回忆，以及作为一个生活在罗托鲁阿的孩子的成长感受，同时我们也希望了解您父亲成为爱尔兰儿童绑架案嫌疑人的始末。我们注意到，要找的史蒂夫曾接受过家庭教育，这一特殊经历也值得探讨。若您确为我们所提到的当事人，在不触及隐私的情况下，我们也希望简要了解下您对爱尔兰绑架案的看法。您可能对它一无所知，我们暂时也并不确定最终剪辑的版本中是否会保留涉及爱尔兰绑架案的内容，我们还在尽可能地收集数据。

近期我们还发现了一个尚未公之于众的信息，琳迪·韦斯顿有个女儿，1996年刚刚出生就被遗弃在了教堂。琳迪的女儿阿曼达·赫伦已同意参与我们的播客录制，我正期待着之后将此案件开发为电视纪录片。希望可以尽快得到您的回复，当然了，如果我们找错了人，那非常抱歉。或者，如果您就是那个史蒂夫·阿姆斯特朗，但不愿意参与播客的录制，我们也完全理解。目前警方不愿配合我们的调查，这让我们的信息搜集举步维艰。

来自基督城的问候
凯特·恩加塔

我深吸一口气，取消了当天的所有安排。我的女儿，阿曼达·赫伦就在那里，在寻找答案。我在谷歌上搜索她，找到了大量信息。年轻人不知道他们的数据有多容易被获取。几分钟之内，我就找到了她的地址、电话号码、学校记录、奥克兰大学的音乐硕士学位证明，以及她从婴儿时期开始，直至现在与收养家庭的生活照。还有她在合唱团唱歌的照片、和两任男友的照片、骑摩托车穿越旧金山金门大桥的照片,以及在蒙大拿露营车里的照片。最新的照片显示,就在上周,她还身着晚礼服出席了新西兰交响乐团的演出。

阿曼达二十三岁了,和她的母亲一样美丽动人。她灿烂的笑靥、完好的牙齿让我不禁感到震惊。这就是我们的女儿,旺达。我盯着照片,想象我要如何与她开启对话,随后意识到这是不可能的。我必须远离她。

我给凯特·恩加塔回了一封彬彬有礼的邮件,祝愿他们公司的系列节目一切顺利,但给出了"作为新西兰顶级银行的网络安全主管,评论任何个人问题都是极不恰当的。我相信你能理解"的理由,我知道这会加剧她的沮丧,但我很感激新西兰警方没有向业余调查者泄露更多的信息。

我几乎没有在互联网上留下任何痕迹——除了作为银行雇员的档案以外。仅有1985年《罗托鲁阿日报》的一篇报道,记载我在那场夺走父亲生命的惨烈车祸中幸存,以及后续的募捐活动。很显然,霍尼·马塔制作公司必定是给全国每一个叫史蒂夫·阿姆斯特朗的人都发去了同样的邮件。

我给银行的首席运营官发了个邮件，以"紧急医疗私事"为由申请了三个月的假期，但也表明，他们随时可以通过电子邮件联系到我。临走前，我还向我的副手简要交代了下银行在比特币和加密货币业务上的棘手问题——这事儿最近确实让我们很头疼。

一回到家，我便用笔记本电脑订了飞往爱尔兰的机票。我必须回去，必须找到我妹妹。她是我所需亲情联结的关键。

第五十章
萨莉

不出十二天,检测结果就出来了,毫无疑问。彼得或者说史蒂夫就是我的哥哥。马克是我们的舅舅,但祖源网站结果还显示了另一件事。我有一个名叫阿曼达·赫伦的侄女,她是彼得的女儿。他从未提到过他有女儿、妻子或女朋友。他的信让我认定他是个独来独往的人,可能和我很像。但他并非像我那样是无性恋。

是时候给他打电话了。我想独自进行这次谈话。祖源测试结果寄到了我家,马克还不知道。

电话只响了一声,彼得就接了起来。

"玛丽?"他问。

"我叫萨莉,自从被领养后我就一直叫萨莉,所以我更喜欢你叫我萨莉。"

"好吧。"他的声音有些颤抖。

"你还在都柏林吗？"

"是的，我现在正在市中心一个教堂旁的公园里。"

"好的。嗯，我收到 DNA 结果了。"

"是吗？"

"你是我哥哥。"

"我就知道。我一直都知道。"

"那为什么之前你从来不联系我？"

"我在信里解释过。我不知道你在哪里。你在网络搜索中毫无踪影，直到托马斯·戴蒙德去世。"

"抱歉，没错，你确实解释过。但如果你知道我和我妈妈，你也知道我们的亲生父亲做了什么，你为什么从来都没报过警？"

"这很难解释。他给我洗脑了很长时间。他告诉我，我有病。我几乎分不清是非——我无法在电话里说清楚这些。你愿意来见我吗？"

我曾和马克讨论过如果结果证明我们是兄妹会发生什么。

"彼得，我们有一个舅舅，是丹妮丝的弟弟。"

"真的？"

"是的，他也想见你。他会去都柏林接你，带你来我家。"

"什么时候?"

"明天?"第二天是星期六。我取消了周末的钢琴演奏,我得让卢卡斯找个替班。

"这样安排很好,谢谢你。玛丽——我是说,萨莉,你记得我吗?"

"恐怕不记得了。"

"我的妈妈,丹妮丝呢,她提到过我吗?"

"我们有很多话要说,彼得,等见面再说吧。"

他停了片刻:"我不太擅长说话。"

"哦,好吧,从这点来说,我们确实是兄妹。我进行了将近两年的治疗才克服了这一点。"

"是吗?"

"是的。你有朋友吗?妻子呢?女朋友呢?"

他声音颤抖:"没有。"

还不是问他女儿这件事的时候。

"我简直不敢相信我是在和自己的哥哥说话。"

"你还没有告诉媒体或警方吧?"

"当然没有。"

他给了我酒店的地址,我们结束了通话。马克想先彻查一番,确保他没有任何暴力或威胁倾向,与此同时，安排了第二天一早去接彼得的事。彼得想知道之后他要如何回到都柏林。马克告诉他不用担心。我们可以安排他在罗斯康芒的大修道院酒店住几晚。我们对即将发生的事还没有真正做好计划。

第二天早上我一直提心吊胆，一有动静就要到窗边去，看看是不是马克在停车。我收到一条马克发来的短信。

在服务站停了车。他看起来很正常，但相当安静。

苏和玛莎过来敲门，看我是不是还好。那天早上我没去上瑜伽课。我没有像朋友间应做的那样邀请她们进来喝咖啡，但我也没有撒谎。"抱歉，我应该告诉你们我不去了。我有些家事要处理。"

"你还好吗？"苏问，"你看起来有点焦虑？"确实，我一直在朝她身后小路的方向张望，边看边来回溜达。

"是的，是的，我很好，谢谢你。周中我们再见，好吗？"我关上了门，回到厨房。我早早就把三明治做好了。现在已经干了。我开始做新的三明治，鸡肉，火腿，西红柿，卷心菜沙拉。彼得可能是个素食主义者。我对我的哥哥一无所知。

第五十一章
彼得，2019 年

我花了二十八小时才抵达爱尔兰，相比四十年前花了三个月才到达新西兰的那次漫长旅程，这次显得轻松许多。我订购了 DNA 检测盒，寄到了我在都柏林订的酒店。我给玛丽写了信。然后我便开始在城市里漫步。我买了一些冬装，因为这次出行时带的东西很少。即使在小时候，我也从未到过都柏林市中心。都柏林现代、多元的文化，在各方面都让我感到陌生。

信寄出两周后，预付费的手机响了。玛丽没有报警。我有一个舅舅，丹妮丝的弟弟，马克。12 月 14 日他来都柏林接我，然后驱车两小时带我去了玛丽的小屋。他在车里追问他姐姐的事。我记得什么？她提到过他吗？她是怎样的人？这些问题宛如一次突如其来的袭击，我尽量避开了。

我们几乎在高速公路上穿越了整个国家。那天的天气阴沉沉、灰蒙蒙、湿漉漉的。太阳一直没露面。一路坦途。我们在服务站停下来加油,喝了很难喝的咖啡。我不知道该怎么评价马克。作为我的舅舅,他看起来太年轻了,我发现他只比我大五岁而已。他冷冷地说丹妮丝生我时只有十二岁。接下来的旅程中,我们都没有再说话。

第五十二章
萨莉

彼得说他比我大七岁,但他看起来要老得多。他的皱纹很深,脸庞饱经风霜。他的头发短而灰白,发际线有些后移。他刮了胡子,额头上有一道淡淡的白线,是旧伤疤?是康纳·吉尔利造成的吗?他的眼睛——那形状和眸子的淡褐色,以及他的鼻子都和我一模一样。他就是我的哥哥。

我们并没有立即建立起亲密的关系,那是个循序渐进的过程。马克和我早就想到,这次的会面一定很尴尬。一开始,我甚至不知道该如何称呼他。我坚持称自己是萨莉·戴蒙德,而他一生的大部分时间都是史蒂文·阿姆斯特朗,不过现在他要我们喊他彼得。他不善言辞,而我起初也很紧张。他来访的那段时日正值圣诞季,所以我总是被叫去酒店演奏。我支付了彼得在罗斯康芒大修道院酒店的住宿费用，有空的时候我们就在我家里见面。马克总是尽量在场。

第一天，是漫长的沉默与偶尔的寒暄。但是彼得的寒暄甚至比我还要少。直到第二天，我们才聊到父亲，以及他的身份。彼得坚称他并没有像母亲那样受到康纳·吉尔利的身体伤害。彼得早年的绝大部分时间都生活在隔绝孤立的封闭环境中，生怕一种虚构的疾病会夺走他的性命。虚构出这种疾病就是为了让他远离所有人，并让他完全依赖于康纳·吉尔利。我们的亲生父亲残酷，操控欲极强。我的哥哥像我一样孤立，但这并非出于他自己的选择。他非常想上学、想交朋友，但等到父亲去世时已经太晚了，他不知道该如何与人交往。从他那里获得这些信息困难重重，但好在马克很擅长引导他。之后，彼得会回到酒店，马克会回到我家来，逐字分析彼得说了什么，没说什么。马克也很精通解读言外之意。

彼得仍旧对康纳·吉尔利的死感到内疚，因为是他开的车。他额头上的伤疤就是那场车祸造成的，还有他手臂上的严重烧伤，是他试图从燃烧的车里把父亲拉出来时造成的。我们向他保证，他的父亲，也就是我的父亲,根本不值得拯救,但他望向窗外,拒绝和我们对视。

我们在这个问题上发生了冲突。哪怕康纳·吉尔利坏事做尽,彼得还是感受到了他的爱,仿佛这就抵消了他带给母亲和我的恐怖经历,也抵消了他用那个该死的疾病来恐吓他的行径。

"你怎么能为他辩护?他死了我可太开心了。"马克说。

"你不明白吗?"彼得说,"人不可能只有一种面目。你说他是个怪物,没错,他对我们所有人都做了可怕的事。"他看向马克,"他带走了你姐姐,从方方面面摧毁了她。他把萨莉锁起来。他逃亡,拖着我和他一起去世界的另一边,夺走了我的名字,欺骗我,孤立我,但我依旧知道他关心我。我知道他确实关心我。"

我想马克是用了讽刺的语气,他说:"哦很好,那就好。只要他关心你就行了。"

这让我感到苦恼,于是我去弹钢琴了,再之后,他们就都闭嘴了。我弹了一会儿钢琴,然后请马克把彼得送回酒店。这一切都太难了,但彼得在很多方面都跟我很像。我无法自控地感到自己的心在向他靠拢。在那一周里,我们逐渐拼凑出了彼得在新西兰生活的完整画面。

在互联网上,马克和我找到了《罗托鲁阿每日邮报》的档案,讲述了一位备受尊敬的当地牙医詹姆斯·阿姆斯特朗的死亡,以及他可怜的孤儿儿子史蒂文幸存的故事。康纳·吉尔利在新西兰生活了五年,其中大部分时间都是顶着假名在做牙医。彼得护照上的名字也是史蒂文·阿姆斯特朗。尽管马克和我都觉得他应该正式恢复自己的名字和国籍,但他对于让自己的身份合法化感到不安。他目前是凭借九十天的度假签证才留在爱尔兰的。我们提议通过我的律师来了解这件事的实操性,但彼得不大情愿,并且他很怕媒体。对此我们必须小心谨慎,如果做不好,还不如置之不理。我们一致赞同彼得应该按自己的节奏来,由他自己决定何时希望推进此事。

第一周过后,我邀请彼得住到我家来,一起过圣诞节,之后他想住多久就住多久。那天他第一次露出了笑容。我们握了握手。这是我们敢有的最亲密的肢体接触。我拟定了一份关于使用浴室、早餐和就寝的时间表。我们会轮流为对方做饭。我想把他介绍给朋友们,但他对此很抗拒。"求你了,"他说,"我不习惯和人打交道。也许可以一个一个来?"我也理解这一点。马克不再出席我们的所有谈话了,现在的情境给他带来的不适感比我感受到的还多。

圣诞节那天,马克、彼得和我一起吃了午餐。有个问题我一直都想问彼得,但马克说我们应该慢慢来,所以我等到马克切开圣诞蛋糕,我给每个人都倒了一杯波尔多葡萄酒之后,才开口。

"彼得,你知道吗,我们收到 DNA 结果时,那里有一份你女儿的记录,但你从来没有提到过她。"

"我没有女儿。"他说。我打开笔记本电脑,给他看了网站,上面清楚地写着:

PG(代表他的缩写)
阿曼达·赫伦
父母/子女 50%DNA 匹配

我点击了阿曼达·赫伦的名字。她的出生日期是1996年。

"你的确有一个二十三岁的女儿。我以为你说过你没有任何亲密关系或女朋友?"

他将那杯酒一饮而尽,然后重新倒满,沉默不断加深。

"彼得?"马克说,"发生了什么事?你知道她吗?"

"我从来都不知道她的名字,"他说,"我有过几次,你们懂的,一夜情。其中一个女人跑来告诉我她怀孕了,但我不相信她,或者至少,我觉得任何人都有可能是这孩子的父亲。"他说话时一直盯着地板,面容羞愧。我想应该是羞愧。

我心烦意乱。他不像我那样是无性恋。蒂娜告诉过我,这不是我可以问彼得的问题。她坚持说,人们的性生活是隐私。

"我……的露水情缘都是喝醉以后发生的。我从来都不能清醒地和女人交谈。"彼得说。

"好吧,我猜你的家人比你预期的要多,"马克说,"但我们还是一步步来吧。目前对你而言,一切肯定都是压倒性的。"

彼得点了点头,当他抬起头时,眼中满是泪水。这是我们之间另一个不同之处。他会哭。而我不会。

"我觉得她没有我会更好。我不擅长与人打交道,尤其是陌生人。"

"但她也许想认识你呢？"马克继续试探着。

"我不会是个好爸爸，对我来说已经太晚了。我甚至不记得她母亲是谁。"他对自己的女儿不感兴趣。马克比我想要的答案更多，但我告诉他别再提了。

接下来的几周里，我注意到彼得和我曾经一样具有反社会型人格。我能感同身受。在这个世上，他看起来是那么孤独，但他从未表现出任何攻击性或威胁性。

我让他和我一起去见蒂娜，但他不想去。如果我有访客，他总是找借口回到自己的房间，并拒绝接受我的朋友们间接发出的邀请。我们告诉大家，他是马克的表兄，是我的远房表亲，从澳大利亚过来，这几乎已经接近真相了。我们不想提到新西兰，因为我有太多朋友知道我收到过来自新西兰的奇怪邮件。但我们并没有欺骗所有人。安吉拉问我，我们之间是不是有什么事发生。

"和谁？"

"你和那个澳大利亚人。他是你男朋友吗？"

"不是。你知道我没有男朋友。"我吓了一跳，但我发誓要保守他是我哥哥这个秘密。

"你欢迎一个陌生人进入你家,这很不寻常哦。"

苏也说了同样的话。尽管我和彼得彼此喜欢,但还是很尴尬。他通常黎明时分起床,出去散上好几个小时的步,直到晚餐时才露面。我们严格遵循着浴室时间表。我们绝不在任何情况下进入对方的卧室。他隔一天才洗一次澡,尽管我的淋浴那么美妙。我无法理解这一点。他来了没多久就不再刮胡子了,看上去总是邋里邋遢的。我们的谈话往往很生硬。他似乎不喜欢我弹钢琴。只要我一开始弹,就能听到前门"砰"的一声摔上。这很无礼,但这是我的家,如果我想弹钢琴,我还是会弹。

不过我们还是会继续交谈。为什么生父选择把彼得留在身边而抛弃我呢?彼得描述了一个充满爱心、仁慈、溺爱的父亲,聪明且勤劳,但我们都知道他对母亲做了什么,以及他是如何操纵彼得的。

对彼得而言,最难接受的事情是母亲没有提到他的存在。我们给了他录音带和文件,但隐藏了她说"我不想要他"的那盘录音。他阅读了所有资料,听了所有录音。

"她很神经质。"他说。

"没错,因为你那充满爱的父亲。"马克越来越不满彼得为康纳·吉尔利辩护。

"那他的其他'关系'呢?"马克问。

"你是什么意思?"

"我是说,你和他在那边生活了五年。他有没有接近过其他孩子?你不担心他可能会再绑架一个小女孩吗?"

"直到他死前不久,我才真正弄清楚母亲究竟发生了什么。我们为此争吵过。但爸爸只接待成年牙科病人。在新西兰,孩子们的牙科护理由政府补贴,成年病人更赚钱,爸爸在牙科办公室雇的接待员都是男人,这很罕见。他从来没去找过其他孩子。我很确定。"

"我觉得很奇怪,一个如此活跃的恋童癖竟然会突然停止并改变行事方式,尤其是他已经逃之夭夭,也许他找到了瞒着你的方法。"

彼得转过脸去:"听着,我知道你不喜欢我为他辩护。我不认为他曾追逐过其他孩子,但他厌女。他总是说女人愚蠢、丑陋或固执。他不喜欢她们,这是肯定的。"

"你知道吗,"我小心翼翼地说,"我觉得康纳·吉尔利可能在年轻时被他母亲搞得一团糟。"

"是吗?"彼得说,"我问过一两次他父母的事。我对祖父母很感兴趣,你懂的,但他会马上陷入沉默,然后转移话题。"

"你为什么这么认为呢,关于他母亲?"马克问我。

"这是他妹妹说的。"

"他妹妹?"彼得问,"你是说我还有个姑姑?"

"是的,对不起,我应该早点提到她。几个月前她去世了。我只见过她一次,和克里斯蒂娜姨妈一起,在我上了报纸之后。她主动联系了我,我也不知道她为什么那么做。她很痛苦。我怀疑康纳·吉尔利也毁了她的生活。"

"她是怎么说他们的母亲的?"

"更像是随口说的一句评价,但我对此想了很多。她说父亲在他们小时候就去世了,他们的母亲期待康纳在各方面都能顶替父亲。她说这很变态。她就是这样说的。"

"上帝啊。"马克感叹。

彼得沉默了片刻:"她……正常吗?"

"玛格丽特?我想是的。但我认为她见我可能是出于某种责任感。"

"你没有什么感觉吗……对她的死？你之前从未提到过她。"马克说。

"我为什么要有感觉？我只见过那位女士一次。她看起来人很不错。两兄妹之间竟然如此天差地别，真让人惊讶。"

彼得看着我："我们就不同。"

"我们并没有那么不同。两年前，为了避免与人交谈，我还装聋作哑过。"

他笑了："这是个好主意。"

另一个晚上，彼得告诉了我们他和丹妮丝共度的两个夜晚。马克想了解每一个细节，但根据推算，彼得那时才七岁。他的记忆很模糊。他唯一记得的是她很可怕，并且当时已经处在孕晚期。马克追问细节，彼得唯一有印象的就是她似乎没有门牙，而且她很痛苦。在年少的彼得看来，她很老。互联网出现后，他才得以开始调查，那时才震惊地发现我们的母亲当时只有十九岁。

我联系了警察，要求他们归还我的泰迪熊托比。他们同意了，说托比没有进一步的取证用途。现在既然知道是彼得把他送给了我，那我还是很乐于把它要回来的。

步入2020年1月中旬，彼得变得忧郁而沉默。他几乎停止了交谈。当我逼问他到底出了什么问题时，他说了诸如想念南半球夏天之类的话。我问他，如果能够凭借他的经验和资质找到工作，他是否打算留在爱尔兰。他坦白不知道该怎么办。我提出教他弹钢琴，但他冲我吼道："你不能通过弹他妈的钢琴来解决所有问题，玛丽！"

我很震惊。他离开时狠狠摔上门，留下我一个人心烦意乱地大喊道："我的名字是萨莉！"

我不想告诉马克，因为我觉得他并没有完全信任彼得。彼得回来后，直接进了自己的房间。第二天早晨，他嗫嚅着道了歉。我谨记蒂娜教过我的所有应对机制。我冷静地告诉他，我需要在自己的家里得到尊重，我也在处理自己的愤怒问题，如果他不去接受治疗，他就必须离开我家。

接下来的几周里，我们彼此小心翼翼。他不断承诺会去见治疗师，但每当我逼问细节，他就又开始沉默不语。我有多关心他，他就有多让我生气。蒂娜说这在手足之间很常见。

我终于想到要如何处理银行账户中出售康纳·吉尔利房产的那笔钱了。这也同样是彼得的遗产，尽管玛格丽特从来都不知道这一点。彼得有权获得其中的百分之五十。有一天,当他找我借钱时,我告诉了他这件事。

"你可以重新开始,彼得,在这里,在爱尔兰,这是属于你的地方,"在解释钱的来源时,我说了这番话,"你可以在村里买一套舒适的房子,甚至有足够的钱可以开个公司。如果你不想工作,彻底不工作也没关系。"

"我不明白。"他说。

"这是你的遗产,父亲那栋房子卖掉了。"

"你这是什么意思?"

"玛格丽特在遗嘱里把房子留给了我。"

"你卖掉了房子?"他提高了声音。

"是的,但我会把销售所得的一半给你。"

"要是我早知道……我会留下那栋房子。那是唯一让我觉得像家的地方。我和爸爸一起住在那里,很幸福,直到你来了。"蒂娜会说他的愤怒是不理性的。我卖房子的时候根本不知道他的存在。

"但你的母亲被铁链锁在墙上,你从未看过她。你也从未看过我。"

他没有接话。

他越发不愿跟我沟通,但他在处理钱的问题上倒是很干练,毕竟他在银行工作,所以知道自己在做什么。他建议我把钱转入加密货币,因为他还没办法在爱尔兰开设银行账户。我向他保证,他需要多少现金我都可以给他,直到我们能够拿到他的合法公民资格与身份,但他很怕媒体,如果他们知道臭名昭著的康纳·吉尔利在爱尔兰有个活生生的儿子,必然会出现大规模的报道。我能理解他的想法。这种大新闻很难保密。

我对比特币一无所知,但彼得已经有一个账户了。我唯一需要做的就是去银行,让他们直接转账。银行小题大做,把经理叫来和我谈话,试图说服我这笔交易非常不正规。我提醒她这并不违法,而且这是我的钱。

转完所有钱的第二天,彼得说他想在爱尔兰旅行一段时间。我觉得这是个好主意。我们已经在一起憋家里快十周了,虽然慢慢了解哥哥的过程很不错,但他不愿做出任何改变或进步的态度让我很沮丧。我相信在接受治疗前我也是那么糟糕,但安吉拉让我努力与人交往时,我做到了。他却没有。

奇怪的是,他并没有和我说再见。翌日早上我醒来，他已经不在了。他离开的前一晚，我正在弹钢琴，而他刚散步回来。他说："爸爸以前也常常弹琴，你知道吗？在我们住在爱尔兰的时候。他弹得和你一样好。我很抱歉，但我无法忍受这个声音。"

我猛地合上琴盖。

他把房子收拾得一尘不染，但我觉得奇怪的是，他带走了自己的所有东西。他还带走了托比，这让我很恼火。

马克对他突然不告而别感到担忧。我没有告诉他关于那笔钱的事情。

像往常一样，我依旧会为彼得辩护。"他去旅行了。你看得出来，这一切让他不知所措。也许他是想四处看看，寻个落脚的地方。他的假期签证月底就到期了。他很快会去找警察。我觉得他应该决定留在爱尔兰了。我希望如此。"

我在他身上看到了很多自己的影子。我对他充满了温暖的感情。也许我很爱我的哥哥。

我给彼得打了几次电话，但他一次都没接听。马克越来越担心。

一周后，我收到了一条彼得发来的短信。

玛丽，我想了很多。我无法融入这里，无论我多么努力，都适应不了你哥哥——马克外甥的身份。我在都柏林机场准备回新西兰了。我们不要保持联络，这对所有人都好。我不想伤害你，我很感激这笔钱。我会好好利用它。祝你和马克一切顺利。你已经尽力了。我精神不正常，没有任何治疗方法能治好我。我一个人更好。

我扯下几绺头发，失声尖叫，直到玛莎从对面跑了过来。

第五十三章
彼得，2020 年

当马克说"乡间小屋"时，我脑海里浮现的是那种新西兰旅游海报上常见的爱尔兰茅草屋——是只有一个房间的小房子。虽然这栋房子有个岩板屋顶，正面看着也不大，但内部的一切都是崭新的、现代的、干净的。玻璃砖块下还有一条小溪纵贯全屋。我从来没见过这样的东西。至于玛丽，她和我预想的也完全不一样。她一直盯着我的脸看，直到我移开视线。我们不知道该对彼此说些什么，然后，她握了握我的手，走进另一个房间弹起了钢琴。琴声唤起了我小时候和爸爸在一起的回忆——我被锁在卧室，听他弹奏。马克告诉我这是因为震惊，说她过几分钟就没事了。他在这里似乎很自在。进村的路上，他还给我指了他的公寓，马克和玛丽似乎很亲近，我猜家人可能就该这样吧。

我们吃了三明治,喝了茶,后来又喝了酒,吃了意面。我不习惯说那么多话,但他们有无穷无尽的问题,关于丹妮丝,关于玛丽小时候。她不断纠正我:"我叫萨莉。"我总是弄错,但最终还是习惯了。当他们终于说有出租车马上会来接我去隔壁镇上的酒店时,我松了口气。谈话以及隐瞒信息令我筋疲力尽,我不得不谨慎选择说什么和不说什么。

回到酒店后,我睡得断断续续。在都柏林的旅馆里,我没做过梦,我以为这预示着我终于找到了归属之地,但同马克和萨莉共度一晚后,所有噩梦都回来纠缠我了,琳迪、兰吉和爸爸。

第二天,萨莉来接我,我们去了她村里的咖啡馆。这一次,我问了始终困扰我的问题。为什么她不记得我?我们的母亲没有告诉她关于我的事吗?她解释说她的精神科医生养父给她服了药,她对母亲没有任何记忆。我既宽慰又嫉妒。宽慰的是她不知道我对母亲做了什么,但嫉妒她可以忘记一切。有太多的事情我想忘个一干二净。她问了父亲的事,我能看出,父亲对待我们如此悬殊令她失望。我唯一能给出的解释只有"他厌恶女人。"这个解释似乎不够充分,却是我唯一能说的理由。

接下来的一周,我们花了很多时间相处,和马克舅舅一起。我喜欢她。有时候她会说一些奇怪的话。她希望我去看治疗师,但我害怕有人能看穿我的内心。琳迪之后,萨莉是我唯一真正交谈过的女人。当她邀请我住到她家时,我很宽慰。我能看出她对我很满意。萨莉似乎很有钱,但她的钱从哪里来不关我的事。她想让我见她所有的朋友,但要假装成表亲。我做不到。我有太多的谎言要平衡,无法再应对更多。

尽管我喜欢她,可却忍不住地嫉妒她。她在妈妈爸爸身边长大,上过学,参加过体育运动,而所有这一切都曾将我拒之门外。据她自己的说法,她浪费了所有这些机会,过着与世隔绝的生活,直到最近几年才有了改变。她现在有了朋友,还有了一份弹钢琴的工作。除她之外,我的生活里没有其他人,而且我永远也无法对她百分百诚实。

我所渴望的联结不在爱尔兰。萨莉和马克都不能给予我所渴求的感觉。萨莉特别高兴我在这里,马克没那么乐意。我始终无法放松,哪怕片刻。我头脑中的紧张感也从未消散。我需要琳迪,或是像她那样的人。

我定期用笔记本电脑处理工作,并告诉公司的人我正在处理自己的健康问题。他们非常了解我,没有过多打探。出现过几个问题,常常是在半夜,我都远程处理了。我需要这份薪水,直到我弄清楚接下来要做什么。我不能无限期地住在萨莉家,但我能留在爱尔兰吗?我应该回新西兰吗?我的家在哪里呢?

吃圣诞午餐时,萨莉提到了阿曼达·赫伦。我没想到她会出现在祖源网站上。一开始,我否认知晓她的存在,但马克颇为怀疑,我便谎称有过一些露水情缘。他们给我看了网站。阿曼达就在那儿,我亲手接生的孩子,"50% DNA匹配"。我告诉他们我不想了解。网站上与她相关的我的首字母是PG。至少,这让我感到些许安慰。如果有人去查,我在新西兰的首字母是SA。马克和萨莉没有提供其他信息,甚至没提他们的出生日期。

但我低估了那些业余播客制作者。1月12日,我的邮箱收到了一封邮件。

尊敬的阿姆斯特朗先生：

我为再次打扰您而感到抱歉。通过排除法，我们相信您就是康纳·吉尔利的儿子，也就是詹姆斯·阿姆斯特朗的儿子。

最近有一些浮出水面的信息让我们更为关注您的父亲。我们在这个国家没能找到他的出生证明，而在詹姆斯·阿姆斯特朗可能获得资质的年份，也没有他在爱尔兰学习牙科的记录。我们相信他所持的证书是伪造的。

我们从一位退休的警察那里了解到，他见过詹姆斯·阿姆斯特朗，当时他曾陪一位女性去警察局报案，她十几岁的侄子兰吉·帕拉塔失踪了。帕拉塔在距离您家几英里的湖中溺亡，就在罗托鲁阿。我相信您就住在帕拉塔家隔壁。当时他的死亡情况并没有被进一步怀疑，但鉴于最近发生的事件，我们想知道有没有可能，您的父亲不光涉及一名爱尔兰女孩的绑架，同时还可能与兰吉·帕拉塔的溺亡以及琳迪·韦斯顿的失踪有关。

还有一件事。如您所知，这个播客故事最初是关于1983年琳迪·韦斯顿的失踪案以及阿曼达·赫伦想要了解自己的母亲究竟发生了什么。就在最近几周,阿曼达的生父出现在了祖源网站上。我们对他知之甚少,除了他的首字母——PG——以及他的DNA显示他有98%的爱尔兰血统这一事实。

我们知道詹姆斯·阿姆斯特朗不可能是阿曼达的父亲,因为他在她出生前十一年就去世了。但他在琳迪失踪时就居住在罗托鲁阿附近,也就是兰吉·帕拉塔隔壁。就我们所知,他确实在爱尔兰居住了一段时间,并且在罗托鲁阿做了五年牙医。爱尔兰要找的那个人是一名执业牙医,同时也是玛丽·诺顿的父亲,玛丽·诺顿是他绑架的那个女孩所生。

我知道让您接受这些真的很难,我为向您提供了这些可能令人不安的信息而抱歉。

您是否也有可能是被绑架的?我们真的希望能够尽量多地获取关于您父亲的信息。虽然这一切可能是一场误会,但我们希望可以在您的帮助下澄清这一点。

我明白您目前正在休假,离开了新西兰国家银行,我们无法获取您的地址或手机号,这在情理之中。如果您在查看电子邮件,请尽快与我联系。我的所有联系方式都在邮件顶部。

　　此致
敬礼

凯特·恩加塔

　　我盯着屏幕,把邮件读了一遍又一遍。相比警察,这些业余人士离真相更近。凯特·恩加塔没有提到将这些最新信息交给过警方,但毫无疑问,她迟早会这样做吧?

　　我粗略浏览了一下霍尼·马塔制作公司的网站,显示这是由一个女人独自运营的。这个凯特显然很聪明,她找到了来自罗托鲁阿的退休警察,并获知了我们住在兰吉隔壁的信息。

　　我喉咙发紧。我陷入了困境。我得决定下一步该如何做。如果我告诉萨莉我们的爸爸绑架了琳迪,她会怎么说?我可以谎称她已经逃脱,我压根不了解她后来发生了什么。萨莉可能会相信这个谎言。她似乎对别人说的话照单全收,但马克总是怀疑我。很显然他不信任我,也绝不相信爸爸从离开爱尔兰的那天起,就不再是个"活跃的恋童癖"。他们会逼我去警察局。我不能让这种情况发生。

一周后,我回复了凯特的邮件。我必须混淆她的视线,同时争取时间。

亲爱的凯特:

感谢你的邮件。我目前不在惠灵顿,正在处理个人健康问题。

我对你收集的信息感到震惊。但恐怕你怀疑错了。我爸爸确实和这些孩子的死亡或失踪无关。他唯一的名字就是詹姆斯·阿姆斯特朗,我家有他的出生证明复印件。我在爱尔兰生活时还很小,对母亲有美好的回忆。他们婚姻幸福。我们住在爱尔兰西北部的多尼戈尔。我是独生子。事实上,在我出生六年后,母亲便死于分娩,同时去世的还有我弟弟。

母亲去世后,我们搬回了新西兰,当时我们的确买下了兰吉·帕拉塔家隔壁的房子。我记得他失踪的时间。我可以确认爸爸确实开车送过他的姨妈去警局。据我们所知,兰吉因醉酒溺水。附近不是找到了一些喝光的啤酒罐吗?我对他不是太了解。

至于琳迪·韦斯顿,我记得很长一段时间她的故事都占据了新闻头条。但她是圣诞节左右从罗托鲁阿湖消失的,而那时我和父亲还在南岛的瓦纳卡度假。我记不清我们住过的汽车旅馆的名字了,但我确定这些都可以核实。父亲的老病人或许还记得他每年圣诞都有休两周假的习惯,我们总会在假期一起旅行。

我很乐意在我的健康问题解决后和你见面,虽然还要过一两个月才有可能。我为你的研究误入歧途感到遗憾,并祝你在追寻真相的过程中取得成功。

此致
敬礼

史蒂文·阿姆斯特朗

再一次,我的自由岌岌可危。我提供的所有事实在细节上都很模糊,难以验证,几乎没有人会保留1983年的记录,尤其还不是数字化的记录。我让我的"健康问题"听起来像是癌症,这样她就不会再继续纠缠我,特别是在我坚决表示她的故事有误的情况下。我足够警觉地封锁了我的IP地址,这样就没人能知道我在爱尔兰。

尽管如此,她还是坚持不懈。我不知道她是否会相信我说的任何事。她可以要求查看我父亲的出生证明。但依据我的工作经验，任何东西都可以在暗网获得，包括伪造的出生证明。她似乎并没有对我产生任何怀疑，可这会不会是个陷阱？她是不是假装担心我也同样遭到绑架？她是否怀疑我是爱尔兰人，并且就是阿曼达的父亲？如果我真的同她接触，她肯定会要求我做DNA检测，那就更难回避了。我打算去暗网上搞个新护照，换个名字和国籍。我下载了Tor搜索引擎，这一天剩下的时间，我全都在浏览网站，上面出售的东西令我震撼。一些用户警告说FBI遍布暗网，但他们的关注重点是毒品、枪支和人口贩卖。

我估摸等到第二天，新西兰时间的早晨会收到凯特的道歉回复。我确实收到了回复，但并非我所希望的那种道歉，而且是将近五周后才发过来，这几周我几乎没怎么睡觉，食欲尽失。

亲爱的阿姆斯特朗先生：

很抱歉听闻您正承受个人健康的难题，祝您早日康复。希望您不要介意，但我只有几个非常简单的问题想问。您于何时何地出生于新西兰？您知道医院的名字吗?这个信息对我的调查非常有帮助。

  此致

敬礼

凯特

  对于我的那些所谓的"保证",她没有给出任何回复。或许她仍然认为我是被绑架的,但邮件的简略让我觉得情况有变。我没有再回复。

  我登录暗网,想要搞个新身份。价钱远远高于我的预期,十七万新西兰元或十万欧元。如果我能从萨莉那里借点钱,便刚好能负担得起,但那样我也会变得一无所有了。我不能在爱尔兰卖掉惠灵顿的房产,这样必定会引人注目。我要如何向萨莉解释需要钱的原因呢?

  这段时间,萨莉继续过着她的生活。马克每周来吃两次晚餐。她迫切希望我能认识她的朋友,特别是她养母的姐姐克里斯蒂娜。每次她提起这个话题时,我都闭口不谈。

  马克继续问着一些麻烦的问题。他非常希望我们都去警局,说我应该对所有事情开诚布公,至少坦白他所了解的一切。我知道这只是时间问题，他们肯定会报警的。

收到凯特询问我出生细节邮件后的第二天，我就开口问萨莉能不能借我一笔钱。我甚至没有说出具体数额，因为她开始谈论父亲在都柏林的房子，她怎样继承了它并卖掉了它。她说我理应获得一半的收益。她一直都坐享这笔钱并只字不提，我对此很恼火。我惊讶地发现我所继承的部分超过了一百万欧元，这足以让我在某处重新开始，并购买新的身份。

我确保以加密货币的形式收到了这笔钱。转账一完成，我便离开了卡里克希迪，告诉她我要去旅行一两周。早上她起床前我便离开了，避免我心知肚明的最后告别。我住在都柏林的一家高级酒店。四天之内，我的新护照连同我的加州驾照和社保账号就会快递过来。这一次我是美国人，我的名字是戴恩·特鲁斯科夫斯基。我顺利飞往伦敦。在希思罗机场，我凝视飞机时刻表上的所有目的地。我寄出了我的包裹，并向萨莉发了告别短信。从这里出发可以去哪儿呢？哪儿都可以。

第五十四章
萨莉

我无法告诉玛莎发生了什么。她拉开我抓紧头发的手,问我有没有受伤,我说没有。我承认我受到了惊吓。她给我泡了一杯茶,试图搂住我。我走向钢琴,努力弹奏一些艾奥迪的曲子,但手指不听使唤。

"我爱他。"我只能说出这句话。

"谁?"

"彼得。"

我用颤抖的双手握住杯子。

"那个一直和你住在一起的怪家伙?"

"他不奇怪。你不了解——"

"他是你的男朋友吗?我有一阵子没见他了。"

"不是!"我冲她喊道,"他不是我的男朋友。他也不奇怪。"

"萨莉,冷静点。"

"你为什么认为他奇怪?为什么你一定要用你那自以为是的完美生活来评判别人?在认识我之前,你也觉得我很奇怪。你根本不了解彼得。你怎么能这样说,玛莎?"

"自以为是的完美生活?你根本不了解。而那个家伙,尽管你把他介绍给了我和其他几个人,他在街上从来不理我们。我们打招呼时他连个回应都没有。没人相信他是马克的表兄。他到底是谁,萨莉?"

我拒绝告诉她,也不愿解释我为什么尖叫,她说她帮不了我。

"如果他是你的男朋友并且离开了你,那就好走不送。他对你并不好。在他来之前,你没有秘密。我希望他永远不要再回来。"

"滚出去,玛莎,我根本就没请你来!"我对她吼道。

她朝门口走去时停了下来:"你知道吗?为了你,我做了很多让步,萨莉。我欢迎你进入我家,让你进入了孩子们的生活。但你悲惨的童年和奇怪的成长经历并不能成为你犯浑的借口!"她摔门而出。

我不想见马克。我知道他会生气。我决定去都柏林看克里斯蒂娜姨妈,把一切都告诉她。我仍然无法应付城市驾驶和高速公路。我独自乘坐晚班火车去了都柏林,克里斯蒂娜姨妈在车站接我。旅程还算可以忍受。我的旁边和前面都坐着陌生人,但我看着窗外连绵起伏的绿色田野,假装自己是聋子。

上了她的车后,我开始告诉克里斯蒂娜姨妈彼得的事,她似乎被这个消息吓坏了,让我等到家以后再说。当我们坐下来喝茶时,我开始跟她详细说起了彼得。

"哦上帝,"她说,"我想简是知道的。"

"你是什么意思?"

"简怀疑还有另一个孩子。她总说,如果在基利尼郡的房子里你们有各自的卧室,丹妮丝不让你离开她身边的状态就说不通。她说丹妮丝坚称她一直都睡在你旁边,但我们知道隔壁还有个卧室。"

"什么?可爸爸的记录里为什么没有一丁点儿这个信息?"

"他不相信。丹妮丝拒绝回答关于另一个孩子的任何问题。汤姆说,如果她有个儿子,她也会为他大喊大叫。"

"大喊大叫?"

"听着,萨莉,这么多年来我一直保持沉默,但有时候你爸爸真是个暴君。他也可能同样厌女。简的意见从来没有他的重要。有些事情我得告诉你。我想尽可能对你坦诚,现在没有必要再对你有所隐瞒了。我和你说这个不是为了伤害你,但你应该知道真相。"

"什么真相?"

"关于简和汤姆的真相,你的爸爸妈妈。"

"说吧。"

"简比你爸爸聪慧得多。她强烈反对他对待你的方式。她说他从未把你当成女儿,而是当作病人。他在你身上做实验,尝试各种治疗和药物,评估一切。当你离开学校时,简坚决认为你应该上大学。你聪明且有潜力,什么都能学,显然可以学音乐,但她认为你也可以成为出色的工程师。你很有数学头脑。可你什么都不想做。"

"我记得。"

"但这对你来说很糟糕,汤姆坚持搬到一个更偏远的村庄,你们越来越与世隔绝。简急切希望你能认识其他人。无论你怎么抵触,现在你也应该明白什么对你才是最好的了吧。"

"也许吧。"

"汤姆不同意。他希望你完全按照自己的意愿行事,这样他就可以研究你了。简在准备离开他时中风了。"

"什么?"

"她有高血压,同汤姆和你争执你的未来让她压力过大。他对她……并不好,萨莉。谢天谢地你从未见过他的那一面。简一直打算离开他,但简不知道你是否会跟她一起走。你那时已经超过十八岁,理论上是个成年人了。我猜她从来没和你讨论过这件事?"

"没有,有的话我会记得。但她去世前的那个周末,她想让我和她一起来看你。那是否意味着——"

"她知道你不喜欢改变,她打算循序渐进——"

"但是之后她中风了?"

"是的。"

"你为什么要告诉我这个呢,克里斯蒂娜姨妈?"

"因为我不想带着那些本该属于你的秘密步入坟墓。他对待你生母,嗯……"

"你是什么意思?"

"如果丹妮丝的行为不符合他的理解,他就不予理会，并说她是歇斯底里。那些玩具士兵……"

"什么玩具士兵？"

"丹妮丝和你的所有东西都被带到了圣玛丽医院的病房，带到了你们的生活区。东西不多。除了这些玩具士兵外，你没有任何玩具。丹妮丝说它们不是你的。简询问她这些士兵属于谁，但她缄口不言。当简询问警察时，他们说这些士兵是在那个白色小房间的床下面找到的。"

"为什么你之前没有告诉我？"

"告诉你一些毫无意义的事情有什么用？那只泰迪熊寄过来的时候，我甚至没想到这些事。是你哥哥寄给你的吗？他睡在那个白色的小房间里吗，萨莉？"

"是的。"彼得离开时带走了托比。我无法想象他为什么想要那只熊。

"那个邪恶的男人也太奇怪了，竟然把母子、兄妹分开，却让他们住在相邻的房间。你喜欢他吗，你哥哥？"

"彼得？是的，我真的喜欢他。我理解他。多数时候，他都情绪低落且沉默，但他必定是鼓起了很大的勇气，才搭上飞机，跨越半个地球来告诉我真相。

我认为他非常勇敢。他走了我非常难过。"

我胸口一阵战栗,仿佛所有空气都被挤了出去。我开始流下记忆中第一次真正的眼泪。克里斯蒂娜姨妈抱着我,我把头靠在她瘦弱的肩膀上,好似数十年来所有应当被我感受到的悲伤都倾泻在了克里斯蒂娜姨妈的厨房餐桌上。她抚摸着我的头,小声安慰我,就像母亲对待小宝宝那样。

她想知道他为什么从来没去找过警察,我解释了他的焦虑、社交孤立、对陌生人的恐惧,以及多年来生父对他的洗脑。她想知道他的人生是否成功,至少在职业上是否成功。

"是的,"我说,"他是一个银行总部的网络安全主管。我想他可能会回到那个职位上去。"

"所以,他在经济上还不错?"

"哦,他肯定没问题。"我把玛格丽特的死和遗产告知了克里斯蒂娜姨妈,还有我在彼得离开前与他分享了遗产。

"等等,"她说,"你给他钱后,他过了多久离开的?"

"马上就走了。关于钱有很多麻烦,我不得不以加密货币的形式转给他——"

"等一下，所以他来了，住了两个月，你给了他一百万欧元，然后他就消失了？"

"他没有消失，他回家了。他说他觉得自己无法融入。"

她沉默了几分钟。

"萨莉，你在给他这笔钱之前有问过别人的意见吗？"

"没有。我是个成年人，那是我的钱。"

"你不觉得这可能才是他来的原因吗？"

"绝对不是。没有人知道我有那笔钱。我没告诉任何人。"

"但他知道你不需要工作就能谋生，他知道你住在漂亮的新家里。"

我现在有点恼火。她为什么认为我是个傻瓜？

"他有权利得到那笔钱，克里斯蒂娜姨妈。自从我开始接受治疗，就一直被告知要解决信任问题，得先给别人一些信任。现在你告诉我，我爸爸很可怕，你还暗示我，我哥哥只是想要我的钱。爸爸是爱我的。"

"你不是刚告诉我，彼得也说你们的生父爱他吗？"

"你是在把汤姆·戴蒙德和康纳·吉尔利相提并论吗?"我能感到内心的愤怒。我跳起来站到她面前。

"当然不是,我——"

"你竟然敢同时提起他们。他们完全不同……"我让自己停下来,生怕自己又被愤怒压倒。克里斯蒂娜姨妈跌跌撞撞地退到椅子后面,此刻她站在那里,好像要保护自己不受我的伤害。

我深吸一口气:"我……我要上床睡觉了。"

克里斯蒂娜姨妈沉默了。我本该道歉,但她的话还是让我愤怒。我母亲简是否也是家庭暴力的受害者,在身体和情感受到了虐待呢?这一切对我来说都太难以承受了。

还不到晚上十点。第二天是星期六。我原计划在芬利庄园演出的。

克里斯蒂娜姨妈在她的房间里待着,而我在星期六早晨独自吃了早餐。我心情烦乱,坐在她的钢琴旁,但我无法鼓起勇气掀开琴盖。最终,我没有和她道别就离开了家,叫了一辆出租车去了火车站。

在火车上,我的电话响了。是安吉拉。"萨莉,你吓坏克里斯蒂娜了,她刚刚痛哭流涕地给我打电话。"

我没吭声。

"你听得见我说话吗？"

"听得见。"我说。

"那个和你住在一起的家伙是你哥哥？我几乎不敢相信她告诉我的事。你为什么不来找我？你为什么不和他一起去警局？"

"这不关你的事，也不是克里斯蒂娜姨妈该告诉你的事。"

"还有谁知道这件事？马克？"

"是的，他是家人。这是我们的私事。"

"你本该告诉我……你给了这个人一百万欧元？"

"那你呢，安吉拉？你从未告诉我的真相呢？"

"你在说什么？"

"妈妈真的是要离开爸爸吗？他对她使用过暴力吗？"

我听到电话那头她深深的叹息。我迫切希望她能否认，但她什么也没说。我挂断了电话。车厢里的所有人都在看我。

从火车站到芬利庄园的出租车上，收音机里播放着新闻："爱尔兰共和国确诊首例冠状病毒感染。这名男子来自该国东部地区，最近刚从意大利旅行归来。卫生部长即将发表声明。"

我及时赶到工作地点。我从未如此需要钢琴。卢卡斯问我还好吗。我猜我的眼睛肿了,我不想说话。他给我送来一壶热咖啡和一些蛋糕,坚持要我在开始之前吃点东西,但我把托盘带到了钢琴旁,强迫自己开始弹奏。我从贝多芬《月光奏鸣曲》的最后一个乐章开始弹起,那是一首迅疾而激烈的曲子,我的手指在琴键上翻飞,上上下下。我试图通过双手来释放内心的愤怒。自从得知康纳·吉尔利曾是出色的钢琴演奏者以来,这还是我第一次弹奏。

卢卡斯打断了我,要求我弹奏平常的曲目,弹那些柔和、安抚人心的音乐。我被内心的怒火吞噬了。我将托盘扫到厚实的浅色地毯上,咖啡溅到了沙发和附近的客人身上。所有人都停下来盯着我。卢卡斯立即朝客人走去。我走向员工更衣室,取回包和外套。我叫了另一辆出租车载我回家。幸好车子很快就到了,因为我很清楚,如果卢卡斯试图责备我,我会打他。

在回家的路上,我又哭了。我试了呼吸练习,试图站在克里斯蒂娜姨妈和安吉拉的角度看问题,但我理性的一面却开始反问,为什么她们不能站在我的角度看问题呢？愤怒从来就不合理吗？

我从工具箱里拿出一把锤子，正要砸烂钢琴时，门铃响了。我无视了它，更加用力地挥动锤子，但随后，我听到身后的窗户传来响亮的敲击声。我怒气冲冲地转过身，想要去看是谁。是马克。

"你怎么了？我给你留了得有十条短信和语音留言。发生什么事了？玛莎说——"

"马克，拜托离开，我现在不想和任何人讲话。拜托了。"

我试图让自己的语气保持平静。马克站在敞开的大门口时，一辆警车停在了他身后。霍华德警探带着一名穿制服的警员走了过来。她面带微笑。

"萨莉，我想我们终于有康纳·吉尔利的消息了。我们可以进去吗？"

她看着马克，期望他离开。

"我是马克·巴特勒，也叫马克·诺顿，我是丹妮丝·诺顿的弟弟，萨莉的舅舅。我想一起听听你们要说的消息。"

霍华德警探看着我："可以吗，萨莉？"

我感到情绪枯竭，极度疲惫。我没有续开我的安定药处方，因为太容易上瘾，但我需要点什么。

管蒂娜说了什么呢,我需要酒精。

我让他们进来,并给自己倒了一杯尊美醇威士忌。马克看到钢琴碎片时很震惊,但我告诉他我还没做好准备谈论它。警察们互相看了一眼。

我没有给任何人倒喝的,但马克着手准备起了咖啡,好像我家就是他家一样。

霍华德警探开始讲述,告诉了我很多我已经知晓的事。我甚至知道的比他们还多。他们有充分理由相信康纳·吉尔利已经在1985年去世。他在新西兰用假名生活。他有一个儿子,叫史蒂夫·阿姆斯特朗。马克插话纠正了她。马克将彼得的所有事告诉了她,包括他之前一直住在这栋房子里,这个过程中,我一言不发。这让霍华德警探陷入震惊。

"在这里?什么时候?"

"自从……我想想,十二月中旬吧,一直到一周之前,对吧,萨莉?"

"什么?他怎么联系你的?"

我让马克说话。霍华德和她的同事做了大量笔记。她问了一些不可避免的问题,为什么我们没有报警。马克告诉他们,我一直在坚持保护彼得的隐私。

"那他现在在哪里?"

"他在爱尔兰各地旅行。萨莉和他有保持联系，对吧，萨莉？"

他们都看着我，这时我的眼泪又来了，顺着脸颊滚落。马克走过来，伸手搂住我的肩膀。

"怎么了？他做了什么？"

我用颤抖的手指找出两天前收到的短信。

我先把手机递给马克，然后递给了霍华德警探。

马克没有说话，但呼出一口气，我觉得是松了一口气。

霍华德警探让我们星期一早上去警局。

"他不是罪犯。他是受害者，和丹妮丝一样，和我一样。"我失声痛哭。

他们站起来准备离开。

"他曾提到过琳迪·韦斯顿或兰吉·帕拉塔吗？"

"没有，对我没有。萨莉？"

我摇了摇头。

他们走到门口时，霍华德警探转过身问道："他提到过阿曼达·赫伦吗？"

"是的，那是他的女儿。我们在见他之前做了DNA检测。他说他从未见过她。她是一次一夜情的结果。"马克说道。

第五十五章
彼得，2020 年

有其父必有其子。彼得·吉尔利和史蒂夫·阿姆斯特朗消失了。我猜那个播客终究还是被警方认真对待了。

我以戴恩·特鲁斯科夫斯基的身份落地了芝加哥。和爸爸相比，一切对我而言要容易得多，感谢暗网和我的遗产。口罩真是福音。在美国期间，我在各个城市间飞来飞去，不过我觉得我会留在新墨西哥州的纳特。我蓄了胡子，买下一栋房子。房子在下了主路的一条煤渣小道尽头，你压根不会注意到它的存在。这里已经很长时间无人居住了，但我正在好好修缮。

房子修好后，我打算在后面建个谷仓。隔音材料在亚马逊上就能买到，甚至镣铐都可以。如今我意识到，要实现我所追求的那种联结，唯一的办法就是带回一个女人，留住她，直到她屈服。我做好了等待的准备。我不会强迫她爱我。我还没有找到这个人。她不会是个孩子。我不是我父亲。

第五十六章
萨莉

全国正处于封锁状态。尽管有两公里范围的出行限制,马克和我还是两次被召唤到都柏林的警察总署。

新冠病毒大暴发将其他绝大多数故事都挤出了新闻报道,因此关于丹妮丝·诺顿和康纳·吉尔利另有一子的发现、我的生父于1985年在新西兰去世,还有他与男孩兰吉·帕拉塔的溺亡及琳迪·韦斯顿绑架案的联系,都鲜有提及。琳迪·韦斯顿的孩子阿曼达·赫伦的父亲就是彼得这一消息尚未公开,不过关于他的追捕已经得到国际社会的关注,新西兰的边境也已经关闭。彼得从来不让我们拍他的照片。我们在都柏林机场花了数小时查看2月22日至28日的监控录像,最终在2号航站楼的候机厅发现了他,但无法确定他去的是哪个登机口。他在人群中消失了。当天没有任何名叫史蒂夫、史蒂芬、史蒂文·阿姆斯特朗或是彼得·吉尔利的人出过机场。他一定使用了不同的护照。

一个名叫凯特·恩加塔的播客创作者通过电子邮件联系了我。她和我的侄女阿曼达正在制作一个播客系列，不厌其烦地邀请我参与。我之前最好的朋友苏似乎通过Zoom[1]和她进行了交谈，并与她分享了彼得在村子里的可疑表现。我不想认识阿曼达·赫伦。我的舅舅和我的哥哥都让我失望透顶。没有家人，我反而会更好。

自从我在克里斯蒂娜姨妈家"变得暴躁"后，她再也没有给我打过电话。彼得的事，我对斯黛拉只字未提，她对此很不高兴。

"为什么你没告诉我他是谁？"她抱怨道。

我该怎么回答呢？我终于拥有了一个属于我的家人。我爱他，我想保护他，想把他留给自己。

我不可能知道他能做出那种事情。一个人竟然可以从父亲那里继承如此的病态，从我的生父那里，而我却欢迎他进入我家，一想到这个我就想整夜尖叫。

---

1 一款多人云视频会议软件。

阿曼达出生时，琳迪·韦斯顿已经二十七岁了。我不断告诉他们，没有证据证明她被强奸了，没有证据证明她和彼得之间并非两相情愿。她不是被谋杀的，她死于阑尾炎。马克告诉我冷静点。彼得为什么消失了？为什么他在这里时要我们对一切保持沉默？为什么他要用假护照旅行？他在某种程度上一定是无辜的，我紧紧抓住这一信念。我紧紧抓住我的理智。

安吉拉定期给我打电话、发短信，但我很少接电话，除非需要新的安定处方。我开始服用大量的安定来阻止自己尖叫，也开始大量饮酒。

我不得不告诉警察，我给了彼得钱。马克对此大发雷霆。他说我应该和他商量如何处理这笔钱。他认为他有资格分得一些，因为他是受苦最多的那个人。我们为此争吵。玛格丽特把那笔钱留给了我。我已经几星期没和他说话了。安吉拉留了条语音消息说马克感染了病毒，正在住院。他病得很重，不允许探视。我不在乎。我不想见他。

蒂娜方方面面都错了。我才是正确的，谁都不能信。他们最终都让我失望了。他们要么隐瞒秘密，要么就在我背后泄露秘密。我再次开始装聋作哑，不和任何人说话,也假装听不到他们的窃窃私语。现在的封锁状态正合我意。村里的酒吧和咖啡馆都关门了。玛莎的瑜伽工作室也关了。我已经不再去家乐超市,因为每次我进去,劳拉都会试图和我聊天。我又回到德士古购物。人人都保持两米距离,没有握手,更不用说拥抱了。我们都戴着口罩。我尽量避免眼神接触。客厅里的钢琴支离破碎,提醒着我的身世。我找不到能把它搬走的人。

昨天我在街上看到了阿贝比。她正在长个子,现在应该有十一岁了。我向她挥手,她看到了我,但低下头,快步走开了。她现在和我母亲当年被父亲绑架时一般大。我再次拉扯头发,扯下了一大把。

尾声
阿曼达，2022年5月，
奥克兰市政厅

我很开心，新西兰终于解除了封禁，而我将第一次在公众面前演出。天知道过去的两年半里我练习得多么刻苦，好在我的快检结果为阴性，音乐厅座无虚席，爸爸妈妈也从基督城赶来了。

我的两个新舅舅从罗托鲁阿赶来，虽然要见他们让我很紧张，但我们已经用Zoom通过几次话，他们看起来都是相当正派的人。爸爸妈妈也很想见他们。凯特不会来。她因为我退出她的播客系列而生气，毕竟她为此做了大量工作，但我的过去太可怕了，我更愿意对此秘而不宣。我从来都不想了解那些血淋淋的细节。我想在生活中取得成功，我希望以作曲家的身份为人所知，而不是作为绑架者和受害者的女儿。一切都过去了。

警方已经证实了凯特的所有调查。我不知道我的父亲在哪里,但我肯定不会去追查他。我不是他的受害者,从来都不是。如果凯特愿意,她可以讲出这个故事,但她不能用我的名字。我的生活最不需要的就是戏剧性。要成为一名作曲家,我需要的是平静和钢琴,还有几年前莫名其妙寄来的那只旧泰迪熊。他已经成了我的幸运符。

剧院灯光渐暗。我听到观众席安静下来。聚光灯打在钢琴上。我走上舞台。毫不紧张。我把熊放在琴盖上。它用只剩一只的眼睛对我微笑。我回以微笑,并向它点头,观众席上响起一阵掌声与笑声。我在天鹅绒琴凳上坐下来,举起双手。是时候了。

致谢

感谢出色的玛丽安·冈恩·奥康纳,我的代理人、导师和朋友;感谢维基·萨特洛,她努力确保我的作品在我从地图上都找不出的地区出版;感谢帕特·林奇,他勤奋工作,确保各项事务进展顺利。

都柏林企鹅桑迪科夫出版社,我要赞扬我的编辑帕特里夏·迪维,她是业内最顶尖的编辑,总能纵览大局,特别是在这本书的出版上,她给予了我足够的时间来完成创作;克莉奥娜·刘易斯,杰出的公关人员;迈克尔·麦克劳克林,高标准,严要求;我也非常感谢布莱恩·沃克、凯丽·安德森、伊西·汉拉汉和劳拉·德莫迪。

还有企鹅兰登出版社的伦敦公司,我非常感谢阿米莉亚·费尔尼、艾丽·哈德森、简·詹特尔和罗西·萨法蒂在沟通方面所做的工作;广告文案佐伊·科克森;销售团队的萨姆·范肯、露丝·约翰斯通和埃莉诺·罗兹·戴维斯；艺术团队的理查德·布拉弗里和夏洛特·丹尼尔斯为这本书制作了美丽的封面。

凯伦·惠特洛克再次证明我几乎是个文盲。她出色的文字编辑技巧使我的作品赏心悦目。谢谢。

感谢在诸多领域提供研究帮助的大家，克里斯蒂娜·普莱德和林恩·米勒–拉赫曼、退休的国家病理学教授玛丽·卡西迪、塔拉特医院的CEO露西·纽金特、血管外科医生布里奇特·伊根、心理学家艾丝琳·怀特、诉状律师彼得·纽金特、出庭律师约翰·奥唐奈、教育心理学家玛丽·纽金特博士，以及作家同仁凯特·哈里森、艾德里安·麦金蒂和亚历克斯·巴克利。如果我征求了你们的建议，但不曾采纳，敬请原谅。毕竟得以这个故事优先。

对于新西兰的专业知识，我要感谢万达·西蒙、利亚姆·麦克拉维、索尼娅·霍尔–蒂尔南、克雷格·西斯特森、吉尔·尼古拉斯、史蒂夫·邓肯、弗格斯·巴罗曼，以及爱尔兰大使馆的法兰·弗利。

感谢过去两年里我的情感支持者，感谢西妮德·克劳利、简·凯西、玛丽安·凯斯、凯特·博福伊、西妮德·莫里亚蒂、克劳迪娅·卡罗尔、塔尼娅·巴诺蒂、玛丽亚·奥康奈尔、布丽德·欧·加洛奇尔、威廉·瑞安、埃德·詹姆斯、克莱莉亚·墨菲、约翰·奥唐奈、丽丝-安·麦克劳克林、安妮·麦克马纳斯、西塔·雷希尔、莫伊拉·希普西、瓦尔·里德、莎朗·费特、菲奥娜·奥多赫蒂、尤其鸣谢科林·斯科特。

感谢我的情感支持之地——泰隆·古斯里中心及所有出色的女性，在那里，她们给予我写作的时间、空间和滋养。

当然，非常感谢优秀的书商、读书博主、节目制作人、主持人、讨论小组、电视和广播制作人及主理人、图书管理员和有声书朗读者，他们都值得单独用一篇来感谢。如果我把你们所有人都列出来，这本书就写不下了。

读者们，你们不知道你们的忠诚对我意味着什么。现如今，世界似乎重新开放，我希望能在虚拟和真实的节目上见到你们。感谢你们为这本书多等了一年。生活暂时影响了写作，我会努力不再让这种情况发生。

当然，还要特别感谢我那个不断壮大的家族——

无论是姻亲还是非姻亲,尤其是我的母亲,你只能怪自己(培养出这样的我)。也以此纪念我亲爱的父亲,他此刻或许正在某个星空书店里闲逛,悄悄把我的书摆到最显眼的位置。